图书在版编目（CIP）数据

知中·民谣啊民谣 / 苏静主编 . -- 北京 : 中信出
版社，2016.10（2019.1重印）
　　ISBN 978-7-5086-6838-3

　　Ⅰ . ① 知… Ⅱ . ① 苏… Ⅲ . ① 民间歌谣－文学研究－
中国 Ⅳ . ① I207.72

中国版本图书馆 CIP 数据核字 (2016) 第 241272 号

知中·民谣啊民谣

主　　编 : 苏静
策划推广 : 中信出版社﹛China CITIC Press﹜
出版发行 : 中信出版集团股份有限公司
　　　　　﹙北京市朝阳区惠新东街甲 4 号富盛大厦 2 座　邮编　100029﹚
　　　　　﹛CITIC Publishing Group﹜
承 印 者 : 鸿博昊天科技有限公司

开　　本 : 787mm×1092mm　1/16　　　　　　插　　页 : 4
印　　张 : 12.75　　　　　　　　　　　　　字　　数 : 260 千字
版　　次 : 2016 年 10 月第 1 版
印　　次 : 2019 年 1 月第 5 次印刷
广告经营许可证 : 京朝工商广字第 8087 号
书　　号 : ISBN 978-7-5086-6838-3
定　　价 : 56.00 元

知 中 ⓞ₄

民谣啊民谣

出版人 & 总经理
苏静
Publisher & General Manager
Johnny Su

艺术指导
马仕睿 [typo_d]
Art Director
Ma Shirui [typo_d]

主编助理
朱鸣
Assistant of Chief Editor
Zhu Ming

编辑
朱鸣 / 迟广赟 / 丁斯瑜
Editors
Zhu Ming / Chi Guanyun / Ding Siyu

特约撰稿人
罗兆良 / 刘小荻
Special Correspondent
Paul / Liu Xiaodi

策划编辑
王菲菲
Acquisitions Editor
Wang Feifei

责任编辑
郝兰
Responsible Editor
Hao Lan

营销编辑
胡奕
PR Manager
Hu Yi

平面设计
typo_d
Graphic Design
typo_d

联络我们
zhichina@foxmail.com
微博
@ 知中 ZHICHINA
微博
@ ZHICHINAZHIZHONG
商业合作洽谈
(010)67043898
发行支持
中信出版集团股份有限公司，北京市朝阳区惠新东街甲 4 号，富盛大厦 2 座，100029

受访人／interviewees

老狼 ————
1968 年生于北京，民谣音乐人。1994 年参与大地唱片《校园民谣 1》的录制，代表作品有《同桌的你》《睡在我上铺的兄弟》《恋恋风尘》等，被誉为中国大陆"校园民谣"代表人物。

张佺 ————
1968 年生于甘肃兰州，民谣音乐人，野孩子乐队创始人及主唱。创作上以西北传统民间音乐为根基，代表作品有《远行》《伏热》《黄河谣》等。

周云蓬 ————
1970 年生于辽宁，诗人、民谣音乐人。9 岁失明，15 岁开始弹吉他，大学毕业后四处游历弹唱。2003 年发行首张专辑《沉默如谜的呼吸》。代表作品有《九月》《不会说话的爱情》《盲人影院》等。

宋冬野 ————
1987 年生于北京，民谣音乐人，"麻油叶"主要成员之一。2009 年在豆瓣以独立音乐人的身份推出《抓住那个胖子》《年年》等歌曲，2011 年签约摩登天空。代表作品有《董小姐》《安和桥北》《斑马，斑马》等。

尧十三 ————
1986 年生于贵州，民谣音乐人，"麻油叶"主要成员之一。毕业于武汉大学医学院临床专业。2011 年加入"麻油叶"民间民谣组织，推出原创单曲《瞎子》。2013 年签约摩登天空，2014 年为电影《推拿》献唱片尾曲《他妈的》。代表作品有《北方女王》《寡妇王二嬢》《雨霖铃》等。

莫西子诗 ————
1979 年生于四川省凉山州，彝族独立民谣音乐人。2008 年创作歌曲《不要怕》，2014 年参加《中国好歌曲》并演唱《要死就一定要死在你手里》，同年发行首张专辑《原野》。代表作品有《天宫图》《我想和你虚度时光》等。

微博账号
@ 知中 ZHICHINA

微信账号
@ ZHICHINAZHIZHONG

程璧 ——————
旅日音乐人、摄影师。毕
业于北京大学外文系,读书期
间因发表原创音乐而受到
关注。2012年,推出首张专
辑《晴日共剪窗》。代表作品
有《晴日共剪窗》《当我寂寞
的时候》《我想和你虚度时
光》等。

邵夷贝 ——————
1983年出生于山东青岛,毕
业于北京大学新闻系,2009
年因创作《大龄文艺女青年之
歌》而受到关注。2010年发行
首张专辑《过家家》。代表作
品有《黄昏》《时过境迁》《我
们》等。

李元胜 ——————
1963年生于四川,诗人,作
家,程璧演唱歌曲《我想和你
虚度时光》词作者。1983年毕
业于重庆大学,1981年开始
写诗,在《诗刊》《星星》等数
十种刊物上发表诗歌作品。迄
今已出版诗集11部,另有长
篇小说、短篇小说及散文集相
继出版。代表作品有《李元胜
诗选》《都市脸谱》《城市玩笑》
等。

孙立 ——————
中山大学中文系教授、博士
生导师、南方学院文学与传
媒系系主任。主要从事中国
文学批评史及先秦与明代文
学研究,2000年至2002年担
任日本国立九州大学文学部
外籍教授,2012年担任早稻
田大学文学学术院访问研究
员。代表著作有《中国文学批
评文献学》《日本诗话中的中
国古代诗学研究》等。

撰稿人／authors

郭小寒 ——————
媒体人、民谣经纪人、乐评
人、绘本作家,现任乐童音
乐副总裁。曾就职于《北京
青年周刊》《VICE》。代理周
云蓬、张玮玮、野孩子、五
条人等歌手、乐队的演出事
宜,策划"民谣进剧场"等主
题演出。已出版童话绘本《小
小爱》《大大事》等。2013年
加入乐童音乐。

**协力机构／cooperative
organizations**

摩登天空 ——————
目前中国最大规模的新音乐
独立唱片公司,创立于1997
年,是一家全新概念的综合
娱乐公司,下设多家分厂牌,
领域横跨音乐、影像与平面
设计。其经营主旨定位为"推
广国际音乐一体化",主张
将中国新音乐推向国际,同
时也将国际优秀音乐引进
国内。
⇨ 北京市朝阳区百子湾路
   32号苹果社区二十二院
   街艺术区6-8
⇨ (8610)010-58760143
http://www.modernsky.com/

乐童音乐 ——————
致力于音乐行业项目发起和
支持的平台。在此可以发起
与音乐相关的项目,并向公众
进行推广,获得用户的资金支
持,从而完成多种音乐项目。
⇨ 北京市东城区北新桥街
   道板桥南巷7号人民美术
   印刷厂
⇨ 400-889-0265
http://www.musikid.com/

知中《民谣啊民谣》特集·言论

ZHICHINA
FOLK SONG
Expressions

XXXXXXXXXXXXXXX

文 + 编 朱鸣
text & edit: Zhu Ming

金承志

作曲家
青年指挥家
上海彩虹室内合唱团指挥

您觉得民谣是？

民谣对于我，就是《诗经》里面的"风"。

提到民谣，您首先会联想到什么？请列举几个关键词。

缓缓而行的列车驶入山洞，草地旁的老头拿着吉他，中世纪的吟游诗人。

最早接触到民谣是在什么时候？

五六岁的时候，看一个美国的纪录片，牛仔围着火堆，抱着吉他在唱歌。

一般会在什么场景听民谣？

我喜欢在非剧场的环境中听劳动者歌唱，他们或是摆弄手中的手鼓，或是面对山川唱着自己的作品，这种是最难能可贵的。一次在山西朔州的天主教堂，一群中年妇女在呢喃歌唱。她们各自在唱着自己的旋律，合在一起却十分动听。我认为这是一种十分神奇的体验。

比较欣赏哪些民谣乐手或者作品，为什么？

我喜欢"死亡民谣"，最喜欢的乐队是 Current 93。他们的音乐并不做作，却十分有内容。有时候说话，有时候吟唱，让我想起许多黑暗童话，十分有意思。他们的作品中我最喜欢《All the Pretty Little Horses》，它像是在哄你入眠，可你却不忍就这么睡着。

熊亮

知名绘本作家
《野孩子系列》《情韵中国》作者

您觉得民谣是？

一种是西方式的，这类民谣音乐我听得略少，因为个人偏好摇滚、金属、哥特，或是更另类一些的音乐。"世界音乐"我也很喜欢，其实在我心里这也算是民谣，不应该以"抒情舒缓"的程度来划分。另一种，是真正的中国民间歌谣，唱腔直抒而不唯美，歌词非常生活化，而且是又惨又戏谑。

提到民谣，您首先会联想到什么？请列举几个关键词。

我首先会想到"诗歌"。民谣是从"生活"和"传统"里生长出来的力量，所以沉得住。

最早接触到民谣是在什么时候？

小时候在信仰基督教的家庭长大，因此反复听一些带有宗教色彩的民谣，非常打动人心，这是最初印象。

一般会在什么场景听民谣？

看现场演出时。

比较欣赏哪些民谣乐手或者作品，为什么？

国内的民谣乐手，小河、莫西子诗都很喜欢，我认为他们的作品，有一种既充满实验性又自然的力量，而且不那么"自我"，充满开放性。

李皖

知名乐评人
《民谣流域》作者
《读书》音乐专栏作者

您觉得民谣是？

我认为，所谓的民谣事实上就是"民歌"。

提到民谣，您首先会联想到什么？请列举几个关键词。

说唱，弹唱，叙事，人生故事。

最早接触到民谣是在什么时候？

从记事起！

一般会在什么场景听民谣？

各种场景，只要想听歌就逃不掉。在我的生活中，民谣简直无处不在。

比较欣赏哪些民谣乐手或者作品，为什么？

很喜欢民谣，国内外欣赏的音乐人多到列举不过来。说到原因，我认为这些民谣作品，是各种生活、各种人生的一个集中表现，它也是所有音乐的"源头"之一。

孔子

春秋时期思想家、儒家学派创始人

"兴于《诗》，立于礼，成于乐。"——《论语·泰伯》

李斯

秦朝政治家、文学家

"夫击瓮叩缶，弹筝搏髀而歌呼呜呜快耳者，真秦之声也。"——《谏逐客书》

司马迁

西汉史学家

"凡音者，生人心者也。情动于中，故形于声，声成文谓之音。是故治世之音安以乐，其政和；乱世之音怨以怒，其政乖；亡国之音哀以思，其民困。声音之道，与政通矣。宫为君，商为臣，角为民，徵为事，羽为物。五者不乱，则无怗懘之音矣。"——《史记·乐书》

班固

东汉史学家、文学家

"自孝武帝立乐府而采歌谣，于是有赵、代之讴，秦、楚之风，皆感于哀乐，缘事而发，亦可以观风俗，知薄厚云。"——《汉书·艺文志》

刘禹锡
唐朝诗人、文学家

"昔屈原居沅湘间，其民迎神，词多鄙陋，乃作《九歌》，到于今荆楚歌舞之。故余亦作《竹枝》九篇，俾善歌者扬之，附于末。后之聆巴渝，知变风之自焉。"——《竹枝词·序》

苏轼
北宋诗人、文学家、书法家、画家

"游九仙山，闻里中儿歌《陌上花》，父老云：吴越王妃每岁春必归临安，王以书遗妃曰：'陌上花开，可缓缓归矣。'吴人用其语为歌，含思宛转，听之凄然，而其词鄙野，为易之云。"——《陌上花三首（并引）》

周作人
现代作家、散文家、诗人

"歌谣这个名称，照字义上说来只是口唱及合乐的歌，但平常用在学术上与'民歌'是同一的意义。"——《儿童文学小论·歌谣》

钟敬文
民俗学家、现代散文作家

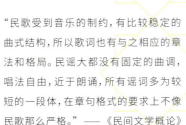

"民歌受到音乐的制约，有比较稳定的曲式结构，所以歌词也有与之相应的章法和格局。民谣大都没有固定的曲调，唱法自由，近于朗诵，所有谣词多为较短的一段体，在章句格式的要求上不像民歌那么严格。"——《民间文学概论》

刘半农
现代文学家、语言学家、诗人

"歌谣随时代与地方为转移，并非永远不变之一物。故吾辈今日研究歌谣，当以'比较'与'搜集'并重。所谓比较，即排列多数之歌谣，用研究科学之法，以证其起源流变。虽一音一字之微，苟可讨论，亦大足增研究之兴味也。"——《罗家伦君与刘复教授往来之函》

马可·波罗
Marco Polo

13世纪威尼斯旅行家
商人

"当两军（忽必烈与叛王乃颜）列阵之时，种种乐器之声及歌声群起，缘鞑靼人作战以前，各人习为唱歌，弹两弦乐器，其声颇可悦耳。弹唱久之，始于鸣鼓之时，两军战争乃起。"——《马可·波罗行纪》

伍迪·格思里
Woody Guthrie

美国民谣歌手、作曲家
"美国民歌运动之父"

"我不会去唱那些富婆的第九次离婚或者某个怪人的第十个老婆。我没时间去唱这些东西。即使有人每周付我十万块钱我也不会唱。我只唱那些普通的人，他们干着被人认为琐碎和肮脏的艰苦工作，我只唱他们对美好生活的渴望。"

罗大佑

台湾歌手、音乐人

"我觉得音乐是不会死的，有人在的地方就会有人唱歌，就会有人写歌，音乐是不会死的。"——《网易云音乐》专访

齐豫

台湾歌手、音乐人

"其实我一直把校园民歌当成一种社会运动，也就是说音乐在社会中的功用。"——《南方周末》采访

崔健

中国大陆摇滚歌手、"中国摇滚乐之父"

"音乐本身是个载体，你能听出他包含的东西，那你怎么样去完成他，把轮廓去勾出来。音乐有点像骨头架子，然后你给他添肉穿上衣服。一首歌的骨头是最重要的，是灵魂。"——《网易娱乐》专访

皮特·西格
Pete Seeger

美国民谣歌手、社会活动家
"美国现代民歌之父"

"比起那些浅薄琐碎的流行音乐来，这些歌曲（民歌）唱的却是整个生活。他们唱那些英雄、逃犯、杀人犯和傻瓜，他们不在乎唱悲剧性的歌曲，而流行歌里只有伤感的小调；他们不在乎唱生活中丑恶的事情，而流行歌里只有傻笑和装腔作势。最重要的是，这些歌曲是诚实、坦荡和直截了当的，与之相反，我觉得那些艺术歌曲太强调优雅了，而那些流行歌曲则总是自作聪明。" —— 自传《那些花儿飘落何处》

鲍勃·迪伦
Bob Dylan

美国摇滚、民谣歌手

"作为一个音乐人意味着 —— 取决于你能走多远，以及达到何种深度。几乎任何一个音乐人都会尝试任何可能的方法来达到这种深度，因为演奏音乐是一种即兴的艺术 —— 和在帆布上作画不同，那是精确计算的东西。当你奏乐时，你的灵魂在飞翔。所以你希望能看到自身深处的东西，找到音乐。" —— 1996年《花花公子》采访

老狼

中国大陆民谣歌手、"校园民谣代表人物"

"相对于之前校园民谣的时间段，现在的民谣更为丰富，变得更加贴近现实和关注现实，更加愿意发出独立的声音。"

高晓松

中国大陆音乐人

"流行音乐是可以批量生产的，但摇滚乐和民谣没有办法被唱片公司批量生产，因为都是作者音乐，非常需要作者本人，没有办法拼凑，所以没有特别商业。摇滚是推土机，将一切推倒；而民谣则像一根针，直接刺穿到心里去。因为永远有人要呐喊，所以永远有摇滚乐；因为永远有人要倾诉，所以永远有民谣。"

万晓利

中国大陆民谣歌手

"我觉得民谣是最本质的音乐，直接、朴实，最容易让人产生共鸣，最容易打动别人。另外，民谣还具有一种形式上的不正式性，不用在体育馆、音乐厅，就是在大街上也能唱。而且，民谣也非常容易参加，只要会弹两下吉他，都可以自己边弹边唱。绝对是老百姓自己的音乐。"

朴树

中国大陆民谣歌手

"如果音乐是一种游戏，那每天都可以做，但唱片是一种发言，如果你真的无话可说，就不用出了。真的，我觉得现在太多的唱片都是没话找话。我有自己的标准，有强烈的东西要去说，这才是做唱片的状态。" ——《中国新闻周刊》专访

张玮玮

中国大陆民谣歌手、"野孩子乐队"成员

"民谣对于我来说，与来自民间的语言和音乐有关，它不复杂，可以随时开始，有强烈的生活质感和亲切感。民谣是一个朴素的、随身的、不用跟随时尚而变化的歌唱形式。好的民谣不仅是过去的、乡村田野的民歌，它更是当下时代、城市生活的记录者。我们处在一个瞬息万变的信息时代，每天被迫接受那么多信息，用这种朴素的方式唱出自己在城市生活里的烦恼和快乐，是坚守自己内心情感、与人沟通的很好的方式。"

吴群达

《中国好声音》副导演

"民谣它是讲故事的，安安静静听歌中的故事，而不是像一些人唱歌炫耀他的技巧、声音或者那些浮华的东西。如果是真正的民谣歌者，会散发一种和快速的、消费的现代社会很不一样的魅力。"

蒋明

中国大陆民谣歌手
前《南都娱乐周刊》副主编

"之前的校园民谣可以说是一种风花雪月，或是年轻人初入社会的一种迷茫或者展望，那么现在的民谣就真的是百家争鸣，各自精彩。特别是在社会意识形态的表达方面，如今做得应该是比较全面的了。像野孩子、周云蓬这样很多很多真正的民谣歌手表现出来的深厚功力，已经可以说达到了艺术的形态。"

赵照

中国大陆民谣歌手

"开始和民谣接触，是觉得它比较简单，演出的时候也只要抱一把吉他，很方便。民谣表达的东西更加直接，没有过多的修饰，没有形式上的哗众取宠，而且它体现的，是更内心的一些东西。"

苏阳

中国大陆民谣歌手

"有段时间瞎听，可能听得最多的就是Bob Dylan。因为他太通俗了、太世界化了，所以你躲不掉这个声音。不过对于民谣我恰恰听得比较少，我听布鲁斯还是相对多一些。它和民谣有个共通性，它们都是生活的表达。布鲁斯也很少谈论大事，就算是谈论政治，也是拿日常生活中的一些语境去影射这件事，这和中国的一些民间世俗还是比较接近的。"

民谣：
流淌在时间里，
行走在大地上

The Folk Songs:
Flowing
in Time,
Walking
on the Earth

XXXXXXXXXXXXXX

☒ 郭小寒

text: Guo Xiaohan

P R O F I L E

郭小寒，著名媒体人、民谣经纪人、乐评人，曾
任《北京青年周刊》《VICE》采访记者；2011年
到2013年，负责统筹周云蓬、万晓利、小河、
张佺、张玮玮、郭龙、吴吞等知名音乐人的演
出事宜。现任乐童音乐副总裁。

究竟什么是民谣？在民谣越发红火的当下，这
个问题却没有一个标准化的答案。

在古罗马，我们称荷马为吟游诗人，他行
走在欧洲大陆，传唱着人间的故事；在当下，
我们称周云蓬、万晓利为"民谣诗人"，他们带
着一把吉他走遍中国，像候鸟一样迁徙。当流
浪成为创作，生活成为信仰，音乐成为伴侣，
唱歌成为说话，就成就了这些民谣歌者的生命
之作。

每一首民谣，都是时代、地域、创作者们共
同塑就的产物，都是关于世界的观察、记录和
表达。它穿越了时光，永恒地流传下来，一代
一代。

每一个民谣歌者，都是行走在大地上的践
行者与观察者。一把吉他，亦是创作工具，亦是
表达的手段，他们对所在世界的感受和表达，
流传下来就是一首首民谣。

民谣与人类整个文化的发展，也许都有着
某种内在的连接，本文想在感性的记述中试图
认真探讨民谣的时间性和根源性。如今我们探
讨民谣，也是在探寻打开世界的方式，也是在

探寻我们打开自己的方式。

　　"来自民间"是民谣的一个基本属性。回溯到中国古代，《诗经》"风雅颂"里的"风"，就是一种采集于民间的歌词、歌曲。它们被官方任命的"采诗官"从田间地头采集记录，带回宫廷，让乐手整理后唱给天子听。天子们通过这些歌曲，了解民间疾苦——这可能是"民谣"最早的来源。在汉朝，刘彻设立了"乐府"，民歌采集方式被确立下来，即一方面来自民间，一方面由专人创作。一直到唐朝，"乐府诗"都透露着民间的根源性。

　　民谣的根并不是在古代就断层了。当下的很多民谣，都有很好的传承性。民谣创作者以采风的方式将浸润了几千年的民歌血脉，融入自己的创作中。早年最著名的是王洛宾，如今的"野孩子乐队"也是根源性民谣一个很好的代表，其经典的《黄河谣》"黄河的水不停地流／流过了家，流过了兰州／流浪的人不停地唱／唱着我的黄河谣"，就像黄河水一样，跨越了时间和地域，成为异乡客们思念家乡的永恒咏叹。

　　"人文性"是民谣的又一大属性，这一点可以从台湾20世纪70年代民歌运动的发轫和发展来解读。70年代的台湾，很多歌曲没有解禁，大家以翻唱日本、欧美歌曲为主。1976年，淡江大学李双泽的"可乐事件"，引发了对自我价值输出的思考。胡德夫、杨弦等这些前辈开始"唱自己的歌"的民歌运动，这一事件也直接刺激了八九十年代台湾流行音乐的蓬勃发展。李泰祥、李宗盛等创作人才辈出，也奠定了一个黄金时代，台湾的流行歌曲占据了华语乐坛的大半江山。

　　民谣的"时代性"，也许在美国的民谣发展历程上能有更好的反观。20世纪50年代美国民歌之父伍迪·格斯瑞尔是一个漂泊者，据说他跑到哪里，就创作到哪里；到了60年代，随着社会的动荡和嬉皮运动，鲍勃·迪伦的抗议民谣成为新民谣发展的主导；70年代的保罗·西蒙以相对舒缓融合的音乐反映包容而平静的社会与人心现实；进入80年代，以反映现实、崇尚自然的态度创作民谣的艺人如崔西·查普曼则更多被人接受。这些音乐人，自身的发展与时代紧密连接，甚至是历史文化的一个缩影。

此外民谣还有显著的地域性，每个发源地的风情、水土、民俗，甚至方言口音，都可以深深浸入到一首首在地性的民谣当中，并流传下来。因为民谣的创作者们大多是从生活中汲取灵感，自然生活本身夹杂的柴米油盐、风土人情也都浸入了音乐当中。纵观当下，来自广州的五条人、西安的马飞、兰州的野孩子和低苦艾、新疆的旅行者、贵州的尧十三，他们的音乐里，都有着明显的地域性。

所以，很难用一两句话概括到底什么是民谣，民谣代表着什么。"也许再过三十年，当我们回过头寻找中国当下这个阶段的音乐的时候，我们要在民谣的这些人里寻找。"台湾乐评人马世芳曾说道。回顾中国当代民谣的发展，按照年代划分，经历了三个阶段：一是以高晓松、老狼、小柯、沈庆等为代表的20世纪90年代的校园民谣；他们是学院派和唱片工业的精英；二是以小河、万晓利、周云蓬、野孩子为代表的新民谣，他们是清苦的都市异乡客；三是以宋冬野、马頔、程璧、好妹妹等为代表更新的城市民谣，他们是互联网时代自由生长的新文化IP。

20世纪90年代的校园民谣，是中国当代民谣发展历史中"人文性"最突出的代系。以高晓松、宋柯、老狼、小柯等为创作代表，表达的是都市年轻人在走向成熟的阶段，面对城市、自我、未来发出的最真诚的思索和情感。校园民谣也是90年代初中国当代流行音乐的一个重要发端，只是很可惜，因为我们唱片工业的不健全，从《校园民谣3》之后这些人就逐渐退出了这个圈子。如今这些人的大部分，比如宋柯、高晓松、小柯等一直从事幕后工作，以自身的影响力带动整个音乐行业的发展。也有像老狼这样"德艺双馨"的艺术家，一边坚持走在台前，在音乐节上压轴演出，一边不断推持新人，对音乐还怀有无限柔情和热爱。

90年代末到2000年初，北漂一族的"酒吧赶场"滋生出来的另一种情怀和情感，成就了新一代民谣的面貌。以周云蓬、万晓利、小河、张佺、张玮玮、郭龙、吴吞等为代表，他们曾经是漂泊的"城市波西米亚人"，是"河"酒吧浪漫年代的纯情狂欢客，是异军突起被视为平民英雄的现代传奇。十年间，他们行走、创作，记录自己作为芸芸众生中的一员的生活与兴叹；他们每一次全新的创作都试图推翻上一章的固有形式；他们从草根身份出发，在酒吧、剧场里唱歌，与商业唱片运作系统说再见，逐渐也成为大小音乐节上最受欢迎的嘉宾。如今这一代系的民谣音乐人，心愿渐归平静，生活逐渐稳定，创作也变成了一种有节奏的自律。像周云蓬说的那样，"一切都是从生活出发"，像小河说的那样，"关注一些琐碎的、身边的事情，是你皮肤真的能感觉到的"，与生活相处，成为他们的主要课题。

2011年开始，更新的一代民谣音乐人们，在互联网和电视选秀时代下开始更迅速、蓬勃地成长。赵雷、宋冬野、马頔、程璧、莫西子诗、陈粒、好妹妹等一批新的、更年轻的城市民谣音乐人，正呈现出中国独立音乐更崭新的面貌。他们不再悲苦纠结，而是随性亲和，虽然小众但也精准。他们用音乐表达自己的所思所想、所爱所恨，没那么深刻但足够自由。比如程璧，北大的高才生加旅日的原研哉学生，用音乐表达自己对诗歌和文艺的喜爱。她传递的不仅仅是音乐，还是一种"文艺可以更美好"的价值观，让人心生喜爱和向往。比如陈粒，她以刚烈不羁的个性、怪异的装扮言语加天马行空的想象力迅速成为一颗爆炸的"超新星"。她传递出的信息是不羁的性格在城市中骄傲驰骋的可能。比如马頔，是那种略浑、略顽皮，但偶尔深情的北京孩子。他们自由创作，音乐和现场只是他们展现人生观和价值观的一部分。认同这种价值观，期待渴望这样的人生，那么你就是他们的粉丝。也许音乐只是一种工具和途径，帮助连接他们内心的核与整个外部世界。

如果说想了解中国当代年轻人的文化面貌和时代精神与新独立民谣的兴起，那你不得不去研究和探索。

旁观民谣于当下中国，似乎有些发展得太快了。新人辈出，演出不断，各个媒体新媒体也都将目光投向了民谣。这一切是怎么发生的？十年前一个有才华的音乐人可能更容易上演怀才不遇的悲情故事，为什么年轻一代可以如此顺风顺水？我个人认为互联网是降低技术门槛和扩大传播的最好工具，再也没有一个唱片公司的保安把你拦在门外，再也没有一个报社编辑说今天版面不够，网络传播的去中心化让每个人都有自己的舞台。只要你有音乐梦想，有才华，你就可以在互联网上直接发表自己的作品，找到属于你的粉丝。回过头来看当下最红的这些独立民谣音乐人，他们的个人微博几乎都拥有几十万的粉丝，微信账号也在精心经营，而虾米音乐、乐视音乐、网易云音乐等专业的音乐平台也给予了这些当代独立音乐人极大的支持。

如今，似乎每个城市都有那么一个地标性的 live house，这个城市才显得完整。对于音乐人来讲，全国巡演已经是新唱片发布之后的必选项动作。全国开花的 live house 或剧场，布下了另一个高铁和互联网之外的网，得以让新时代的音乐人们在全国走唱，去与各地的粉丝面对面。民谣音乐人的轻装上路和随意亲民无疑更适合在这样的场地与歌迷最近距离地交流，新一代的都市民谣音乐人正将他们的能量带到每一个城市的中心，成为新的文化与社交的接头暗号。青年们正逐渐聚集在一起，不再愤怒不再叛逆，而是享受文艺、追求自由、憧憬更好的生活，一起虚度虚度时光。

"民谣经纪人"，很多时候大家开始这么介绍我。从2011年到2013年，我带着周云蓬、万晓利、小河、张佺、张玮玮、郭龙、吴吞等音乐人，行走在北京、香港、台湾、上海多个城市，用"走唱"的方式丈量着这个时代的广度，并体会着当代民谣的人文厚度。

在这之前，我本职是一个在咖啡馆里采访

赶稿的记者，偶尔去看独立演出顺便写点小文章的文艺青年。真正投入其中，跟着他们一起工作，远在我最初的意料之外。我也许已经在那一个个细节里死过了一万次，比如上百上千封的沟通邮件，无数的 Excel 表格，永远整理不完的演出素材。看演出的位子也从台下变成幕后，担负起组成一场演出的所有细节：调度、指挥、催台、善后……可即便如此，每当他们在舞台上面对着那么多人唱出这个世界，我还是感觉到那种沙沙生长的感觉，就像吴吞的那首《喀什的天空》里唱的："相信世界，会在你褪色的眼里，慢慢苏醒。"那些与民谣同行的日子里，看着他们逐渐从地下走到地上，从圈内走向圈外，从野蛮到日渐正规，我亦学会了一整套独立音乐经营运作的宝贵经验，学会了怎样踏踏实实地做事低调朴实地做人，并在生活之中兼顾现实与梦想。

2014年我成立了"乐童音乐"这个音乐互联网公司，将那些"走江湖"的日子里积累下来的肩挑手扛的经验，变成平台和产品，帮助音乐人做相关的服务和推广。在将近两年的时间，我们已经服务了2000多组音乐人和上万场演出，对于民谣的观察、记录、思考、书写也从未停止。这也许是我认识音乐、认识世界、认识生活的一个管道和方式。中国当代民谣这二十几年短暂的发展变化以及未来，我们可以看清一代代的创作者们，怎样用自己的风华正茂构建历史；而行走在城市中的年轻人，怎样与脚下的土地重新产生连接。在这个过程中，浮华的颜色会随时间褪去，民谣，带我们去到我们终将要到达的地方。

中国古今民谣发展时间轴

Timeline of Chinese Folk Songs' Development from Ancient Times to the Present

XXXXXXXXXXXXXX

图 丁斯瑜 编 朱鸣

text: Ding Siyu

edit: Zhu Ming

远 古 至 近 代

夏商时期 远古
约2000B.C.~1046B.C.

○此时音乐没有类别之分，但已经有了表达旋律和节奏的乐器出现，如骨笛、陶埙、陶铃、陶鼓等。此时人们对于音阶已经有了初步的认识。
主要作品：无

西周
1046B.C.~771B.C.

○西周宫廷首建完备的礼乐制度，提倡"礼乐治国"，音乐形式以乐舞为主；此外还有"采风"制度，官方收集各地民歌，用以观测民情，因此大量民歌得以保留。
主要作品：宋经整理的零散民歌，《诗经》前身。

春秋
770B.C.~476B.C.

○西周初期至春秋中叶的诗歌，经孔子删编加工，最终收录三百零五篇，形成了中国第一部诗歌总集——《诗经》。《诗经》中分为"风""雅""颂"三部分，其中"风"为"十五国风"，选取各诸侯国的民歌乐调，各篇目均可咏诵，也可加以乐器、歌舞演奏。
主要作品：《诗经》中的《桃夭》《燕燕》《子衿》等。

战国
475B.C.~221B.C.

○战国时期，在中原文化区外出现了风格迥异的南方楚地民歌。楚地民歌经过屈原等人的加工和再创作，带有显著长江流域特征，突破了《诗经》句式上以四字为主的格式，融入楚地方言和风土人情，形成了"楚辞"这一诗歌体。楚地民风淳朴，有"和歌"风俗。同时楚地的巫鬼文化盛行，使得"楚辞"的内容较之前《诗经》时代更为丰富，天、地、人、鬼、神都被加入创作。"楚辞"是来自南方民间、又经文人加工后的产物。
主要作品：《离骚》《九歌》《天问》《渔父》等。

秦
221B.C.~206B.C.

○秦朝出现了"乐府"。作为朝廷专门管理乐舞演唱教习的官署，皇家音乐多为歌功颂德所作，而下层社会实则民不聊生，民间音乐少有存留。除荆轲刺秦所留《易水歌》外，秦二世宅国后，人们根据记忆恢复了一部分民间歌谣，如《长城歌》。
主要作品：《易水歌》《长城歌》等。

汉
206B.C.~220A.D.

○汉初，高祖刘邦偏爱楚声，楚地"民谣"自民间走向宫廷，经人整理最终正式成书《楚辞》。另汉武帝时期，恢复汉初废除的"乐府"，官方开始采集各地民歌和文人诗，后经过"乐府"加工改编配乐，制成"俗曲歌辞"，加以传唱。汉人称其为"歌诗"，后世称其为"乐府诗"。由此民间曲调得以大肆发展。此时，歌谣特点多是有感于现实生活中发生之事，从而产生哀乐之情。在句式上多为五言，比四言体节奏更为丰蓄且富有变化性。
主要作品：《陌上桑》《长歌行》《孔雀东南飞》《白头吟》《上邪》《江南》等。

南北朝 魏晋
220A.D.~589A.D.

○魏晋南北朝时期，社会动荡，长期南北割据的局面，导致了南北在文化上的差异加大。长江南北的"歌谣"有着各自不同的风格。南朝"歌谣"分为"吴声"西曲""神弦"三大类，由于南朝多为晋士南迁，魏晋时期遗存的玄学思想，使得人们思想自由度较高，"歌谣"多为歌咏男女之情，风格温和含蓄；北朝由于疆域广阔，民族风俗各异，且长期处于动荡局面，"歌谣"内容多为动乱与战争，风格豪放粗犷。
主要作品：《敕勒歌》《西洲曲》《木兰诗》《子夜歌》等。

隋唐
581A.D.~960A.D.

○南北分裂统一后，社会整体繁荣。由于官方对文化发展的鼓励，"诗皆要乐"的风气日渐兴盛。宫廷"雅乐"的地位，逐渐被民间"歌谣"为代表的"俗乐"超越。与此同时，在东国诗人诗词的氛围下，相较之前言五言的格式，七言诗的创作也加成熟，从而兴起"竹枝词"。"竹枝"原本是流传于巴蜀地区的民歌，唐代诗人刘禹锡将其变为大人们的诗样，地方色彩浓郁。

另外，唐代民间形成了一种新的音乐形式——"曲子"。这是一种结合了南北特色的"俗乐"。"曲子"具有一定的章句格式和词的格式，长短句结合，可以看作是"词"的前身。

主要作品：《竹枝》《白蛇歌》《杨柳枝》《戏庐山》《望江南》等。

宋
960A.D.~1279A.D.

○宋朝社会稳定，文化艺术发达。曲子"经过五代十国的发展，而成成了"词"与是，民间流派以"声音"的主要方式。宋朝"乐府"不复存在，"歌谣"的发展一时间走向低迷。同时，宋朝统治者为维护统一局面的同时，强调"雅乐"的正统性，以"歌谣"为代表的"俗乐"创作便受到打压。而在宋朝"以文治国"的政策，虽然"歌谣"的创作偏少，但又人有收集前朝"歌谣"整理成书。这种风气也影响到之后几朝几代，对于"民谣"的历史整合有极大推动作用。

主要作品：《东风诗集》《陈瑞瑶》《月子弯弯照九州》《陌上花》等。

元
1206A.D.~1368A.D.

○元朝由蒙古族建立，统治者对汉族知识分子进行打压。此时期，各个层面的文化发展都呈现停滞甚至衰退。元朝发达的城市经济，造就了通俗化、市民化的特点，这使得元朝的"说唱曲艺"——"曲"兴起。此外，元曲在在民间诗词的氛围下，相较之前言五言的格式，七言诗的创作也加成熟。宋词的典雅格调，因为无法应大众市民化的口味，最终经过改造而发生变化，形成了"元曲"这种艺术体式。"元曲"具有一个固定的曲调和句式。一时间获得大众的高接受度。民间歌谣在这一时期仍然处于发展的低潮，许多作品被加工成元曲的一部分。

主要作品：《古乐苑》《元杂剧》所编纂古乐府集》等。

明
1368A.D.~1644A.D.

○明朝建立初期，统治者的专制使文化发展受到严重牵制。艺术发展一度处于停滞状态。直到明朝中后期，随着社会经济的萌芽和发展，催生了以江南地区为主的手工业兴起，社会经济才得以迅速繁荣。与此同时，元曲逐渐得到后期，几近走到末路。由于加工创作的主体是知识分子，失去了原本中审美雅工工匠，与原本的审美意味开来。于是明朝文人在民间汲取力量，推动了"民谣"这一形式的发展，使得"民谣"在当时被称作"小曲""小唱""小令"等，与当时的诗词、戏曲、曲艺、谚语多有结合。

在内容上，明朝"歌谣"的题材丰富而广泛，尤以男女之情为重，结合明朝盛行的"唱妓文化"，故与之有关的"歌谣"数量非常多。

1937年7月抗战爆发后，战争直接影响了"歌谣运动"的发展。这一形式的"民谣"都是以"抗战"为主题，用以激励人心，鼓舞士气。

主要作品：《桂枝儿》《山歌》《演小儿语》等。

清
1636A.D.~1911A.D.

○清朝由关外侵入的满族人统治，这一时期，"程朱理学"成为思想界的正统，文化艺术的自由普遍受到限制。统治者对"歌谣"的创作与传播的限制尤为明显，加上"文字狱"的出现，更加"民谣"一时间风声鹤唳。自明末清初以来，"歌谣"在形式上的变化趋势，是"由简到繁"的。由原有的一支"歌谣"中加入几句其他的曲词，或用几支不同曲调的曲子，组成完整的一套曲调，所以"歌谣"呈现着一种"雅化"的趋势，带有明显的文人气息。

主要作品：《古乐流》《清蒙古乐府集》《元杂剧所编纂古乐府集》等。

民国
1912~1949年

○1912年2月12日，宣统帝退位，清朝灭亡，中国进入了中华民国时期。1915年，陈独秀主编的《新青年》发表，"新文化运动"就此开始。同时，代表着民间声音的"民谣"又重新被复苏。1918年，北京大学日刊刊登了《北京大学征集全国近世歌谣简章》，"歌谣运动"正式兴起。由于加工创作的主体是知识分子，故在当时，"民谣"有使民族觉醒的作用。此后的社会环境下，西方音乐文化开始传入，国内现代民谣也被引进到国门。

1937年7月抗战爆发后，战争直接影响了"歌谣运动"的发展，这一形式的"民谣"都是以"抗战"为主题，用以激励人心，鼓舞士气。

主要作品：《国际歌》《大事好愿景下》《不平歌》等。

中国台湾
20世纪30~40年代

○此时台湾在"日据时期"，日本给台湾带来不少西方的先进文化，其中也包括留声机、唱片机等音乐设备。1932年，古伦美亚唱片公司发行台湾第一张唱片《桃花泣血记》，台湾的音乐得到极大发展。这一时期，台湾音乐的基础仍是传统民谣。但由曲谱往余光中的诗作，由此在台湾被教起了一波以"乡愁"为主题的民谣创作。1975年，《夏潮》杂志创刊，其主旨之一，便是传播"本土民族主义"。由此，台湾民谣的发展出现新脉络，即便贴近台湾本土风情，更走向乡野的创作。

1977年，新格唱片主办民歌比赛，推出了齐豫、李建复、黄韵玲等歌手，此事将参赛者多为大学生，主要演唱商业歌曲。由此形成了早初的"校园民谣"风。歌曲内容方面，除了之前的"怀乡"外，又增加了自然、青春、亲情、友情等主题，使得以这批歌曲的听众群迅速扩大。

主要作品：《爱的箴言》《回忆》《美丽岛》《橄榄树》等。

20世纪40~70年代

○内战结束后，国民党退居台湾，力稳定台湾本地政治环境，执政者实行"戒严令"。在长达三十八年的戒严时期里，台湾的言论、出版、集会、讲学等自由，都受到了限制。这一时期的"民谣"创作内容，多表现生活的贫苦与对政府的抱怨。由于同时对"民谣"不同的原因遭遇禁锢，对台湾"民谣"的发展的影响，使之大部分歌曲由于不同的原因遭遇禁锢，对台湾"民谣"的发展产生了较大的冲击。

主要作品：《黄昏的故乡》《何日君再来》《酒矸啦》等。

20世纪80年代

○受到"民歌运动"的影响，大批台湾民谣歌手创作出了反映自己内心的优秀作品，以继续本土音乐与巨大发展。同时，"金韵奖"比赛后推出《金韵纪念专辑》，其中许多歌曲成为"校园民谣"时代的经典之作。"金韵奖"与"海山唱片举办的"民谣风"歌唱比赛很大程度上推动了台湾民谣的创作与发展，使其渗透影响到社会的各个阶层。台湾民谣在80年代发展到了一个辉煌的全盛时期。

主要作品：《南中却事》《生命的阳光》《他似你的温柔》《光阴的故事》《童年》等。

中国大陆
20世纪60~70年代中后期

○此时期中国大陆正在经历剧烈的政治运动——"文化大革命"。受其影响，此时的歌曲都带有浓重的政治宣传意味，大部分为所谓的"革命歌曲"。1976年"文革"结束，到了70年代末期，社会逐渐进入了一个全新的阶段。"文革"的伤害与反思，对"改革开放"政策的实践，使得这一时期社会创作的欲望重新焕发生机。在音乐风格上，这一时期的音乐看着扬帆，虽然依然有旧时代的痕迹，但是在题材和编曲上都有较大的突破。

主要作品：《大海啊故乡》《太阳照我边疆》《山丹丹花开红艳艳》《北京颂歌》等。

20世纪80年代

○1980年1月，中央人民广播电台文艺部与《歌曲》编辑部，联合举办"听众喜爱的广播歌曲"评选活动，产生了著名的"十五首抒情歌曲"，这是大陆最早的"流行音乐排行榜"。同时，"民谣"也在"这片音乐"的带动下发展起来。受到欧美音乐大量传播，由此诞生了大陆第一批民谣歌手。总体而言，这一时期处于大转现代"民谣"的萌芽期，原创作品还是比较少，题材也比较少。

主要作品：《校园的早晨》《年青的朋友来相会》《小螺号》等。

20世纪90年代

○1994年，大地唱片的策划人黄小茂，搜集了一批1983年至1993年的学生集作并出版，同名专辑名称叫作"校园民谣"。此后开始，"校园民谣"在大陆盛行起来。到80年代末起，各高校的民谣优秀逐渐浓厚，涌现了有影晚松、老狼为首的一批校园民谣音乐人。到90年代末期，世纪之文之时，市场经济不断深入，社会环境也随之改变。这使得民谣的内容多为表达"集约情绪"内心的无所适从"和"城市"这一概念，也地向入民谣的创作时期。

主要作品：《同桌的你》《睡在我上铺的兄弟》《露天电影院》《恋恋风尘》《青春无悔》《白桦林》等。

20世纪90年代中后期至21世纪00年代

○90年代，校园民谣的内容逐步抽离校园，融入更多的社会现实，故此时期出现了"城市民谣"的概念。一批新的民谣音乐人开始活跃在这一时期活动，他们大多脱离商业模式，使大陆民谣走向了"小众"独立"时期。起初，这批民谣音乐人只在小型酒吧或小型的LiveHouse，此时期的民谣作品，在内容上贴近"民居"，侧重展示个人内心感受，同时也对社会现象加以批判，被称为"新民谣"。

主要作品：《玫瑰》《时机》《黄河谣》《盲人影院》《沉默如谜的呼吸》等。

21世纪10年代

○互联网时代，在唱片制作与音乐传播的门槛大大降低，音乐创作者能够直接、方便地与大众交流互动，涌现了新的一批被大众熟知的年轻民谣音乐人。他们的音乐延续了高校民谣气氛质朴偏浪漫，但由于赢晚松、老狼等关的呈现出更加"平民化"的特点。"民谣"与"流行音乐"的界限开始模糊，使"民谣歌手"的粉丝群在爆炸性增长。经过前后几批民谣音乐人的耕耘，大陆民谣进入了一个前所未有的全盛时代。

主要作品：《天空之城》《南山南》《董小姐》《北方女王》《斑马斑马》《画》《成都》《安河桥》《南山南》等。

近
现
代

中国民谣音乐人地图

Map of Chinese Folk Musicians

XXXXXXXXXXXXXXXX

朱鸣、罗兆良
edit: Zhu Ming & Paul

新疆

马木尔→1970年生于新疆，哈萨克族，'IZ乐队'主唱→作品：《阿肯》

吴吞→70后，生于新疆乌鲁木齐，原"舌头乐队"主唱→作品：《时候到啦》

吴俊德→1972年7月4日生于新疆，仁科二人组合，现"旅行者乐团"主唱→作品：《菩萨的微笑》

马条→70后，生于新疆克拉玛依→作品：《封锁线》

洪启→1973年生于新疆和田→作品：《九棵树》

周老二→1974年生于新疆可可托海，原名周胜军→作品：《再见清凉》

张智→70后，生于新疆依奇克里克油矿，"旅行者乐团"主唱→作品：《尼勒克小镇》

钧子→1977年7月18日生于新疆，原名武雅荔，2000年9月10日自杀→作品：《青春》

花粥→1993年7月21日生于新疆乌鲁木齐→作品：《老中医》

旅行者乐团→2008年成立→简介：旅行者乐团是一个极具西域游牧气质，自由即兴的乐团，并和其他国内知名音乐人进行跨界合作。→成员：吴俊德(主唱、吉他、冬不拉)、张智(主唱、吉他、键盘)、文锋(打击乐、和声)、嘎瓦(马头琴、呼麦、和声)→主要作品：《旅行者》《快乐时光》《生命之路》

舌头乐队→1997年2月25日成立于新疆乌鲁木齐→简介：舌头乐队用狂躁的歌调和杂乱的节奏，揭示社会的残酷现实，是中国早期地下音乐的代表乐队。→成员：吴吞(主唱)、郭大纲(键盘)、吴俊德(贝斯)、文锋(鼓手)→主要作品：《这就是你》《乌鸦》《行动》《小鸡出壳》

内蒙古

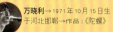

贰佰→80后，生于内蒙古阿拉善→作品：《玫瑰》

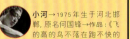

陈鸿宇→1989年1月18日出生→作品：《理想三句》

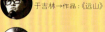

杭盖乐队→2004年成立→简介：杭盖乐队是在海外最受欢迎的中国民谣乐队，不仅因其浓郁的蒙古族风格的音乐吸引全世界的听众，而且杭盖乐队也是首批和国外音乐经纪公司合作的中国民谣乐队→成员：巴图巴根(马头琴、低音呼麦)、伊立奇(套布秀勒、班卓琴、呼麦)、伊拉拉塔(箱琴、电吉他、套布秀勒、三弦、主唱)、胡日查(主唱、口弦)、李中涛(打击乐)、钮磊(贝斯)、徐京晨(电吉他、箱琴、三弦、冬不拉)→主要作品：《希格希日》《酒颜》《我的陶布秀尔》

阿基耐尔乐队→2009年成立→简介：阿基耐尔乐队以蒙古音乐为根基，其风格融合了多种现代的节奏、自由即兴和世界音乐等元素，不拘泥于音乐风格，更加凸显了作为独立乐队和独立乐手在音乐上的探索精神→成员：胡格吉图(马头琴、陶布舒尔、呼麦)、布仁巴雅尔(打击乐)、郎威铭(贝斯)、李志伟(吉他)→主要作品：《安代舞》《宿草》《丰饶的故土》

河南

郝云→1979年2月25日生于河南郑州→作品：《突然想到理想这个词》

李晋→1986年7月6日生于河南安阳→作品：《窗外花开》

黑龙江

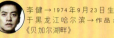

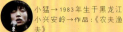

李健→1974年9月23日生于黑龙江哈尔滨→作品：《贝加尔湖畔》

小猛→1983年生于黑龙江小兴安岭→作品：《农夫渔夫》

吉林

末小皮→1986年1月23日生于吉林→作品：《远山》

宋雨哲→吉林人，"大忘杠乐队"主唱→作品：《风山》

河北

万晓利→1971年10月15日生于河北邯郸→作品：《陀螺》

小河→1975年生于河北邯郸，原名何国锋→作品：《飞的高的鸟不落在跑不快的牛的背上》

甘肃

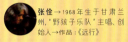
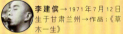
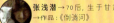
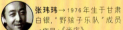
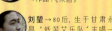

张佺→1968年生于甘肃兰州，"野孩子乐队"主唱、创始人→作品：《远行》

小索→1970年生于甘肃兰州，原名索文俊，"野孩子乐队"创始人之一，2004年因癌症去世→作品：《黄河谣》

李建侬→1971年7月12日生于甘肃兰州→作品：《草木一生》

张浅潜→70后，生于甘肃→作品：《倒淌河》

张玮玮→1976年生于甘肃白银，"野孩子乐队"成员→作品：《米店》

刘堃→80后，生于甘肃永昌，"低苦艾乐队"主唱→作品：《兰州 兰州》

野孩子乐队→1995年2月成立于浙江杭州→简介：野孩子乐队最初只有张佺、索文俊两人组成，他们的音乐以西北民歌为基础，有着高亢、辽阔的风格。→成员：张佺(主唱、吉他、口琴)、张玮玮(手风琴、沙棍、合音)、郭龙(单面鼓、手鼓、和声)、马雪松(单面鼓、木吉他、口弦、和声)、武锐(打击乐)→主要作品：《黄河谣》《眼望着北方》《小马过河》

低苦艾乐队→2003年成立于甘肃兰州→简介：低苦艾乐队不但承袭了西北民谣奔放热烈的特点，而且凭借敏锐的感受力，创作出许多富有细腻深情的作品。→成员：刘堃(木吉他、主唱)、周旭东(吉他)、席斌(贝斯)、马泽民(打击乐)→主要作品：《兰州 兰州》《火车快开》《那支船》

六个国王乐队→2005年成立于甘肃兰州→简介：六个国王乐队早期作品以以前卫金属为主，2006年风格改为新民谣，成为沿袭西北民谣风格的一支民谣乐队。→成员：李东(主唱)、宋学强(吉他、和声)、包柯良(贝斯)、蒋谦(打击乐)→主要作品：《姊妹妹》《酒歌》《冬天的西北风》

宁夏

赵牧阳→1967年生于宁夏中卫→作品：《侠客行》

苏阳→1969年生于浙江温岭，长于宁夏银川→作品：《贤良》

谣乐队→2013年3月19日成立于宁夏银川→简介：谣乐队的音乐朴实无华，旋律简单动人，歌词常常诙谐幽默，整体却给听众积极向上的力量，用朴实的胸怀面对无奈和残酷的生活。→成员：王峥嵘(主唱、吉他)、白钢(吉他、和声)、马泽民(大提琴)、韩彬(手风琴)、李佳佳(打击乐)→主要作品：《老了》《我要上学校》《唱歌的孩子》

布衣乐队→1995年→简介：布衣乐队是最早一批西北民谣乐队之一，他们的音乐不仅抒发着对家乡大好河山的赞美也，也用朴实的情怀唱出人间最善良的感动，近年来他们演出的部分收益都捐给慈善公益机构，用实际行动去表达自己的开心和用情。→成员：吴宁越(主唱)、苗伟(吉他)、林邪儿(贝斯)、孙志方(鼓手)→主要作品：《秋天》《三峰》《喝不完的酒》《丢》

陕西

蒋明→陕西西安人→作品：《游子谣》

马飞→陕西西安人→作品：《长安县》

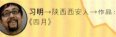

习明→陕西西安人→作品：《四月》

路平→陕西西安人→作品：《我的心被遗弃了》

朱芳琼→1971年生于陕西宁陕→作品：《上西天》

四川

沈庆→1970年4月1日生于四川乐山→作品：《青春》

白水→四川宜宾人→作品：《童趣》

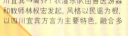

衣湿乐队→2010年成立于四川宜宾→简介：衣湿乐队由兽医游淼和教师林权宏发起，风格以民谣为根，以四川宜宾方言为主要特色，融合多种音乐元素，主题多种多样，配器不拘一格，现场演出活泼生动，带给观众与众不同的独特体验。→成员：游淼(词曲、主唱、木管乐器)、林权宏(木吉他、电吉他、小阮及木他弹拨乐器)、邵岩峰(木吉他)、黄相辉(鼓及监制)、查杰鹏(打击乐)、王炳琨(三弦、中阮、琵琶)→主要作品：《从前有座山》《打群架》

贵州

尧十三→1986年8月25日生于贵州毕节，原名唐尧→作品：《北方女王》

陈粒→1990年7月26日生于贵州贵阳→作品：《奇妙能力歌》

青海

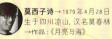

玥霖→1991年6月生于青海，原名古佳妮→作品：《白日梦游》

莫西子诗→1979年4月28日生于四川凉山，汉名莫春林→作品：《月亮与海洋》

湖南

陈涌海→1967年出生于湖南省→作品：《将进酒》

重庆

树子→1979年1月15日生于重庆，原名X颖→作品：《你的眼睛》

秦昊→1986年5月17日生于重庆，"好妹妹乐队"主唱→作品：《你飞到城市另一边》

好妹妹乐队→2010年4月成立→简介：好妹妹乐队是由两个喜欢唱歌弹琴的男生组成，他们的独立专辑《春生》迅速流行，并受广大年轻人的喜爱→成员：张小厚(主唱、吉他)、秦昊(主唱、吉他)→主要作品：《冬》《想想赋予谁》《原来那天的阳光》

云南

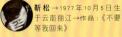

靳松→1977年10月5日生于云南丽江→作品：《不要等我回来》

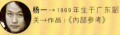

山人乐队→1999年成立于云南→简介：山人乐队一直致力于传承云贵少数民族地区的音乐遗产。他们用一些奇特而美妙的乐器，融合了云贵地区原生态音乐、摇滚、雷鬼与Ska等元素，制造出了世界音乐中新鲜和动听的声音。→成员：瞿子寒(弦子、吉他、主唱)、小不点(弦子、三弦、主唱和声)、艾勇(大三弦、贝斯、打击、和声)、欧建云(架子鼓、手鼓、民族打击乐、和声)、夏大Sam(打击乐、和声、口技、领舞)→主要作品：《香格里拉》《三十年》《蚂蚱》《还钱》

广东

杨一→1969年生于广东韶关→作品：《内部参考》

萧玲→生于广东茂名，"萧十三郎乐队"主唱→作品：《尘埃之舞》

五条人乐队→2009年成立于广东汕尾→简介：五条人乐队由阿茂、仁科二人组成，他们就用自己的汕尾话讲唱民谣，唱的内容往往来自他们熟悉的县城生活的碎片记忆，他通过悦耳的旋律和原汁原味的土著调记汇，不但自己的想法与生活述得妙趣横生，而且又呈现着对现代生活和时代的暗讽。→成员：阿茂(主唱)、仁科(主唱)→作品：《上县城》《鲜花在岸上开》

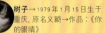
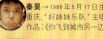
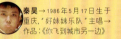

秘密后院乐队→2005年成立于广东广州→简介：秘密后院擅长用中国古诗词的语言来创作，充满了东方的人文主义情怀，他们不追求时尚，拥有一切阳光掠影的繁华和喧嚣，从容自如选择一个一去不回"退"的音乐路线。→成员：匡笑余(主唱、手风琴、口琴)、曾广超(弹拨乐)、飯飯(口琴、口风琴、女声)、晓晓(吹奏乐)、余立宇(古琴)、乌鸦(打击乐)→主要作品：《梦生》《叶落》《晨景》《春景》《灰飞》

萧十三郎乐队→2010年成立于广东广州→简介：萧十三郎乐队由夜郎和萧十三二人组成，夜郎更多居于幕后，主要负责编曲、和声，隐藏在萧玲出尘、清澈的声音后面，愈加悠扬、深远，流露着平静的神奥和浓厚的人文气息。→成员：夜郎(和声)、萧玲(主唱)→主要作品：《尘埃之舞》《寂静欢喜》《再见萤火虫》

江西

陈小飞→1989年生于江西安远→作品：《指条路吧》

广西

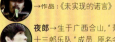

尹吾→广西人→作品：《每个人的一生都是一次远行》

大军→广西人，原名辜安宏→作品：《未实现的爱情》

夜郎→生于广西合山，"夜郎三郎乐队"成员，原名余志合→作品：《寂静欢喜》

福建

白羽→生于福建福州，原"小民是个机器人"主唱→作品：《青海湖》

省份标注：新疆、内蒙古、北京、天津、河北、山西、山东、河南、安徽、湖北、青海、甘肃、宁夏、陕西、四川、西藏、云南、贵州、湖南、江西、广西、广东、香港、福建、海南

● 以国家测绘地理信息局官方网站下载地图加工而成。

辽宁

 李春波 →1968年11月12日生于辽宁沈阳→作品：《小芳》

 艾敬→1969年9月10日生于辽宁沈阳→作品：《我的1997》

 周云蓬→1970年12月5日生于辽宁沈阳→作品：《沉默如谜的呼吸》

佟妍→1982年生于辽宁锦州→作品：《愁云》

北京

 老狼→1968年12月3日生于北京，原名王阳→作品：《同桌的你》

 川子→1969年生于北京，原名姜亚川→作品：《今生缘》

 郁冬→1972年11月3日生于北京→作品：《露天电影院》

 梁晓雪→1983年2月5日生于北京→作品：《Jimi And Lucy》

 赵雷→1986年7月20日生于北京→作品：《南方姑娘》

 宋冬野→1987年11月10日生于北京→作品：《董小姐》

马頔→1989年1月15日生于北京→作品：《南山南》

 大忘杠乐队→2009年3月成立于北京→简介：大忘杠乐队致力于同一主题下不同音乐类型、不同音乐背景乐手之间的融合，他们的音乐风格难以界定，被认为"有必要创造一个词来形容"→成员：宋雨喆（主唱，吉他），李铁桥（萨克斯），桑卡（古筝），李旦（鼓手）→主要作品：《说鸟》《四条道》《肥水》

台湾

 杨弦→1950年11月2日生于台湾花莲→作品：《乡愁四韵》

 胡德夫→1950年11月10日生于台湾屏东→作品：《大武山美丽的妈妈》

 齐豫→1957年10月17日生于台湾台中→作品：《橄榄树》

 李建复→1959年10月24日生于台湾台北→作品：《龙的传人》

 蔡琴→1957年12月22日生于台湾高雄→作品：《恰似你的温柔》

 侯德健→1956年10月1日生于台湾高雄→作品：《酒干倘卖无》

 罗大佑→1954年7月20日生于台湾台北→作品：《光阴的故事》

 陈升→1958年10月29日生于台湾彰化→作品：《把悲伤留给自己》

 陈绮贞→1975年6月6日生于台湾台北→作品：《旅行的意义》

 张悬→1981年5月30日生于台湾台北，原名焦安溥→作品：《玫瑰色的你》

天津

 安来宁→80后，生于天津→作品：《难得》

 张艺德→天津人→作品：《这么孤独着》

山东

 刘东明→1978年11月28日生于山东滕州→作品：《倒计时》

 乔小刀→1978年生于山东，原名乔守民，"大乔小乔乐队"主唱→作品：《消失的光年》

 赵照→1979年3月17日生于山东聊城→作品：《当你老了》

 大冰→1980年10月23日生于山东烟台，原名焉冰→作品：《陪我到可可西里去看海》

邵夷贝→1983年12月27日生于山东青岛→作品：《大龄文艺女青年之歌》

程璧→80后，生于山东滨州→作品：《我想和你虚度时光》

 大乔小乔乐队 →2006年成立→简介：由民谣音乐人乔小刀和其侄女乔木楠组成，诗意的歌词和童声的运用是大乔小乔乐队最大的特点。→成员：乔小刀（主唱，吉他），乔木楠（主唱）→主要作品：《消失的光年》《星座》《渔樵问答》

山西

浩子→1984年1月28日生于山西永济→作品：《sister doe》

浙江

钟立风→1974年2月16日生于浙江丽水→作品：《像艳遇一样忧伤》

谢春花→1995年1月25日出生于浙江金华，原名知非→作品：《借我》

湖北

 小娟→70后，生于湖北武汉，原名王秀娟，"小娟＆山谷里的居民"主唱→作品：《红布绿花朵》

 冬子→70后，生于湖北云梦，原名李东→作品：《十方》

 小娟＆山谷里的居民乐队→2009年成立于北京→简介：小娟＆山谷里的居民的音乐被众多音乐人誉为"可以闻到生活最本质的清香"，他们的风格清新自然，唱歌态度无为而为，生活观念简单质朴→成员：小娟（主唱，吉他），黎强（吉他，竹笛，和声），刘晓光（长笛，口琴，键盘，和声），荒井壮一郎（手鼓，架子鼓，和声）→主要作品：《山谷里的居民》《红布绿花朵》

上海

 郭一凡→1988年10月10日生于上海→作品：《遇见更好的自己》

 阿肆→1989年7月4日生于上海→作品：《我在人民广场吃炸鸡》

江苏

 左小祖咒→1970年3月4日生于江苏建湖，原名吴红巾→作品：《忧伤的老板》

 朴树→1973年11月8日生于江苏南京→作品：《那些花儿》

 李志 →1978年11月13日生于江苏常州→作品：《天空之城》

 张小厚→1987年5月23日生于江苏宿迁，"好妹妹乐队"吉他手→作品：《往事只能回味》

香港

 区瑞强→1955年7月31日生于香港→作品：《陌上归人》

 林一峰→1976年4月11日生于香港→作品：《The Best is yet to Come》

 My Little Airport（我的小型机场）→2004年成立于香港→简介：My Little Airport是一支香港乐团，由阿P（林鹏）和主音Nicole（区健莹）所组成，以曲风清新、梦幻，配以大胆的歌词著称。→成员：阿P（林鹏）（创作，和声），Nicole（区健莹）（主唱）→主要作品：《在动物园散步才是正经事》《独身的理由》《九龙公园游泳池》《回到中学的暑假》

黑龙江

吉林

辽宁

江苏

上海

浙江

台湾

诗乐之源：从《诗经》看先秦音乐
The Origin of Poetry and Ballad

采访+文 丁斯瑜　图 孙立　编 朱鸣　interview & text: Ding Siyu　photo: Sun Li　edit: Zhu Ming

先秦的《诗经》，与音乐，尤其是"民谣"音乐，在历史上有着千丝万缕的关联。《诗经》中的《风》《雅》《颂》三个部分，各自的风格与功用截然不同，它们或被用以政治教化，或是宗庙祭祀，也有的纯粹是为了娱乐而生。《墨子》对《诗经》做过这样的说明："诵诗三百，弦诗三百，歌诗三百，舞诗三百。"《诗经》对于诗、乐、舞三者的结合方式，在一定程度上，也能够反映出当时人们对于音乐的理解与态度。

　　流传至今，《诗经》只有诗文部分得到了保存，而与之相匹配的乐谱早已失传，这是令人扼腕叹息的。尽管如此，人们还是津津乐道于《诗经》中古老的音乐传统，无论是民间还是学界，关于《诗经》的讨论从未停止。知中 ZHICHINA 特别邀请中山大学孙立教授，请他来谈谈《诗经》中的"诗"与"乐"。

P　R　O　F　I　L　E

孙立，中山大学中文系教授、博士生导师，中山大学南方学院文学与传媒系系主任。2000 年至 2002 年，曾担任日本国立九州大学文学部外籍教授。2012 年担任日本早稻田大学文学学术院访问研究员。主要从事中国文学批评史及先秦、明代文学研究。其主要著作有《中国文学批评文献学》《先秦两汉文学史》等。

●《墨子·公孟》中所言的"诵诗三百，弦诗三百，歌诗三百，舞诗三百"。
《墨子·十五卷·目一卷》
清·毕沅 校注（清乾隆本）

知中　在您看来，应该如何定义"民谣"一词？

孙立　"民谣"这个词有古义和今义的区别，今天我们讲的"民谣"，实际上很多是指"民谣风"的一些歌曲，当然也包括了原生态的、边远的少数民族，或者是今人所写的一些具有"民歌风"的歌曲。但从古义来讲，所谓的"歌谣"在《尔雅·释乐篇》中便提到了"徒歌谓之谣"，意思是说不配器的清唱为"谣"。所以说"民谣"应该是来自民间的、"徒歌"、不配器的清唱，这是它的古今区别。当然，今天我们所说的"民谣"的含义已经扩大了。

知中　"诗"和"乐"是中国传统文化中的两个重要概念，有"诗言志，歌永言"之说，那么二者之间的关联以及区别是什么？

孙立　它们的关联呢，在古代来讲，"诗"和"乐"其实都有"言志"的功能。因为我们都知道，早期的"诗""乐"是合一的。当然"乐"还有一些礼仪方面的功能，重于教化方面，其次是一些娱乐作用。

区别的话，所谓"诗言志"讲的是，"诗"是用来诉说作者志向的，而"歌"虽然同样也可以，但两者在形式上有些许区别。"诗"是通过诵读的形式来"言志"，而"歌"是通过咏唱的方式。在这里，所谓的"永言"，"永"就是长的意思，即长言，因此"歌"可以看作是对诗句的一种咏唱。因为是咏唱，所以它不同于诵读的节奏，与平常说话不同。但是这里请注意，"永言"不单单止于"歌"，古代除了"歌"以外，还有一种类型叫作"吟诵"，这也是"永言"的一种，它介于诵读和咏唱之间。

知中　关于"中国音乐正式起源于《诗经》"这个说法，您认为准确吗？

孙立　我认为不大准确。因为我们可以看到，其实在《诗经》之前，中国已经有了很多音乐的形式。在河南舞阳的贾湖，曾经出土过一枚骨笛。它是七孔骨笛，经过考古鉴定它大概是八九千年前的东西，这枚笛子的出土，就说明音乐的起源应该在很久以前。我们可以倒推，有骨笛的时候就已经出现了音乐。由于它又是七孔骨笛，和音律一定是有关联的，也就是说当时的人对音阶已经有了一些成熟的认识。因此，我们并不能断定"中国音乐正式起源于《诗经》"，改为"《诗经》是上古音乐规范化进程中的一个里程碑"，这样会相对贴切一些。

知中　《诗经》可以称作一部"民间歌谣集"吗？其中的"音乐性"又具体表现在哪些方面？

孙立　实际上，《诗经》并不能单纯地看作是一部"民间歌谣集"，现在的学者普

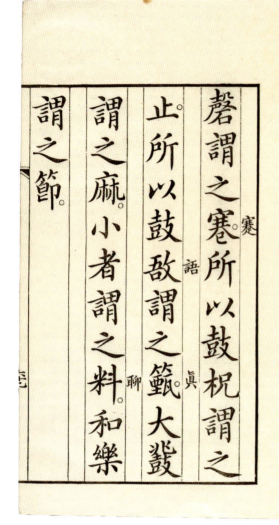

右面：
其中謂之仲。小者謂之箹。約
徒鼓瑟謂之步。徒吹謂之和。去聲
徒歌謂之謠。徒擊鼓謂
和。徒歌謂之謠。徒擊鼓謂
之哮。謼 徒鼓鍾謂之脩。徒鼓

左面：
磬謂之寒。寒所以鼓柷謂之
止。所以鼓敔謂之籈。眞 語
謂之麻。小者謂之料。聊 和樂
謂之節。

●《尔雅·释乐篇》为"谣"定
义，提到"徒歌谓之谣"。
《尔雅蒙求·二卷》清·李
拔式 编（清嘉庆本）

遍认为《诗经》中的部分作品，并不是直接出自民间。其中原本有一些民间创作，但后来经过乐师整理的所谓"民歌"，包括《国风》中的篇目，实际上体现了一些"文人性质"，可以说它是"文人性的民歌"。例如《诗经》的第一篇《周南·关雎》，我们在研究时发现，这首诗并非出自民间，而是经过了后来的加工。

说回《诗经》的音乐性，因为它的乐谱已经在后世失传，六经中的《乐经》也

已经在汉代后期遗失。所以说，《诗经》音乐性的具体表现，我们现在很难直接地去了解，但是《诗经》有音乐性这一点是肯定的。在《墨子》中谈到过，"诵诗三百，弦诗三百，歌诗三百，舞诗三百"。所以很显然，"弦诗"是用乐器、用琴去演奏，这一点能够证明它是具有音乐性的。而要是从诗句本身来说，我们用一种文学化的描述，诗句本身就是带有音乐性的。比如说它的韵律、节奏、重章叠句这些方面，具有一定

的音乐性，但这种音乐性和今天我们所界定的"音乐"已经有所偏离了。

在不同的类别中，《诗经》的音乐性也会有不同的表现，比如《国风》和《雅》《颂》在音乐的表现方面肯定会有所差异，但我们今天也都只能从它的文字形式上去推测了。

知中 从音乐角度来看，"风""雅""颂"各自内容的特点是什么？

30

● 贾湖骨笛，新石器时代器物。1987年出土于河南贾湖遗址，是中国目前出土年代最早的乐器实物。其能够演奏传统的五声或七声调式的乐曲，被认定为世界上最早的可吹奏乐器。(河南博物院藏)

比较轻快的风格，且"徒歌"的可能性多一些；而《雅》《颂》则庄重、持重一些。我们看到《礼记·乐记》中记载，魏文侯"吾端冕而听古乐，则唯恐卧；听郑卫之音，则不知倦"，他听到"古乐"就犯困，想睡觉，听到新声则非常精神。我想，这在一定程度上也能显示它们的不同。

再有一点，《颂》诗除了有音乐性之外，还有表演的成分——"颂者容也"，容便是扮演的意思。在《墨子》中说到"舞诗三百"，所以《颂》诗是能够集中体现诗、乐、舞合一的。其次，我们能够看到《颂》诗许多篇章是不押韵的，那么我想这可能与它的表演、器乐的演奏有关。且由于它的节奏较慢，有人也将它称为"舞歌"。

发音方面，《雅》属于当时的"正声"，因为它出自于周朝的首都镐京，相当于现在说的普通话，是以北京话为基础的。

孙立 这个问题与前面是有所关联的。我们现在从文字流传情况可以看到，《国风》中的诗章是比较短的，而《雅》和《颂》则篇幅较长。从句式来看，《国风》的诗句多以杂言为主，这可能与当时的演唱有一定关联。《雅》和《颂》则比较齐整，四言句式占据了绝大部分，当然也有个别五言或是更长的句子出现，但是整体比较起来，它们相对以四言为主。

我们可以揣摩《国风》的音乐应当是

● 《礼记·乐记》中记载了魏文侯听到"古乐"和"郑卫之音"时的不同反应。《礼记》魁本大字校刊本(明嘉靖三十一年跋)

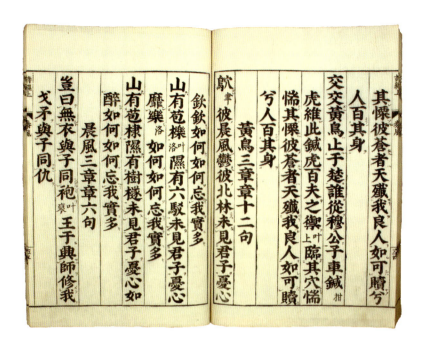

01　《秦风·无衣》
岂曰无衣？与子同袍。王于兴师，
修我戈矛。与子同仇！
岂曰无衣？与子同泽。王于兴师，
修我矛戟。与子偕作！
岂曰无衣？与子同裳。王于兴师，
修我甲兵。与子偕行！

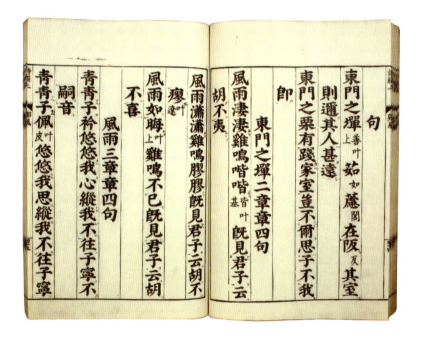

02　《郑风·子衿》
青青子衿，悠悠我心。纵我不往，
子宁不嗣音？
青青子佩，悠悠我思。纵我不往，
子宁不来？
挑兮达兮，在城阙兮。一日不见，
如三月兮。

●《诗经》魁本大字校刊本（明
嘉靖三十一年跋）

知中　"十五国风"收录了当时十三个诸侯国和两个地区的民间歌谣，各地"因地理位置不同而造成的文化差异"，这一点具体是如何在《诗经》中体现的呢？

孙立　因为"十五国风"就地域来讲，我们知道它是围绕着中原地区，向西到陕西、甘肃一带；向东到胶东半岛一带；向南到了江汉流域，所谓江汉流域实际上是指长江、汉水；向北能够到湖北、河南一带。它虽然集中在中原地区，但是在东西南北还是涉及到了一些偏远地区，因此我们能够在其中发现，有些地域风格特征比较明显的地方。

比如《秦风》《豳风》《唐风》是一种

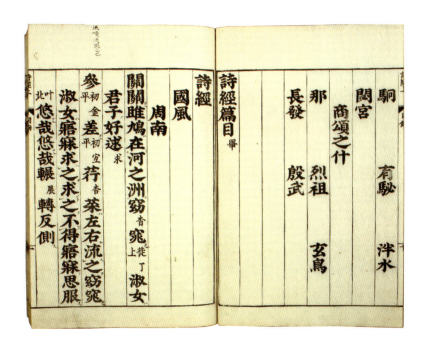

《周南·关雎》
关关雎鸠，在河之洲。窈窕淑女，
君子好逑。
参差荇菜，左右流之。窈窕淑女，
寤寐求之。
求之不得，寤寐思服。悠哉悠哉，
辗转反侧。
参差荇菜，左右采之。窈窕淑女，
琴瑟友之。
参差荇菜，左右芼之。窈窕淑女，
钟鼓乐之。

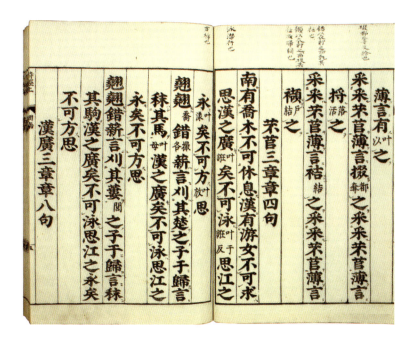

《周南·汉广》
南有乔木，不可休息。汉有游女，
不可求思。汉之广矣，不可泳思。
江之永矣，不可方思。
翘翘错薪，言刈其楚。之子于归，
言秣其马。汉之广矣，不可泳思。
江之永矣，不可方思。
翘翘错薪，言刈其蒌。之子于归，
言秣其驹。汉之广矣，不可泳思。
江之永矣，不可方思。

风格，它与《郑风》《卫风》有很大差异。比如《郑风》《卫风》中有许多的情诗，而《秦风》中从数量上来看就要少很多。另外，我们在《周南》《召南》中能够看到一些体现南方文化特色的东西，像《汉广》一篇，就能体现水乡浪漫的文化。所以，这样我们能够看出，西边和南边是有一个比较鲜明对比的。

02

无诗不成乐：延续千年的古老歌声
No Poetry , No Ballad: Singing for Thousands of Years

文 丁斯瑜　编 朱鸣　text: Ding Siyu　edit: Zhu Ming

春秋战国时期，"音乐"得到了很高的重视和推崇。追根溯源还是孔子的功劳，他提出一个重要的观点——"兴于《诗》，立于礼，成于乐"。周朝完善而繁缛的礼节，被孔子进一步地优化、发扬，最终的结果便是礼、乐、诗、舞浑然一体。

●明嘉靖魁本《诗经》封面及《风》《雅》《颂》
　目录

《诗经》，就其最初性质而言，可以看作是"歌曲的歌词"。关于这一说法，史料中也有所提及。《史记·孔子世家》中写道："叁佰零伍篇，孔子皆弦歌之，以求合韶、武、雅、颂之音。"东汉时期文学家何休有言："男女有所怨恨，相从而歌，劳者歌其事，饥者歌其食。"后又有胡适定义："《诗经》并不是一部经典，确实是一部古代歌谣的总集。"以上都能够说明《诗经》所包含的音乐性。所以，《诗经》不应仅仅被简单归入"诗"的范畴。

《诗经》主要分为《风》《雅》《颂》三个部分。具体说来，《风》的创作底本多出自民间，就像各地"民歌"，是真正民间的发声，自由而不受限制；《雅》为正声雅乐，王畿之乐，大多围绕贵族文人而作，讲王室、讲战争、讲礼制；《颂》则多用作宗庙祭祀，歌颂祖先、歌颂天地、歌颂农神。显然，《风》最接近于人们今天所谓的"民谣"定义。

由于在创作上，《风》选取了西周时期十五个不同地

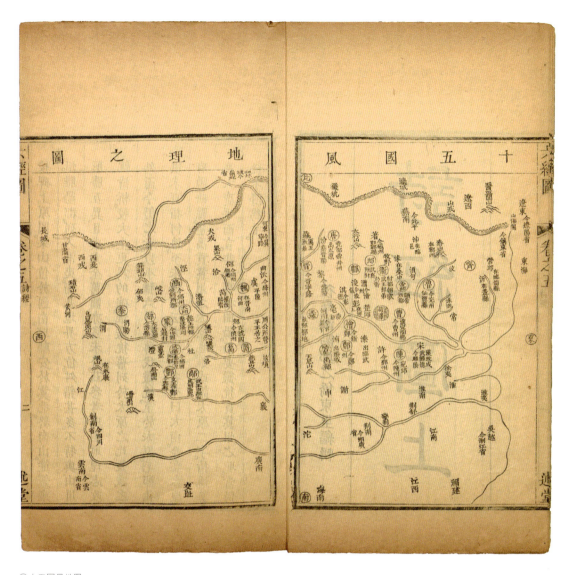

◉十五国风地图
《六经图》清·郑之侨编（清乾隆本）

区的"民歌"，故也被称作"十五国风"。关于《风》的具体意义，历朝历代有许多人对它进行了诠释。宋人郑樵的看法是"风土之音曰风"，而同是宋人的朱熹也有类似的说法，"风者，民俗歌谣之诗也"，这其中都提到的关键字便是"民俗""歌谣"。它至少印证了两个方面。一是这一部分的诗歌，不完全属于庙堂文化，而是民间文化的产物；其所包含的风土人情，也是民间情感最为真实直白的流露。二则是对"音乐"这一概念的强调。《国风》不单单是诗，它更像是民间原始的小曲小调，自然、真实。在《王风》中有一篇《君子阳阳》，专写歌舞场面：

君子阳阳，
左执簧，
右招我由房。
其乐只且！
君子陶陶，
左执翿，
右招我由敖。
其乐只且！

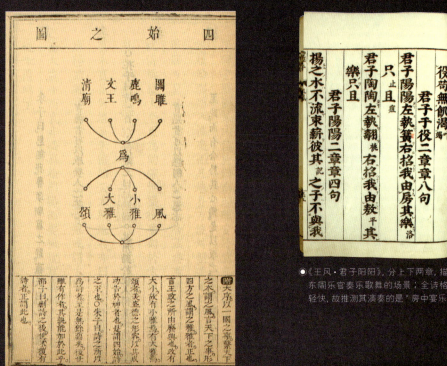

◉ 《六经图》中所录"四始之图",以及关于《风》《雅》《颂》的简介。

◉ 《王风·君子阳阳》,分上下两章,描写的是东周乐官奏乐歌舞的场景；全诗格调缓慢轻快,故推测其演奏的是"房中宴乐"。

◉ 《史记·孔子世家》中记载"三百五篇,孔子皆弦歌之,以求合韶、武、雅、颂之音",是说三百零五篇诗,孔子都能演奏歌唱,以求合于《韶》《武》《雅》《颂》这些乐曲

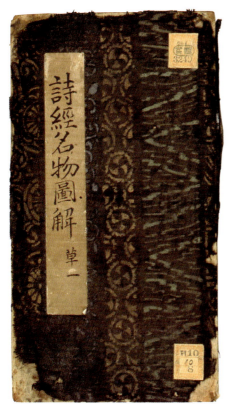

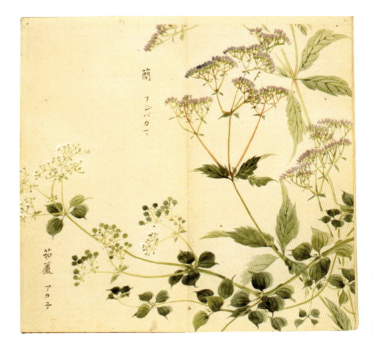

●《诗经名物图解》中,日本江户时代的儒学者
  细井徇,将《诗经》所提名物一一绘出。

"君子",指舞师。"我",则是乐师。其中"簧""翿",前者为乐器,后者为舞蹈时所用道具,类似于今天的舞扇。据说翿用五彩的野鸡羽毛制成,绚丽夺目。"由房""由敖"则是乐曲名称。"由房"后人解释为"房中之乐",即与正声雅乐相对,纯属大家休闲娱乐之用。全诗韵脚流畅,让人似乎能够感受到,当时的乐曲也非常轻快。舞师与乐师二人皆是"阳阳""陶陶",快乐的情绪完全自音乐中得来,这也正是"阳阳,自得。陶陶,自乐之状。皆不任忧责,全身自乐而已"。

《诗经》中这一篇目,能够很好反映出人们当时的生活风貌。音乐这一娱乐活动,在百姓的生活中已经占据一定的地位。从事音乐的人乐在其中、怡然自得,而发乎内心的情绪,通过音乐的形式被尽情传达出来。

《国风》中所反映的内容多而杂,讲战争、讲闺中思恋、讲初恋、讲劳作、讲一见钟情、讲上层阶级的荒淫。此时民风已开化,《国风》贵在它的直接、淳朴、不加粉饰,有一种"不管不顾"的真实感。归根结底,《国风》所展现的当时平民百姓的生活状态,带有极其私人化的体验,这与今天的"民谣"颇有相似之处,重个人感受,是代表个体的发声。

"《诗三百》,一言以蔽之,思无邪。"思,是民间的男女之思。孔子这句著名的评价,看似平淡,却含有极高的赞美意味。相似的话太史公司马迁也说过,"国风好色而不淫",这里的"淫"指过分、过度,古人在表达情感时便讲究分寸。这些诗篇讲男欢女爱,写对爱情的追求。它们都来自民间,来自山林河畔,青年男女对"爱"的表达,原始而自然,坦坦荡荡,不掺造作。

《诗经》所开创的中国传统审美,许多都成为后世人们向往、效仿的对象。我们能够看到,《诗经》包含的内容之丰富,在表达情感上,有讽刺、有抱怨、有情窦初开,有思恋绵长。但是所有的情感都可以说是至纯至真,是人类出于本能的发声,而这种发声却又不乏味,带有一些妙趣的生机在里面。

说起原始的、发乎本能的,我们很容易联想到一些不经雕琢的、粗犷而奔放的事物,而《诗经》中所流露出的情感既偏于浪漫,又极为含蓄收敛。这与中国人传统

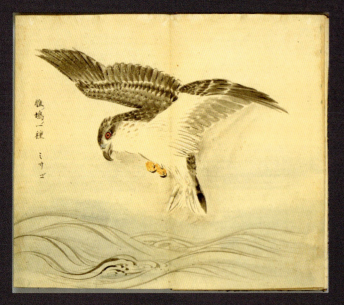

02 雎鳩　03 鹿

05 荇菜

04 葭

06 栗

● 虽然《诗经》最初的演奏方式，早已在漫长的历史中遗失，但人们还是在不断试着用自己的理解来复原它。清人陈澧的《诗经今俗字谱》三十三篇，便是一部集历代《诗经》古谱之大成的作品。晚清的袁嘉谷，以此谱为底本，主编了《诗经古谱》，他请当时的音乐家，把古谱通俗化，改古代"工尺谱"为"五线谱"及"简谱"，以便人们演奏与吟唱。

《诗经古谱》清·袁嘉谷 编（清光绪本）

的性格有关，比如中国人喜爱月而不常描绘太阳。月有阴晴圆缺，隐晦而遮蔽，象征美人，象征哀愁，象征孤独。

中国人需要有一层薄薄的东西来遮住自己，这是一个古老传统。关于这个古老传统，《诗经》奠定了一个基调，这个基调是东方独有的，直到今天还有所回响。《国风》中的许多诗篇事实上简单而随意，即使是我们现在看到的《诗经》，经过了筛选和整理，仍然能够让人凭借文字联想，当时的人们是如何在劳作、休息、开心、悲伤时随口哼唱出如我们今天熟悉的山歌。恰好是在一个放松的、毫无顾忌的场景下创作出的艺术，生命力反而是长久的。真实状态下的热情如此珍贵，它象征了一种生命状态，生活的本真面目便是这样生机盎然。由于《诗经》的乐谱早已丢失，如今的我们只能通过歌词本身，去猜测一些当时的情况。《郑风》中一篇《东门之墠》写道：

东门之墠，
茹藘在阪。
其室则迩，
其人甚远。
东门之栗，
有践家室。
岂不尔思？
子不我即。

上下两段，细读之下能够感受到男女双方各自的心思——东门附近一块空地，种茜草，种板栗。上句写"他的家离我近在咫尺，人却像是天涯海角"，下句写"岂是我没有思念之心吗？只是你不肯亲近罢了"。关于这两句诗的解读，有许多不同版本。其中一种便是将其理解为"男女互相倾诉相思之苦，二人虽距离不远，但是在互生情愫的状态下，羞怯、猜测、担忧，空间上的距离反倒被放大"，由此便产生了"咫尺天涯"之感。

总的说来，《诗经》"十五国风"大部分"出乎本心，成于自然"。这些作品在民间传唱，很大程度上承载了每个普通人的内心写照。今天我们再去看这些先秦的"民歌"作品，仍然觉得它是极具艺术性的。这种穿越时空的艺术性，便体现在它的"生命力"中。

《诗经》中"一唱三叹"的吟咏之声，也未尝不是今天音乐的最初形态。另外还有人们更熟悉的"赋比兴"，"赋"为平铺直叙，"比"为类比比喻，"兴"为托物起兴。种种手法，皆凸显生机盎然，这也是中国古老的"民歌"，在最初时期所萌发出的活力。这种力量不断向后延续，并且一直没有消失。后世向它借力，茁壮生长。

03

再听楚声：古老的南方民歌
Once Again to Hear the Voice of Chu

文 丁斯瑜　编 朱鸣　text: Ding Siyu　edit: Zhu Ming

早在春秋时期，中国的诗歌便已有"南风"与"北风"之说。北指《诗经》，南则指"楚辞"。"楚辞"这一概念，在历史上所代表的范围是有所变化的。最早所谓的"楚辞"，仅泛指楚地的歌辞，它与北方中原地区的风格差异颇大，带有明显的南方楚地特色。时至西汉末年，刘向将屈原、宋玉以及彼时效仿屈原的作品汇集成书，共十七篇，正式定名《楚辞》。这也是继《诗经》之后，在中国流传最广、影响最深远的诗歌总集。

◉明万历本《楚辞》上下二卷封面

◉明万历本《楚辞》目录
上册：《离骚》《九歌》《天问》《九章》《远游》《卜居》《渔父》
下册：《九辩》《招魂》《大招》《惜誓》《招隐士》《七谏》《哀时命》《九怀》《九叹》《九思》

宋人黄伯思为《楚辞》做了一个简单的总结："屈宋诸骚，皆书楚语，作楚声，纪楚地，名楚物。""楚"这一地域性的概念被重点提炼了出来。楚国是周王朝分封出来的一个诸侯国，地处中国的南方，统治疆域为今天的湖南、湖北附近。楚地的音乐，在古时被称为"南音""南风"，《楚辞》是在楚国民歌的基础上发展而来。

楚国，在春秋时期崛起，是一个新兴诸侯国。此前的很长一段时期，因文化与中原列国迥异，对后者而言，楚国便是"蛮夷"。楚的民风较中原更为淳朴，更接近原始状态，故所谓的"民间音乐"也更发达。楚人好唱歌，不仅唱歌，还盛行和歌、对歌、赛歌这些集体音乐活动。关于这一风俗，宋玉在《对楚王问》中有过一段描述：

"客有歌于郢中者，其始曰《下里》《巴人》，国中属而和者数千人。其为《阳阿》《薤露》，国中属而和者数百人。其为《阳春》《白雪》，国中有属而和者，不过数十人。引商刻羽，杂以流徵，国中属而和者，不过数人而已。是其曲弥高，其和弥寡。"

这便是"曲高和寡"的传说。郢，楚国的国都，在今天湖北江陵附近。《下里》《巴人》是楚国的传统民歌，通俗且流传度广。"下里"即乡里，"巴"为巴蜀之地，彼时的蛮夷之地。《阳阿》《薤露》《阳春》《白雪》依次往上，曲调变换多，唱起来不易，不被世俗所熟悉。宋玉从音乐上，将雅俗对立，借此向楚王说明，自己的所作所为难以被世俗理解。而通过这段文字，也可从侧面观察当时楚

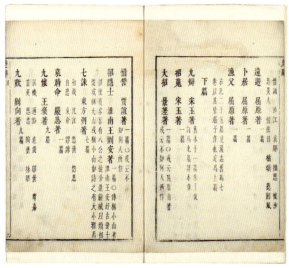

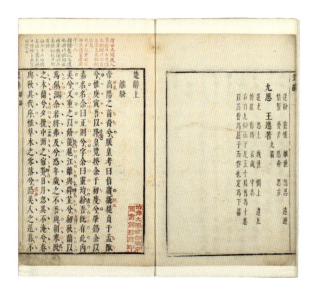

国"和歌"的风俗。这种"一唱众和"的形式，在楚人间流传广泛，"和者数千人"，规模大，可见楚人善歌、音乐的群众基础颇盛。

楚地"音乐文化"盛行的一大原因，在于楚人"信巫鬼，重淫祀"。从庙堂至民间，"鬼神"这一形象在楚国经常出现，楚王本人也深信此道——"隆祭祀，事鬼神，欲以获福助"。楚地"信鬼好巫"之俗由来已久，以歌舞祭神、娱神这一风气在《楚辞》中有着大量体现。其中的《九歌》，便能够很好地展现楚地的巫祭文化。《九歌》共十一篇，主要描写神灵祭祀、宗教歌舞之事。相传其创作底本，在于民间祭神时的演唱与表演，屈原目睹后，将其整理、改编、加工，最终才形成了《九歌》。

总体来看，《楚辞》的创作风格浪漫自在、无拘无束，这与长江流域和黄河流域大不相同的文化风气有关。黄河流域的中原列国，很早便进入了"礼法社会"。儒家思想讲求的是"不语怪力乱神"，而楚地正因所谓正统文化的相对劣势，故还保留着一些原始的、朴素的风气。《楚辞》既写男女之情，也写天神鬼怪、写人神之恋、写远古传说。在《楚辞》天马行空的想象中，"神"是充满人性光辉的，说是神，其实也不过是"超常"的人。

文字方面，《楚辞》也有着一个显著的特点，那便是大量运用"兮"字，这同样也是后世"骚体"的代表特征。《楚辞》将"兮"运用到全篇，语助词"兮"与楚声相结合，更有绵长、吟唱之感。此外，屈原将《诗经》中单一的四言体民歌，改换为自由句式，由此段与段之间的韵脚更为多变：

"帝子降兮北渚，目眇眇兮愁予。袅袅兮秋风，洞庭波兮木叶下。"

"日月忽其不淹兮，春与秋其代序。惟草木之零落兮，恐美人之迟暮。"

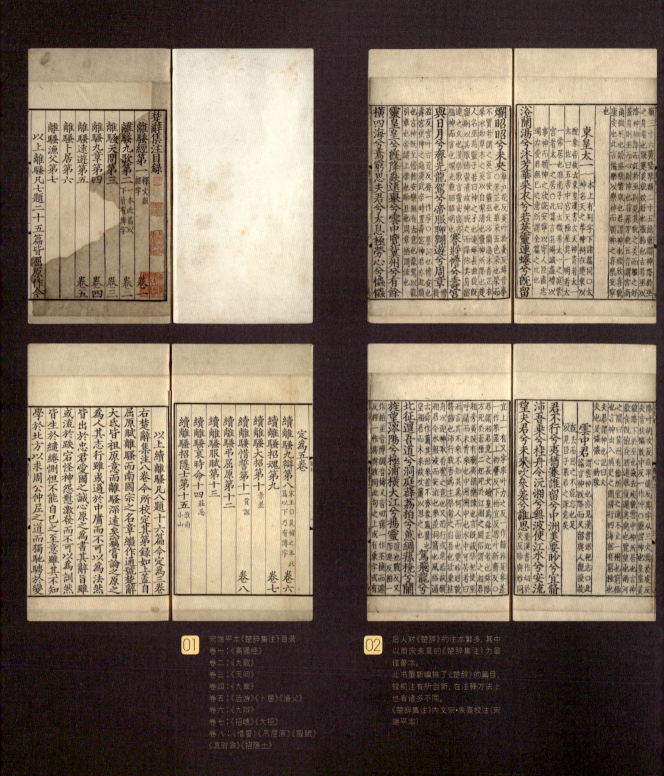

01 宋端平本《楚辞集注》目录
卷一：《离骚经》
卷二：《九歌》
卷三：《天问》
卷四：《九章》
卷五：《远游》《卜居》《渔父》
卷六：《九辩》
卷七：《招魂》《大招》
卷八：《惜誓》《吊屈原》《服赋》
《哀时命》《招隐士》

02 后人对《楚辞》的注本繁多，其中
以南宋朱熹的《楚辞集注》为最
佳善本。
此书重新编排了《楚辞》的篇目，
较前注有所创新，在注释方法上
与前人注多有不同。
《楚辞集注》内文宋·朱熹注（宋
端平本）

"悲莫悲兮生别离，乐莫乐兮新相知。"

"春兰兮秋菊，长无绝兮终古。"

东汉王逸的《楚辞章句》中记载："昔楚国南郢之邑，沅湘之间，其俗信鬼而好祠，其祠必作歌乐鼓舞以乐诸神。屈原放逐，窜伏其域，怀忧苦毒，愁思沸郁。出见俗人祭祀之礼，歌舞之乐，其词鄙陋。因为作《九歌》之曲，上陈事神之敬，下见己之冤结，托之以讽谏。"屈原在长期的流放生涯中，亲身体验到了楚地民间的"巫鬼文化"。

他也将该文化的特点，完美地改造为格调高雅的诗歌。屈原是第一个成功改造楚地"民歌"的文人，他在对"楚辞"的加工上，融入了许多自己独特的理解，这便是我们今天所看到的《楚辞》的完整样貌。

木心先生在《文学回忆录》中评价道："《楚辞》，起于屈原，绝于屈原。宋玉华美。枚乘，雄辩滔滔。都不能及于屈原。唐诗是琳琅满目的文字，屈原全篇是一种心情的起伏，充满辞藻，却总在起伏流动，一种飞翔的感觉。"

【云中君】

浴兰汤兮沐芳

华采衣兮若英

灵连蜷兮既留

烂昭昭兮未央

蹇将憺兮寿宫

与日月兮齐光

龙驾兮帝服，

聊翱游兮周章

灵皇皇兮既降

猋远举兮云中

览冀州兮有余

横四海兮焉穷

思夫君兮太息

极劳心兮忡忡

【东皇太一

吉日兮辰良，
穆将愉兮上皇。
抚长剑兮玉珥，
璆锵鸣兮琳琅。
瑶席兮玉瑱，
盍将把兮琼芳。
蕙肴蒸兮兰藉，
奠桂酒兮椒浆。
扬枹兮拊鼓，
疏缓节兮安歌，
陈竽瑟兮浩倡。
灵偃蹇兮姣服，
芳菲菲兮满堂。
五音纷兮繁会，
君欣欣兮乐康。

【湘夫人】

帝子降兮北渚，目眇眇兮愁予。
袅袅兮秋风，洞庭波兮木叶下。
登白薠兮骋望，与佳期兮夕张。
鸟何萃兮苹中？罾何为兮木上？
沅有茞兮澧有兰，思公子兮未敢言。
荒忽兮远望，观流水兮潺湲。
麋何食兮庭中？蛟何为兮水裔？
朝驰余马兮江皋，夕济兮西澨。
闻佳人兮召予，将腾驾兮偕逝。
筑室兮水中，葺之兮荷盖。
荪壁兮紫坛，播芳椒兮成堂。
桂栋兮兰橑，辛夷楣兮药房。
罔薜荔兮为帷，擗蕙櫋兮既张。
白玉兮为镇，疏石兰兮为芳。
芷葺兮荷屋，缭之兮杜衡。
合百草兮实庭，建芳馨兮庑门。
九嶷缤兮并迎，灵之来兮如云。
捐余袂兮江中，遗余褋兮澧浦。
搴汀洲兮杜若，将以遗兮远者。
时不可兮骤得，聊逍遥兮容与！

《湘君》

君不行兮夷犹，蹇谁留兮中洲？
美要眇兮宜修，沛吾乘兮桂舟。
令沅湘兮无波，使江水兮安流。
望夫君兮未来，吹参差兮谁思？
驾飞龙兮北征，邅吾道兮洞庭。
薜荔柏兮蕙绸，荪桡兮兰旌。
望涔阳兮极浦，横大江兮扬灵。
扬灵兮未极，女婵媛兮为余太息。
横流涕兮潺湲，隐思君兮陫侧。
桂櫂兮兰枻，斲冰兮积雪。
采薜荔兮水中，搴芙蓉兮木末。
心不同兮媒劳，恩不甚兮轻绝。
石濑兮浅浅，飞龙兮翩翩。
交不忠兮怨长，期不信兮告余以不闲。
鼌骋骛兮江皋，夕弭节兮北渚。
鸟次兮屋上，水周兮堂下。
捐余玦兮江中，遗余佩兮澧浦。
采芳洲兮杜若，将以遗兮下女。
时不可兮再得，聊逍遥兮容与。

【大司命】

广开兮天门，纷吾乘兮玄云。
令飘风兮先驱，使涷雨兮洒尘。
君回翔兮以下，逾空桑兮从女。
纷总总兮九州，何寿夭兮在予。
高飞兮安翔，乘清气兮御阴阳。
吾与君兮齐速，导帝之兮九坑。
灵衣兮披被，玉佩兮陆离。
壹阴兮壹阳，众莫知兮予所为。
折疏麻兮瑶华，将以遗兮离居。
老冉冉兮既极，不寝近兮愈疏。
乘龙兮辚辚，高驼兮冲天。
结桂枝兮延伫，羌愈思兮愁人。
愁人兮奈何？愿若今兮无亏。
固人命兮有当，孰离合兮可为。

《少司命》

秋兰兮麋芜，罗生兮堂下。绿叶兮素华，芳菲菲兮袭予。夫人自有兮美子，荪何以兮愁苦？

秋兰兮青青，绿叶兮紫茎。满堂兮美人，忽独与余兮目成。

入不言兮出不辞，乘回风兮载云旗。悲莫悲兮生别离，乐莫乐兮新相知。

荷衣兮蕙带，儵而来兮忽而逝。夕宿兮帝郊，君谁须兮云之际？

与女沐兮咸池，晞女发兮阳之阿。望美人兮未来，临风怳兮浩歌。

孔盖兮翠旌，登九天兮抚彗星。竦长剑兮拥幼艾，荪独宜兮为民正。

杳撰援操举青灵应展翾思鸣萧緪观羌心长载驾夜抚照暾
冥余北余长云之律诗飞灵簴钟瑟者声低太云龙皎余吾将
冥辔斗弧矢衣来兮兮兮保兮兮兮憺色徊息旗辀皎马槛出
兮兮兮兮兮兮兮合会翠兮吹瑶交兮兮兮兮兮兮兮兮兮兮
以高酌反射白蔽节舞曾贤竽簧鼓忘娱顾将委乘既安扶东
东驰桂沦天霓日　　娇　　归人怀上蛇雷明驱桑方
行翔浆降狼裳

【东君】

【河伯】

与女游兮九河
冲风起兮横波
乘水车兮荷盖
驾两龙兮骖螭
登昆仑兮四望
心飞扬兮浩荡
日将暮兮怅忘归
惟极浦兮寤怀
鱼鳞屋兮龙堂
紫贝阙兮朱宫
灵何为兮水中
乘白鼋兮逐文鱼
与女游兮河之渚
流澌纷兮将来下
子交手兮东行
送美人兮南浦
波滔滔兮来迎
鱼鳞鳞兮媵予

采三秀兮于山间
石磊磊兮葛蔓蔓
怨公子兮怅忘归
君思我兮不得闲
山中人兮芳杜若
饮石泉兮荫松柏
君思我兮然疑作
雷填填兮雨冥冥
猿啾啾兮狖夜鸣
风飒飒兮木萧萧
思公子兮徒离忧

【山鬼】

若有人兮山之阿，
披薜荔兮带女萝。
既含睇兮又宜笑，
子慕予兮善窈窕。
乘赤豹兮从文狸，
辛夷车兮结桂旗。
披石兰兮带杜衡，
折芳馨兮遗所思。
余处幽篁兮终不见天，
路险难兮独后来。
表独立兮山之上，
云容容兮而在下。
杳冥冥兮羌昼晦，
东风飘兮神灵雨。
留灵修兮憺忘归，
岁既晏兮孰华予？

〈国殇〉

操吴戈兮披犀甲，车错毂兮短兵接。
旌蔽日兮敌若云，矢交坠兮士争先。
凌余阵兮躐余行，左骖殪兮右刃伤。
霾两轮兮絷四马，援玉枹兮击鸣鼓。
天时怼兮威灵怒，严杀尽兮弃原埜。
出不入兮往不反，平原忽兮路迢远。
带长剑兮挟秦弓，首身离兮心不惩。
诚既勇兮又以武，终刚强兮不可凌。
身既死兮神以灵，子魂魄兮为鬼雄。

【礼魂】

成礼兮会鼓，
传芭兮代舞，
姱女倡兮容与。
春兰兮秋菊，
长无绝兮终古。

故事之歌：汉乐府叙事诗
Han Yuefu Narrative Poems

ᴼᴼᴼᴼᴼᴼᴼᴼᴼᴼᴼᴼᴼᴼᴼᴼᴼᴼᴼ

文 迟广赟　编 朱鸣　text: Chi Guangyun　edit: Zhu Ming

从西周到春秋战国时期，中国"民谣"的主要风格，分别在代表北方、着重现实生活描写的《诗经》，和代表南方、充满神话与浪漫色彩的《楚辞》中体现。到了建立大一统的秦朝，南北疆域间的隔阂逐渐消除。但由于战事不断，本应随之交融的南北文化，直到政局相对稳定的汉朝以后，才得以继续发展。这其中，因南北文化的碰撞，诞生了一种新的民谣形式。它兼并了《诗经》与《楚辞》的特点，"叙事"与"写意"并进，这就是汉乐府的叙事诗。

反映社会问题，是汉乐府叙事诗中的一大特色。这是因为，汉朝设立的乐府，作为采集各地民谣，并为辞赋制定乐谱的音乐机关，本身就有"观风俗、察时政"的目的。初期经过"文景之治"的汉朝，国力逐渐恢复，社会趋于稳定，商业开始繁盛，这无疑为艺术的发展提供了良好的条件。

各个阶层的人们都乐于通过歌谣来记录生活，或是表达自己的情感。像是《相逢行》："黄金为君门，白玉为君堂。堂上置樽酒，作使邯郸倡。"描绘了上流社会富贵之家奢华的生活场景；《鸡鸣》则刻画了当时社会的贫富差距，以及人民对于不仁权贵的痛恨之情。

【相逢行】

相逢狭路间，道隘不容车。
不知何年少？夹毂问君家。
君家诚易知，易知复难忘；
黄金为君门，白玉为君堂。
堂上置樽酒，作使邯郸倡。
中庭生桂树，华灯何煌煌。
兄弟两三人，中子为侍郎；
五日一来归，道上自生光；
黄金络马头，观者盈道傍。
入门时左顾，但见双鸳鸯；
鸳鸯七十二，罗列自成行。
音声何噰噰，鹤鸣东西厢。
大妇织绮罗，中妇织流黄；
小妇无所为，挟瑟上高堂：
『丈人且安坐，调丝方未央。』

【鸡鸣】

鸡鸣高树颠，狗吠深宫中。荡子何所之？天下方太平。
刑法非有贷，柔协正乱名。黄金为君门，璧玉为轩堂。
上有双樽酒，作使邯郸倡。刘王碧青甓，后出郭门王。
舍后有方池，池中双鸳鸯；鸳鸯七十二，罗列自成行。
鸣声何啾啾，闻我殿东厢。兄弟四五人，皆为侍中郎；
五日一时来，观者满路旁。黄金络马头，颎颎何煌煌！
桃生露井上，李树生桃旁。虫来啮桃根，李树代桃僵。
树木身相代，兄弟还相忘。

西汉中期以后，社会又渐渐开始动荡，阶级矛盾日益尖锐。叙事诗的笔触，深入到了社会的底层，呈现的是更加复杂的社会环境。如《东门行》一歌，描述了一位丈夫，家中穷困潦倒、妻儿忍饥挨饿的场景。眼见生活无望的他，试图拔剑而起，出去"冒险"搏一线生机，妻子怕他出事，边哭边劝阻。歌中简单的对话，从侧面反映出当时朝政腐败、战祸频仍、民不聊生的社会现状。

除表现政治时局上的变化之外，乐府叙事诗在一定程度上，还反映了当时社会的爱情观、伦理观。由于汉朝崇尚"儒术"的社会风气，使一些强调封建妇德的书籍得到了大力的推广。随着"男尊女卑""三纲五常"等封建伦理观念的确立与加深，男女之间的恋情，越发受到封建礼教的干预与影响。

比如乐府诗发展史上的高峰之作，被誉为"乐府双璧"之一的《孔雀东南飞》（另一为北朝的《木兰诗》）中，女主人公刘兰芝勤劳能干，与丈夫焦仲卿恩爱非常，但因未能替夫家生下子嗣，便被婆婆苦苦相逼，最终和丈夫两人双双殉情。又如《上山采蘼芜》中，一位被丈夫抛弃的妇女，在山中遇到前夫，通过二人的对话，清晰呈现出婚姻悲剧。而在《上邪》中，则是通过女主人公热烈的自誓之词，表达了她对爱人坚贞不渝的感情，象征着汉代女子对封建婚姻制度的不满，以及对理想爱情的渴望。

【东门行】

出东门，不顾归；
来入门，怅欲悲。
盎中无斗米储，
还视架上无悬衣。
拔剑东门去，
舍中儿母牵衣啼：
「他家但愿富贵，
贱妾与君共哺糜。
上用仓浪天故，
下当用此黄口儿。今非！」
「咄！行！吾去为迟！
白发时下难久居。」

在汉乐府的叙事诗里，这类没有详述事情来龙去脉，只选择生活片段集中描写的篇目所占的比重较大。像是《艳歌行》："石见何累累，远行不如归。"表现了几个流浪汉，因为徭役、灾荒的逼迫，不得不漂泊在外的凄苦。《妇病行》："入门见孤儿，啼索其母抱。"讲述了妻子病死后，父子生活困苦的惨景等等。虽篇幅短小，却十分鲜明，令人印象深刻。

【艳歌行】

翩翩堂前燕，冬藏夏来见；
兄弟两三人，流宕在他县。
故衣谁当补，新衣谁当绽？
赖得贤主人，览取为吾绽。
夫婿从门来，斜柯西北眄。
「语卿且勿眄，水清石自见。
石见何累累，远行不如归。」

【妇病行】

妇病连年累岁，传呼丈人前一言。
当言未及得言，不知泪下一何翩翩。
「属累君两三孤子，莫我儿饥且寒，
有过慎莫笞，行当折摇，思复念之！」
乱曰：抱时无衣，襦复无里。
闭门塞牖，舍孤儿到市。
道逢亲交，泣坐不能起。
从乞求与孤儿买饵，对交啼泣，
泪不可止…「我欲不伤悲不能已。」
探怀中钱持授交。
入门见孤儿，啼索其母抱，
徘徊空舍中：「行复尔耳，弃置勿复道！」

【孔雀东南飞】

汉末建安中，庐江府小吏焦仲卿妻刘氏，为仲卿母所遣，自誓不嫁。其家逼之，乃投水而死。仲卿闻之，亦自缢于庭树。时人伤之，为诗云尔。

孔雀东南飞，五里一徘徊。

「十三能织素，十四学裁衣，十五弹箜篌，十六诵诗书。十七为君妇，心中常苦悲。君既为府吏，守节情不移。贱妾留空房，相见常日稀。鸡鸣入机织，夜夜不得息。三日断五匹，大人故嫌迟。非为织作迟，君家妇难为！妾不堪驱使，徒留无所施。便可白公姥，及时相遣归。」

府吏得闻之，堂上启阿母：「儿已薄禄相，幸复得此妇。结发同枕席，黄泉共为友。共事二三年，始尔未为久。女行无偏斜，何意致不厚。」

阿母谓府吏：「何乃太区区！此妇无礼节，举动自专由。吾意久怀忿，汝岂得自由！东家有贤女，自名秦罗敷。可怜体无比，阿母为汝求。便可速遣之，遣去慎莫留！」

府吏长跪告：「伏惟启阿母。今若遣此妇，终老不复取！」

阿母得闻之，槌床便大怒：「小子无所畏，何敢助妇语！吾已失恩义，会不相从许！」

府吏默无声，再拜还入户。举言谓新妇，哽咽不能语："我自不驱卿，逼迫有阿母。卿但暂还家去，吾今且报府。不久当归还，还必相迎取。以此下心意，慎勿违吾语。"

新妇谓府吏："勿复重纷纭。往昔初阳岁，谢家来贵门。奉事循公姥，进止敢自专？昼夜勤作息，伶俜萦苦辛。谓言无罪过，供养卒大恩；仍更被驱遣，何言复来还！妾有绣腰襦，葳蕤自生光；红罗复斗帐，四角垂香囊；箱帘六七十，绿碧青丝绳，物物各自异，种种在其中。人贱物亦鄙，不足迎后人，留待作遗施，于今无会因。时时为安慰，久久莫相忘！"

鸡鸣外欲曙，新妇起严妆。著我绣夹裙，事事四五通。足下蹑丝履，头上玳瑁光。腰若流纨素，耳著明月珰。指如削葱根，口如含朱丹。纤纤作细步，精妙世无双。

上堂拜阿母，阿母怒不止。"昔作女儿时，生小出野里。本自无教训，兼愧贵家子。受母钱帛多，不堪母驱使。今日还家去，念母劳家里。"却与小姑别，泪落连珠子。"新妇初来时，小姑始扶床；今日被驱遣，小姑如我长。勤心养公姥，好自相扶将。初七及下九，嬉戏莫相忘。"出门登车去，涕落百余行。

府吏马在前，新妇车在后。隐隐何甸甸，俱会大道口。下马入车中，低头共耳语："誓不相隔卿，且暂还家去。吾今且赴府，不久当还归。誓天不相负！"

新妇谓府吏："感君区区怀！君既若见录，不久望君来。君当作磐石，妾当作蒲苇。蒲苇纫如丝，磐石无转移。我有亲父兄，性行暴如雷，恐不任我意，逆以煎我怀。"举手长劳劳，二情同依依。

入门上家堂，进退无颜仪。阿母大拊掌，不图子自归："十三教汝织，十四能裁衣，十五弹箜篌，十六知礼仪，十七遣汝嫁，谓言无誓违。汝今何罪过，不迎而自归？"兰芝惭阿母："儿实无罪过。"阿母大悲摧。

还家十余日，县令遣媒来。云有第三郎，窈窕世无双。年始十八九，便言多令才。

阿母谓阿女："汝可去应之。"

阿女含泪答："兰芝初还时，府吏见丁宁，结誓不别离。今日违情义，恐此事非奇。自可断来信，徐徐更谓之。"

阿母白媒人："贫贱有此女，始适还家门。不堪吏人妇，岂合令郎君？幸可广问讯，不得便相许。"

媒人去数日，寻遣丞请还。说有兰家女，承籍有宦官。云有第五郎，娇逸未有婚。遣丞为媒人，主簿通语言。直说太守家，有此令郎君，既欲结大义，故遣来贵门。

阿母谢媒人："女子先有誓，老姥岂敢言！"

阿兄得闻之，怅然心中烦。举言谓阿妹："作计何不量！先嫁得府吏，后嫁得郎君。否泰如天地，足以荣汝身。不嫁义郎体，其往欲何云？"

兰芝仰头答："理实如兄言。谢家事夫婿，中道还兄门。处分适兄意，那得自任专！虽与府吏要，渠会永无缘。登即相许和，便可作婚姻。"

媒人下床去，诺诺复尔尔。还部白府君："下官奉使命，言谈大有缘。"府君得闻之，心中大欢喜。视历复开书，便利此月内，六合正相应。良吉三十日，今已二十七，卿可去成婚。交语速装束，络绎如浮云。青雀白鹄舫，四角龙子幡。婀娜随风转，金车玉作轮。踯躅青骢马，流苏金镂鞍。赍钱三百万，皆用青丝穿。杂彩三百匹，交广市鲑珍。从人四五百，郁郁登郡门。

阿母谓阿女："适得府君书，明日来迎汝。何不作衣裳？莫令事不举！"

阿女默无声，手巾掩口啼，泪落便如泻。移我琉璃榻，出置前窗下。左手持刀尺，右手执绫罗。朝成绣夹裙，晚成单罗衫。晻晻日欲暝，愁思出门啼。

府吏闻此变，因求假暂归。未至二三里，摧藏马悲哀。新妇识马声，蹑履相逢迎。怅然遥相望，知是故人来。举手拍马鞍，嗟叹使心伤："自君别我后，人事不可量。果不如先愿，又非君所详。我有亲父母，逼迫兼弟兄。以我应他人，君还何所望！"

府吏谓新妇："贺卿得高迁！磐石方且厚，可以卒千年；蒲苇一时纫，便作旦夕间。卿当日胜贵，吾独向黄泉！"

新妇谓府吏："何意出此言！同是被逼迫，君尔妾亦然。黄泉下相见，勿违今日言！"执手分道去，各各还家门。生人作死别，恨恨那可论？念与世间辞，千万不复全！

府吏还家去，上堂拜阿母："今日大风寒，寒风摧树木，严霜结庭兰。儿今日冥冥，令母在后单。故作不良计，勿复怨鬼神！命如南山石，四体康且直！"

阿母得闻之，零泪应声落："汝是大家子，仕宦于台阁。慎勿为妇死，贵贱情何薄！东家有贤女，窈窕艳城郭，阿母为汝求，便复在旦夕。"

府吏再拜还，长叹空房中，作计乃尔立。转头向户里，渐见愁煎迫。

其日牛马嘶，新妇入青庐。奄奄黄昏后，寂寂人定初。我命绝今日，魂去尸长留！揽裙脱丝履，举身赴清池。

府吏闻此事，心知长别离。徘徊庭树下，自挂东南枝。

两家求合葬，合葬华山傍。东西植松柏，左右种梧桐。枝枝相覆盖，叶叶相交通。中有双飞鸟，自名为鸳鸯。仰头相向鸣，夜夜达五更。行人驻足听，寡妇起彷徨。多谢后世人，戒之慎勿忘。

【上山采蘼芜】
上山采蘼芜，下山逢故夫。
长跪问故夫，新人复何如？
新人虽言好，未若故人姝。
颜色类相似，手爪不相如。
新人从门入，故人从閤去。
新人工织缣，故人工织素。
织缣日一匹，织素五丈余。
将缣来比素，新人不如故。

【上邪】
山无陵，江水为竭。
冬雷震震，夏雨雪。
天地合，乃敢与君绝。

在反映社会现实的基础上，乐府诗在叙事里，往往包含了想象、夸张的成分。像是《孔雀东南飞》的末尾，刘兰芝、焦仲卿夫妇在死后，双双化为孔雀；还有《陌上桑》中，罗敷夸大自己夫君的权势，巧妙地指出太守在礼节上的不当之处等等。

【蜻蝶行】
蜻蝶之遨游东园，奈何卒逢三月养子燕，
接我苜蓿间，持之我入紫深宫中，
行缠之傅樽栌间，雀来燕。
燕子见衔哺来，摇头鼓翼何轩奴轩！

【乌生八九子】
乌生八九子，端坐秦氏桂树间。唶我！秦氏家有游遨荡子，
工用睢阳强，苏合弹。左手持强弹两丸，出入乌东西。唶我！一
丸即发中乌身，乌死魂魄飞扬上天。阿母生乌子时，
乃在南山岩石间。唶我！人民安知乌子处？蹊径窈窕安从通？
白鹿乃在上林西苑中，射工尚复得白鹿脯。唶我！黄鹄摩天极高
飞，后宫尚复得烹煮之。鲤鱼乃在洛水深渊中，钓竿尚得鲤鱼口。
唶我！人民生，各各有寿命，死生何须复道前后！

【陌上桑】
日出东南隅，照我秦氏楼。秦氏有好女，自名为罗敷。罗敷喜蚕桑，采桑城南隅。
青丝为笼系，桂枝为笼钩。头上倭堕髻，耳中明月珠。缃绮为下裙，紫绮为上襦。
行者见罗敷，下担捋髭须。少年见罗敷，脱帽著帩头。耕者忘其犁，锄者忘其锄。
来归相怨怒，但坐观罗敷。
使君从南来，五马立踟蹰。使君遣吏往，问是谁家姝？「秦氏有好女，自名为罗敷。」
「罗敷年几何？」「二十尚不足，十五颇有余。」使君谢罗敷：「宁可共载不？」
罗敷前致辞：「使君一何愚！使君自有妇，罗敷自有夫！」
「东方千余骑，夫婿居上头。何用识夫婿？白马从骊驹，青丝系马尾，黄金络马头；
腰中鹿卢剑，可值千万余。十五府小吏，二十朝大夫，三十侍中郎，四十专城居。
为人洁白晰，鬑鬑颇有须。盈盈公府步，冉冉府中趋。坐中数千人，皆言夫婿殊。」

还有一部分的叙事诗，则是完全的超现实描写。如《蜻蝶行》《乌生八九子》这两首寓言叙事诗，前者讲述了一只蝴蝶被掳为燕子食物的经过；后者则是描绘了一只乌鸦惨死弹弓之下，自怨自艾的心理。

这些寓言叙事诗，在天马行空的幻想背后所呈现的，仍然是底层人民痛苦的现实生活。像是《蜻蝶行》，就揭示了汉朝的"抢婚制度"。民间的少女被强掳进宫院之内，惨遭官宦权贵的蹂躏，落得终生不幸。而《乌生八九子》，则是暗示了社会的不公正。弱小的人民，无论怎样挣扎，仍然摆脱不了任权贵阶级宰割的下场。

汉乐府叙事诗，也对"诗体"进行了革新。它打破了《诗经》的四言格式，又吸收了《楚辞》杂言的特点，渐渐向五言句式发展。五言比四言增加了一个字，也增加了一个节拍。这样不仅扩大了句子的内容量，还增强了句式的灵活性，使得它仅用短句，就能塑造出复杂的人物性格，承载更丰富的叙事内容。在节奏上也更朗朗上口，从而被更多人接纳、传唱。

从乡野到庙堂，古代民谣的"雅俗之变"
From Private to Official, Changes of Elegance and Vulgarity

ꜛꜛꜛꜛꜛꜛꜛꜛꜛꜛꜛꜛꜛꜛꜛꜛꜛꜛ

文 丁斯瑜　编 朱鸣　text: Ding Siyu　edit: Zhu Ming

所谓的"民谣"，在很长的一段时间，都处在混沌的、没有规束的状态，真正开始出现分流，便是由于"乐府"的诞生。"乐府"一词，早在秦朝就已出现。这一机构首次建立时间也可追溯到秦朝，但历史上通常认为，它的正式确立是在汉武帝时期。[1]

"汉乐府"规模最大时，乐工人数据说达千人之多。乐工的主要任务是掌管音律并搜集南北各地的民间歌谣加工、改编，进行二次创作，西汉音乐家李延年便在这一行列。据说，他唱歌极好听，有史料为证，"每为新声变曲，围者莫不感动"。武帝宠爱他，封他为"协律都尉"。李延年创作的最著名的曲子莫过于《佳人曲》：

> 北方有佳人，
> 绝世而独立，
> 一顾倾人城，
> 再顾倾人国。
> 宁不知倾城
> 与倾国，
> 佳人难再得。

　　汉武帝设乐府，最初的目的之一，是观察民间的动态、舆情，而他这一举动，却着实为"音乐界"做了很大贡献。乐府采集民歌，前后持续了近两百年。一大批发乎民间的、"不登大雅之堂"的词曲，被官方系统地采集起来。另一方面，乐府内部聚集了大批优秀的音乐人才，除了像李延年这样造诣极高的"专业音乐人"，还有司马相如这样的文人，也参与其中进行民歌的改编与创作。汉代的"俗乐"因此蓬勃发展。

　　民间歌谣朴实而无过多雕琢，其根本在于真实、不造作、不卖弄。这些歌谣发展、流传的后期，词存曲亡，便成了所谓的"诗歌"。歌谣的作者来自于四面八方，不同阶层，因此创作题材的范围非常广，如怀念征夫、反抗赋税、写美女、写孤儿、写男子花心等等。乐府诗大多为"五言短句"，原因在于唱词简洁方便配曲。《文心雕龙·乐府》中谈到这一点，"凡乐辞曰诗，诗声曰歌，声来被辞，辞繁难节"，大致是说，乐府的歌词是诗，诗按照一定的谱曲咏唱就是歌，而音律与歌词相结合的时候，歌词繁多就难以符合音乐的节拍。这几句话简单地将"诗"与"歌"两个概念区分开，也挑明了"歌"的一个重要特点——精练。

1　《汉书·礼乐志》："至武帝定郊祀之礼……乃立乐府，采诗夜诵，有赵、代、秦、楚之讴。以李延年为协律都尉，多举司马相如等数十人造为诗赋，略论律吕，以合八音之调，作十九章之歌。"

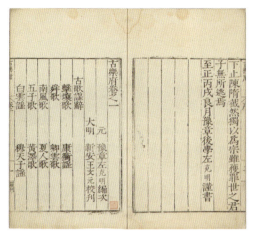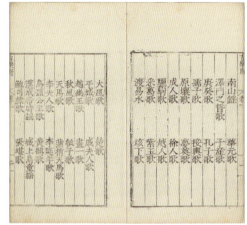

●《古乐府》目录

●该卷以连环长卷的方式，描绘了南唐中书侍郎韩熙载的家宴场景。全图分"听乐""观舞""休息""清吹"及"宴散"五段。《韩熙载夜宴图》五代·顾闳中（现藏于北京故宫博物院）

乐府诗中有一名篇《陌上桑》，讲一采桑女秦罗敷，美貌动人，顾盼生姿。篇中讲美女，寥寥几笔带过：

头上倭堕髻，
耳中明月珠。
缃绮为下裙，
紫绮为上襦。

乍看之下并无特殊之处，而后篇妙在借周围众人反应衬罗敷之美：

行者见罗敷，
下担捋髭须。
少年见罗敷，
脱帽着帩头。
耕者忘其犁，
锄者忘其锄。
来归相怨怒，
但坐观罗敷。

这与著名的"看杀卫玠"颇为相似，美往往不仅体现在它本身，它波及到了周围所有的人。即便是一场"欣赏美女"的过程，诗篇却也透出一股自然的"乡间风情"。因其本身不掺杂念，故人与风物皆美。

历史上，被认为真正将"雅乐"与"俗乐"对立起来的人，是隋朝开国皇帝隋文帝。隋代开皇年间进行过一场盛大的讨论，称为"开皇乐议"。此时期，社会政治背景复杂，长期战乱、政权频繁更替、西域文化的传入……种种原因，使得宫廷雅乐制度混乱不堪，且混入了大量胡乐。这场讨论前后历经十三年之久，最终敲定雅乐只用"黄钟"一调。"雅乐"正式同"俗乐"分离，被高高供起。

与之相对的，隋朝的宫廷燕乐迅速地发展起来。燕乐，是宫廷宴饮时的歌舞音乐，虽然是在宫廷中流传，但此时期的燕乐，其实可算是"俗乐"的代表。不同于"雅

● 韩熙载击鼓伴舞。

● 宴罢聆音。韩熙载府中姬妾
众多,且皆通晓音律。

● 《合乐图》局部 五代·周文矩
（现藏于美国芝加哥美术馆）

乐"用于政教的目的,燕乐继承了汉代乐府的风气与精髓,同时又融合了西域外来音乐的特点,被人们广泛接受。

隋唐以来,中国的音乐制度越发成熟,而唐朝"教坊"的出现,产生了又一大推动力量。"教坊"始建于唐高祖李渊时期,是负责掌管宫中音乐舞蹈的专门机构。大批艺人将民间音乐带入宫廷,为宫中宴会助兴,民间音乐得以直接在上层间流传。太平盛世里,音乐迅速地传播与发展,但这种盛况,至"安史之乱"后便又衰落了。当时战争打响,宫廷娱乐被迫停止,乐工们多流落民间,直至五代南唐,宫廷中才又汇集了一些乐工,但规模远远小于之前。

● 此卷又名《弹琴仕女图》,画
中三位贵族女性在两位侍女
的伺候下抚琴、吟唱。
《调琴啜茗图》局部 唐·周昉
（现藏于美国纳尔逊·艾金斯
艺术博物馆）

● 乐伎清吹。图中笛子、拍板等
都来源于民间乐器。

宋朝建立后，社会稳定，经济发展，由此带来的便是"市井文化"的兴起，这是之前的朝代从来没有过的。此时期，城镇中出现了大量的勾栏瓦肆、酒馆茶坊，民间艺人便在此吟唱。民间音乐种类繁多，艺人自身技艺精熟，这是纯粹属于民间的。

另一方面，官方依旧保留了"教坊"。宋朝的"教坊"，也是宫廷中重要的燕乐机构，其聚集了一大批优秀的音乐人在此进行乐曲创作。而在词作方面，最值得称道的，便是在宋朝迅猛发展的宋词。

这其中，不可不提一个宋朝词人——柳永。柳永，原名三变，在家排行第七，故又叫"柳七"。柳永的作品中，写妓女最多。他是勾栏瓦肆间的"专业词人"，一管

毛笔，专为青楼女子填词。词一成，妓女们便争相传唱。柳永的作品是雅俗共赏的极好典范，关于他的记载，散散碎碎地见于野史。柳永二十几岁时赴京赶考，榜上无名。过了几年又考，仍是不中。柳永想得开，不管不顾地写了一首词——《鹤冲天·黄金榜上》：

黄金榜上，偶失龙头望。
明代暂遗贤，如何向。
未遂风云便，争不恣狂荡。
何须论得丧。
才子词人，自是白衣卿相。
烟花巷陌，依约丹青屏障。
幸有意中人，堪寻访。
且恁偎红翠，风流事、平生畅。
青春都一饷。
忍把浮名，换了浅斟低唱。

● 此卷描绘宫中仕女合乐欢宴的场景，画中十人围坐在一张巨型的方桌四周，桌边有两位侍女服侍。每人姿态各异，或品茗、或行酒令、或吹乐助兴、或击打牙板。席间气氛轻松闲适，从蜷卧在桌下熟睡的小狗能够推测，屋中乐声应当轻柔而缓慢。《宫乐图》局部唐·佚名（现藏于台北"故宫博物院"）

63

词写得虽好，却惹了祸。他的直抒胸臆传到了皇帝
耳朵里。这种"自甘堕落"影响恶劣，在皇帝看来，他的
言论是在藐视仕途。柳永第三次赶考时，金榜题名，而名
字随后被皇帝亲手划掉，"且去浅斟低唱，何要浮名"。
从此，柳永彻底断了求功名的念想，越发坦荡。同时，他
自嘲般地给自己加了一个名号——奉旨填词柳三变。

故事只能当故事看，而柳永拓宽了宋词的意境却是
肯定的。他长期在社会底层流连，又善于向高处看，雅与
俗在他身上交叉，他把互不相干的两条河打通了一小截。

市井与庙堂，自古以来便两相对立，而这种对立却
又不完全是绝对的。民间歌谣生自民间，又传入宫廷，
被加以改编后又传回民间。这种循环造成的影响是良性
的，一种艺术形式，在经过诸多的考验和流变后，最终留
下的部分，才恰好是它最重要的部分。

◉ 北宋都城卞梁的繁华市井。
《清明上河图》局部 北宋·
张择端（现藏于北京故宫博
物院）

◉ 此图描绘了春日晨曦宫廷
中的一幕，妃嫔们或鼓弄
乐器，或拍手相和，或婆娑
起舞。
《汉宫春晓图》局部明·仇
英（现藏于台北"故宫博
物院"）

歌与谣，分与合——汉魏晋、南北朝
The Combination of "Ge" and "Yao"
Han, Wei, Jin, Southern and Northern Dynasties
XXXXXXXXXXXXXXXXXXXXXXX

文 罗兆良　编 朱鸣　text: Paul　edit: Zhu Ming

"歌"与"谣"的概念是不断变化的。早期二者的区别是"有无曲调"——"歌"是有曲调的、完整的"乐歌"；"谣"则是"徒歌"，即没有曲调、只说不唱的韵文作品。[1]但是，对于"歌"与"谣"，古人并没有区分得那么仔细。许多时候可以"歌"代"谣"，因为"歌"是总称，"徒歌"也是"歌"，因此"谣"也可以用"歌谣"一词连称。[2]

先秦时期的歌谣，是诗、乐、舞三位一体的，但大多属于"自歌合乐"，即其本意不是为了合乐，但却偶然合乐产生歌谣。随着文化的发展，"诗言志，歌永言"[3]的观念开始出现。这种观念在先秦时期的诗歌总集《诗经》中得到了充分的体现，尤其是"雅乐"与"颂乐"，更是有意为之的"乐歌"。"歌"的概念逐渐变成"工歌合乐"，和"谣"的区别开始凸显。但先秦时期"歌"与"谣"的区别还不是十分明显，"歌谣"的含义仍然比较宽泛。

《孔雀东南飞》汉
孔雀东南飞，五里一徘徊。

从秦朝开始，朝廷设立专门管理乐舞演唱教习的官署——乐府。到汉初被废除，及汉武帝时期重建，"歌"与"谣"的区分愈加明显。两者虽然依旧互相渗透影响，但从汉朝开始，彼此拥有了各自发展的轨迹。本文将以汉朝为起点，以"歌"的历史轨迹作为辅助和对比，重点梳理"谣"的发展史。

乐府的出现，使"歌"的音乐性得到了强化，出现严格意义上的"合乐之歌"。"歌"开始脱离歌谣的概念，成为乐府专门的"乐歌"；"谣"逐渐成为代表民间的"民谣"。而因汉朝"谶纬之学"兴盛，"谣"从先秦时期的"自歌合乐"逐渐发展到了和谣谚、谶语相结合。"谣"的这种形式，基本无音乐性可言。另外，在汉朝出现了很多褒贬官吏与讽刺时政的"谣"。这些"谣"往往是民间心声的反映，表达普通老百姓对于社会生活、政治生活的认识和看法，其本意不是为了欣赏或者演奏，所以"谣"的音乐性变得很微弱。

但是，乐府所作的"歌"和民间的"谣"依旧密不可分。汉乐府主要分为两部分。一部分是供宫廷贵族宗庙祭祀、天子宴饮群臣以及军中所用之"雅乐"，其功能与《诗经》中的"颂"相同。汉朝建立之初，由于高祖刘邦对

1《广雅》："声比于琴瑟曰歌。"《尔雅》："徒歌谓之谣。"　2 清·杜文澜《古谣谚》："歌与谣相对，则有徒歌合乐之分，而歌字究系总名；凡单言之，则徒歌亦为歌。故谣可联歌以言之，亦可借歌以称之。"　3《尚书·尧典》："诗言志，歌永言，声依永，律和声。"

楚声的偏爱，楚地"民谣"开始从民间走向宫廷。另一部分则是采集各地流传的无名"民谣"，经过乐府的加工、整理、配乐，制成"俗曲歌辞"。在东汉时期推行的"举谣言"制使东汉"俗曲歌辞"创作者群体，开始向底层文人与民间艺人迁移。可见不论是"雅乐"还是"俗曲歌辞"，两者都与当时的"民谣"有着密切的联系。

汉朝无论是乐府所作之"歌"还是"民谣"都出现了一批以五言为主的作品。五言比四言增加了一个字，更适合用来表达创作者复杂的感情。此外，五言增加了一个节拍，形成了"二二一"或"二一二"的节奏。不同节奏的交替运用使句式更富于变化，呈现出动态的美感，打破了四言呆板、凝重之感。大量五言的"歌"和"谣"也直接推动"诗"的变革，原先不能登大雅之堂的五言诗体，逐渐引起文人的兴趣。到了东汉末期，随着儒家思想文化的统治开始受到冲击，"诗"的雅俗观念愈加转变，从士大夫到下层文人普遍进行五言诗的创作，五言诗体就此开始逐渐取代四言诗体的正统地位。

"文事一体"特征。"歌"借助于动听感人的音乐传播，"谣"借助于具有时代性的故事流传。但是由于音乐在传播过程中不容易保存，所以汉朝"歌谣"流传至今，就只剩下歌词和故事本身了。

【敕勒歌】（北朝）
敕勒川，阴山下。
天似穹庐，笼盖四野。
天苍苍，野茫茫，
风吹草低见牛羊。

【木兰诗】（北朝）
唧唧复唧唧，木兰当户织
不闻机杼声，惟闻女叹息

【西洲曲】（南朝）
海水梦悠悠，君愁我亦愁
南风知我意，吹梦到西洲

【长歌行】（汉）
青青园中葵，朝露待日晞
阳春布德泽，万物生光辉
常恐秋节至，焜黄华叶衰
百川东到海，何时复西归？
少壮不努力，老大徒伤悲！

班固认为，汉朝"歌谣"最突出的艺术特色是"感于哀乐，缘事而发"[4]。言下之意是，汉朝"歌谣"的创作者有感于现实生活中发生的事而生哀乐之情。有感于现实生活中的某些事情发为吟咏，是为情造文，而不是为文造情。[5]汉乐府之"歌"和民间之"谣""感于哀乐，缘事而发"的创作，决定了这些作品在传播过程中形成的

东汉末年，外戚、宦官专权，战乱频繁，以东汉党人为代表的士人们上书抗争，却招来了惨烈的"党锢之祸"。维系汉家王朝的儒家思想，走向了崩溃的边缘。人们对儒家传统的生活方式、人格理想和处世哲学都产生了质疑，社会急切盼望另一种哲学来拯救苦难的心灵。老庄哲学正好满足了他们的心理需求。其放达浪漫的玄学思想开始扩散，并在魏晋时期成为社会的主流思想。

玄学思想的兴盛，也促使了"音乐"蓬勃发展。魏晋时期的"民谣"，不再是汉朝之前的"自歌合乐"，而是逐渐成为有音乐性、能够供民众欣赏和演奏的完整作品。除了宫廷创作的"雅乐"依旧称为"歌"之外，"民谣"也有了"歌"的特点。所以"歌"与"谣"的界限从此时期开始逐渐模糊，民间的"歌"与"谣"都可统称为"歌谣"。

西晋时期的"八王之乱"和"五胡乱华"，不仅导致西晋王朝灭亡，而且自此开始，中国陷入长达几百年的南北大分裂时期。从东晋王朝和五胡十六国的南北对峙起，南北方的政治、经济、文化和民族风情的差异越发明显。这种差异，自然也导致了南北"歌谣"色彩和情调的大不同。于是，到了真正意义上的南北朝时期，南北"歌谣"都各自形成了独特的风格。"艳曲兴于南朝，胡音生于北俗"扼要地说明了南北朝"歌谣"的区别。

4 东汉·班固《汉书·艺文志》："自孝武立乐府而采歌谣，于是有代、赵之讴，秦、楚之风，皆感于哀乐，缘事而发，亦可以观风俗，知薄厚云。" 5 袁行霈.中国文学概论[M].北京：高等教育出版社1990:116.

南朝"歌谣"分为"吴声歌""西曲歌""神弦歌"三大部分。"吴声歌"产生于吴地，以建业为中心；"西曲歌"产生于长江流域中部和汉水流域，以江陵为中心。除"神弦歌"为民间"弦歌祀神"所歌之曲外，其他大部分"歌谣"都属于"男女情爱"之歌。南朝"歌谣"多为情歌的原因，缘于晋士南迁，自魏晋以来推崇的玄学依旧在此地盛行。玄学所引发的"生命珍贵"意识，直接导致了南朝人士的个性自觉，他们都遵循自己内心的真实情感，个性张扬。这种追求解放的态度，也让南朝女性有相对较高的自由度，她们不愿被封建礼教束缚，任情而为。所以，在南朝，追求人生快乐、感情满足成为人们的普遍愿望，专咏男女之情的"歌谣"自然受到人们喜爱。此外，南朝统治者搜集民间"歌谣"的目的仅限于娱乐，皇族文化也流于通俗，常流露出生命苦短、及时享乐的心理，因此，市井间艳丽的风情成为南朝受众最广的主题。

和南朝完全不同，北朝"歌谣"由于北方各民族人民居住分散，风俗各异，所以"歌谣"的创作，受统治者的影响和限制较少。加之长期处于民族混战的动荡局面，北朝"歌谣"的主题因而比南朝要宽泛丰富得多。从动荡战乱到军乐战歌，从百姓疾苦到家国大事，北朝"歌谣"继承了汉朝时"感于哀乐，缘事而发"的艺术特色。

【陇头歌辞】（北朝）
陇头流水，流离山下。
念吾一身，飘然旷野。
朝发欣城，暮宿陇头。
寒不能语，舌卷入喉。
陇头流水，鸣声幽咽。
遥望秦川，心肝断绝。

南北朝"歌谣"，不仅主题上有巨大的差异，在风格和歌辞上也有本质的区别。南朝统治地区，拥有众多的江河湖泊、充沛的雨水、丰富的植被，处处山清水秀，富饶的自然环境陶冶了南朝人民的性情。再加上政治局面相对稳定，经济发达，南朝"歌谣"风格温和、恬静、含蓄，体裁大多短小，多是五言四句，歌辞注重形式和格律，力求精丽工巧的辞采，大量使用双关、比喻、谐音等修辞手段，表达方式灵活多样。相反，北朝地区自然环境恶劣，连年战乱，各个游牧民族，尤其是鲜卑族和汉族之间互相影响，形成了北朝"歌谣"爽直坦率、豪放刚健的风格，歌辞上质朴无华，没有巧妙的修辞手法。虽也以五言四句为主，但北朝"歌谣"同时还创造了七言四句的七绝体，并发展了七言古体和杂言体，这是南朝"歌谣"所不及的。南北朝"歌谣"中的五绝体和七绝体，经过文人创作加以美化，后来成为"唐诗"的主要形式之一。

【采莲曲】（南朝）
游戏五湖采莲归，
发花田叶芳袭衣，
为君侬歌世所希。
世所希，有如玉。
江南弄，采莲曲。

【那呵滩】（南朝）
离欢下扬州，
相送江津湾。
愿得篙橹折，
交郎到头还。
篙折当更觅，
橹折当更安。
各自是官人，
那得到头还。

【采莲童】（南朝）
泛舟采菱叶，
过摘芙蓉花。
扣楫命童侣，
齐声采莲歌。
东湖扶菰童，
西湖采菱芰，
不持歌作乐，
为持解愁思。

【子夜四时歌·春歌】（南朝）
春林花多媚，
春鸟意多哀。
春风复多情，
吹我罗裳开。

【捉搦歌】（北朝）
谁家女子能行步，
反著裌襌后裙露。
天生男女共一处，
愿得两个成翁姥！

盛极而衰—— 隋、唐、宋
From the Bloom to the Fading
Sui, Tang, Song Dynasties

XXXXXXXXXXXXXXXXXXXXXXX

⊠ 罗兆良　⊞ 朱鸣　text: Paul　edit: Zhu Ming

隋朝，虽仅存了短短三十七年，但这三十七年，对于中国音乐发展来说，十分重要。隋朝结束了持续近三百年的南北大分裂。由于经济复苏，文、炀二帝推行"劝学求言""进士举人"等积极的文化政策，私家教育空前发展，诗歌宴乐形成风气，音乐已成为寻常百姓陶冶性情的重要方式。所以，自隋唐时期起，以"歌"为代表的"雅乐"，逐渐被以"歌谣"为代表的"俗乐"超越[1]。加之隋朝南北疆域的统一，促使了南北方文化再度融合，这都为后来唐朝"歌谣"的繁荣打下了良好基础。

唐朝，是中国封建社会的大繁荣时期，是一个兼容并蓄的时代。唐朝"歌谣"题材广泛，包罗万象，反映社会的广度上至国君，下至平民。除包含前朝所有"歌谣"的主题之外，作为唐朝文学的标志，"诗歌"开始融入"歌谣"的创作。一方面这使"诗歌"不再是文人的专利，而成为大众共同欣赏的作品，另一方面"歌谣"风格也越发雅化、诗化。

此外，佛教发展至唐朝，已形成了各大成熟的宗派，极度兴盛。唐朝社会上至帝王将相（除唐武宗会昌时期），下至黎民百姓，无不受其熏染，崇佛风气日盛。而普及佛教思想，最有效的方式就是让佛教融入"歌谣"，使教义变得通俗易懂，故而佛教"歌谣"也开始在唐朝盛行。

唐朝沿用了隋朝的科举制度，其中也包括以诗赋取士。在这种考试制度下产生的行卷风气，助长了文人士子们诗歌创作的热情。七言诗的创作越加成熟，佳作不断，并在民间广受欢迎。[2]七言体的"歌谣"在唐朝以前虽已有创作，但大多数与三言、五言交叉在一起。五言仍是"歌谣"的主要形式。但唐朝七言律绝的成熟促进了民间七言"歌谣"的发展，最突出的便是"竹枝"的兴盛。

【竹枝词】唐·白居易

瞿塘峡口冷烟低，
白帝城头月向西。
唱到竹枝声咽处，
寒猿晴鸟一时啼。

竹枝苦怨何人，
夜静山空歇又闻。
蛮儿巴女齐声唱，
愁杀江楼病使君。

巴东船舫上巴西，
波面风生雨脚齐。
水蓼冷花红蔟蔟，
江蓠湿叶碧萋萋。

江畔谁人唱竹枝，
前声断咽后声迟。
怪来调苦缘词苦，
多是通州司马诗。

---

1 清·徐养源《管色考》："隋唐以后，俗乐胜于雅乐。"　2 清·宋荦《四库全书·集部·西陂类稿》卷二十七："诗至唐人七言绝句，尽善尽美，自帝王公卿，名流方外以及妇人女子，佳作累累。"

"竹枝",是流传于巴蜀地区的"歌谣",通篇采用七言形式,风格清新活泼,广受民众欢迎。"竹枝"的流行,导致唐朝普遍出现文人创作"歌谣"的风尚。这其中,刘禹锡是唐朝文人积极向"歌谣"学习,并充分运用到"诗歌"创作中最为突出的一位。他不但受汉魏六朝[3]乐府诗的影响,自命新题创作了大量的乐府"歌谣",还有意识地从"竹枝"中吸取营养。在"歌谣"的创作过程中,刘禹锡多采用"重叠回环"的形式,这些写法都是"歌谣"所惯用的。之前传统的"歌谣",传播流转具有口头性与随意性的特点,影响力不比主流文学,故不易被保存。唐朝"歌谣",得益于刘禹锡等文人的加工创新,才得以被广泛流行和传播,并留存于后世。

【金柅园】北宋·晏殊
一曲清歌满樽酒,
人生何处不相逢。

【陌上花】北宋·苏轼
陌上花开蝴蝶飞,
江山犹是昔人非。

【竹枝词】唐·刘禹锡
杨柳青青江水平,
闻郎江上唱歌声。
东边日出西边雨,
道是无晴却有晴。

　　在唐朝"歌谣"繁荣发展之时,另一种新的音乐形式——"曲子",也开始在民间形成。"曲子"是受隋唐"燕乐"影响而发展起来的一种民间歌唱方式。"燕乐",是综合北周与隋朝以来,北方各民族传入的音乐和南方六朝以来当地的乐曲而形成的新兴"俗乐"。"曲子"与"歌谣"不同的地方在于,它是具有一定章曲形式,有调名,依调填词入乐的作品。由于"曲子"曲调繁复多变,长短句结合的歌辞形式开始产生。这便是"词"这一文体,在未被文人占有、未正式形成其独特的行文规则前的初始状态。"曲子"的出现,为"词"的崛起准备了充分的条件。

　　唐朝的"诗"风靡于民间,由于"诗"是以吟诵为主的文体,和声乐艺术"歌谣"并无直接"竞争"冲突,因而唐朝的"歌谣"还算繁盛。而到了宋朝,虽然文化艺术十分发达,但"歌谣"却进入到一个较为低迷的阶段。这是因为,"曲子"经过五代十国几十年的发展而形成的"词"这种声乐文体,从宋朝起开始盛行,一定程度上取代了"歌谣"的抒情表意功能。

　　不仅是上层文人,即使在民间,人们也倾向于用"词"来表达自己的声音,"歌谣"已不是唯一可以代表民间的声乐形式。其次,宋朝乐府不存,"采诗"愈加衰微,即使有"采诗"活动,所采集的作品也不尽为"歌谣",多是文人所作的、反映民生或表达情志的"诗词"。

　　宋朝统治者为了巩固自己的统治地位,格外强调汉族音乐文化的正统性,因此"雅乐"复古倾向十分明显。不仅如此,官方排斥以"歌谣"为代表的"俗乐"。"雅乐"不仅在宫廷内流传,还被统治者有意识地传播到市井之中,这对宋朝"歌谣"的创作和传播有着极大的冲击和影响。

　　从北宋初期起,社会一直被不同程度的外族入侵和内部起义所扰乱。所以,反映民族矛盾、农民起义等具有政治色彩的"歌谣"占据极大的比例。此外,宋朝尤其是南宋时期,程朱理学的流行开始使"存天理,灭人欲"的理念控制人们的思想,"歌谣"至情至性、直抒胸臆的特点在一定程度上受到了抑制。因而宋朝"歌谣"主题和前代相比要单一很多。

【望江南】唐
莫攀我,
攀我心太偏。
我是曲江临池柳,
这人折了那人攀。
恩爱一时间。

3　"六朝"指"东吴""东晋",南朝"宋""齐""梁""陈"六个朝代。

【宋朝初期歌谣】

军中有一韩，
西贼闻之心骨寒。
军中有一范，
西贼闻之惊破胆。

相较于形式丰富多样的唐朝"歌谣"，宋朝"歌谣"形式简单，一般歌辞句短字少，修辞手法简洁。宋朝"歌谣"形式的最大特色，是其间开始出现的一套特定的句式或字眼，比如"有"字句、"若"字句，用以抒发、强调情感或表明"歌谣"的性质。

【白雁谣】宋

江南若破，
白雁来过。

虽然"词"在宋朝占据绝对优势，全面压制"歌谣"，但后者并没有就此消失。这是由于宋朝"以文治国"的政策，使整个社会渐渐形成了尚学的风气，著书立说成为文人们热衷的事。随着经济发展和技术进步，宋朝的雕版印刷技术兴盛，刻书业十分繁荣。这些良好的外在环境，使文人们有意识地收集过去的"歌谣"，并开始在书中大量地引用，或者专门收集"歌谣"编集成书。这是"歌谣"发展到宋朝一个很大的特点。

文人作"歌谣"的风尚，在宋朝也得到了继承和发扬。很多宋朝文人主动地接触"歌谣"，从中吸取养料，改写"拟作歌谣"，这其中最具代表性的文人便是苏轼。苏轼一生多半在地方为官，游历甚广，且乐于亲近民间生活。他对风土民情十分留意，所以拟作了诸如《陌上花》等佳作，风格雅致，别有一番情趣。

相较于宋朝"歌谣"，由于辽金整个社会的主要关注点，并不在发展经济和文化上，因此在社会出现逆转的情况下[4]，辽金"歌谣"的内容变得更为单一，大多是表现战乱。但有少数"歌谣"却具有很明显的民俗文化特色，成为"巫术活动"必不可少的组成部分。

【投坑伎歌曲】辽

百尺竿头望九州，
前人田土后人收。
后人收得休欢喜，
更有收人在后头。

【二锭银】金

玉管轻吹引凤凰，
余韵尚悠扬。
他将那腔儿合唱，
越感起我悲伤。

宋辽金时期的文学标志"词"，由唐朝"曲子"发展而来。而在相同时期，"曲子"也和民间流传的故事、传奇和叙事诗相结合，并经过一段时间的加工和改造，形成了"诸宫调""鼓子词""唱赚"等各样的说唱艺术形式。宋辽金"歌谣""词"以及说唱艺术三者间的此消彼长，为元朝"曲"的形成和兴盛奠定了基础。

---

4 漆侠《宋代经济史》："在仅仅一百年的统治中，北方人口锐减，田地荒芜了二分之一以上，手工业生产衰落，城市萧条，多年来蓄积的商品生产和发展起来的城市经济，为之荡然，自然经济又居于绝对的支配地位。"

辗转沉浮 —— 元、明、清
The Ups and Downs of Chinese Ancient Folk Songs
Yuan, Ming, Qing Dynasties
XXXXXXXXXXXXXXXXXXXXXXXX

文 罗兆良　编 朱鸣　text: Paul　edit: Zhu Ming

元朝,是由蒙古人建立的多民族国家。元世祖忽必烈灭宋统一中国后,蒙元统治者在政治上实行高压控制,对汉族知识分子严酷打压,使科举制度中断了长达七十八年之久。知识分子的社会等级,也被降到比娼妓还要低的地位[1]。同时,蒙元统治者还借助儒学、理学禁锢人们的思想,以巩固其统治。中国文化发展至此时,进入到了大衰退时期。

如此背景下,文人们得不到尊重,苦闷思想普遍存在,这一切使他们的生命观和价值观发生了巨大的裂变。"学而优则仕"的道路走不通,便追求耳目声色口腹之乐。文人们或成为"书会才人",与优伶为伍;或遁入林泉,纵情山水,过着似隐非隐的生活。这形成了元朝文人从愤世、叹世、隐世到玩世的特殊文化心态。

此外,元朝城市经济特别发达,市民化的通俗"曲艺"也随之兴盛。文人们的玩世心态,和市民文化土壤相结合,造成前朝典雅的"词"无法满足大众对于市井直白艺术的需求。再者,元朝社会各民族交融,语音、词汇与唐宋时期相比,已有许多变化。加之北方各民族音乐传入中原,也使与音乐结合的"词",在创作格律上有所改变。文人们根据自身和时代的需要,对"词"进行改造,并结合兴盛的"曲艺"艺术,形成了"元曲"这种完全独立、自成一体的文学样式。与此同时,"词"逐渐走向衰落。

【水仙子·夜雨】
〔元·徐再思〕

一声梧叶一声秋,
一点芭蕉一点愁,
三更归梦三更后。
落灯花,棋未收,
叹新丰逆旅淹留。
枕上十年事,
江南二老忧,
都到心头。

"元曲"的繁荣,不但直接导致"词"的没落,而且对"歌谣"也产生了极大的冲击。元朝称得上是"歌谣"独立发展的谷底时期,这是因为"元曲"除了吸收"词"和"曲艺"的精髓之外,也大量借鉴前朝南北方的"歌谣",使得"歌谣"被加工成"元曲"的一部分。此外,"元曲"的产生,使文人们都为创造了这种新的体裁而感到欢欣鼓舞,对它充满了热情,市民也乐于接受这种博杂、

---

1 元朝时期,统治者按人们所从事的职业,把被征服的臣民详细划分为十个等级,即"十流":一官、二吏、三僧、四道、五医、六工、七匠、八娼、九儒、十丐。"儒"即知识分子。

诙谐、市俗化程度高的形式。元朝社会各个阶层都对"元曲"趋之若鹜,文人不再作"歌谣",民众也鲜少创作新的"歌谣"。"歌谣"失去了吸引力,和"词"一样渐渐走向没落。

在元朝,"歌谣"抒情表意的功能虽然被"元曲"稀释,但另一种特质,却依旧发挥着其最原本的作用——即反映社会现实。元朝"歌谣"最大的特点,便是和社会发展关系密切,主题和分布的规律与元朝历史三个分期自然吻合。

元朝早期,从建国到忽必烈去世,各族人民的反元斗争从未间断,起义此起彼伏,这个时期"歌谣"成为引导舆论的工具。元朝中期,是执政集团内部矛盾最为尖锐和集中的时期,"歌谣"的内容也主要表现在权力争夺上。此外,元朝中期"歌谣"的主题,也有对"行省"改革的讽刺。行政区域划分改革完全是基于分区宰割之私意,不惜打破自然地理界限,不顾区域经济联系,人为地造成犬牙交错和"以北制南"的局面,造成经济发展、行政管理上的诸多不便[2]。元朝末期的"歌谣",基本都为时政怨谣和起义歌谣,这是人民对于蒙元统治的怨恨情绪长期压抑而终于得以爆发的鲜明写照。

【石人谣】元
石人一只眼,
挑动黄河天下反。

【元朝歌谣】
黄郎屋上走,
州来住不久。

【元初童谣】
塔儿红,
北人来做主人翁。
塔儿白,
南人是主北为客。

元朝"歌谣"的另一个特点,就是分布极其不均。多数"歌谣"诞生于江南地区,因为元朝江南百姓社会地位最低[3],受到的经济压迫最重,由此造成民怨沸腾,起义兵乱迭起。再加上元末主要反元势力方国珍、张士诚、朱元璋都位于南方,"歌谣"充当起了宣传起义和领袖的作用,因而元朝"歌谣"分布较为集中。

总体来说,"歌谣"在元朝的发展很低迷,反之"元曲"是极其兴盛的。但物极必反,盛极必衰。"元曲"成形的规范和固定的曲谱、宫调、句式,始终无法完全代替自由、没有限制的民间"歌谣",而且身为主要创作者的文人阶层,也没有办法代表底层百姓的心声。在社会历经大的变革和动荡之后,"歌谣"又悄悄地迎来了自己的春天。

【挂枝儿·茉莉花】明·冯梦龙
闷来时,到园中寻花儿戴。
猛抬头,见茉莉花在两边排。
将手儿采到手,花心还未开。
早知道你无心也,
花,我也毕竟不来采。

"元曲"发展到后期,暴露出"卖弄文采"的弊端。文人们竭力雕琢词句的窠臼,追求典雅工整,又向"诗""词"的写法靠拢。失去了原先鲜活灵动的特色,"元曲"逐渐变得曲高和寡,和群众审美情趣脱节,随之很快也走向衰微。

元朝灭亡,明朝建国初期,专制主义严重影响了思想文化的活力,整个社会意识形态领域呈现出一派灰暗沉闷的景象。上至士大夫下到百姓,方方面面都受到礼制的严格约束,所有的艺术形式都处于停滞不前的真空时期。

时间到了明朝中后期,由于商品经济的萌芽和发展,一股强劲的、亘古未有的活力注入社会肌体。不安分的新思潮,涌动于传统的文化结构中,原有的秩序遇到了极为严峻的挑战,僭越礼制与追求奢侈的风尚开始出现,喜新厌旧的心理在社会中普遍存在,民众需要一种不受约束的艺术形式来表达自己的心声。在这样的思潮下,不虚假修饰、没有限制、情真意切的"歌谣"又开始重回大众的视野。

与此同时,程式化已经十分严重的文学,也需要

---

2 李治安. 元代行省制的特点与历史作用 [J]. 历史研究, 1997(5) 3 元朝时期,统治者将各族人民划分成四个等级,即一等蒙古,二等色目,三等北人,四等南人。

新鲜力量的刺激。文人们都在寻求文学的出路，而自然清新的"歌谣"正好能够起到这种作用，因而，明朝文人们积极主动地汲取"歌谣"中的营养。这其中，大力推动"歌谣"发展的代表人物是李梦阳和袁宏道。李梦阳认为"真诗乃在民间"[4]，提倡文学要学习"歌谣"的精神，回到朴素、自然的轨道上来。而袁宏道则将"歌谣"当作向旧传统宣战的利器，对正统诗文发起猛烈的冲击。

这种冲击，包括对礼教、纲常的蔑视，以及对人主体意识的唤醒。明朝"歌谣"在这样的社会背景和文人推动下，不仅迅速兴起繁荣，而且加快了晚明文学革新思潮进程。更为重要的是，明朝"歌谣"发挥了其他文学样式无可比拟的作用，与文学革新思潮一起，共同创造了中国历史上不可多见的、相当活跃的语言环境。"歌谣"第一次进入文学的领地，成为能够推动社会发展的力量。

明朝"歌谣"的题材无所不包，并继承了《诗经·国风》和汉乐府的传统，打破了士大夫文学的各种限制。对男女私情大胆披露，引起了上到文人士大夫，下至村夫野老的共鸣，"情爱"因而成为明朝"歌谣"最为重要的内容。

自嘉靖、隆庆时期后，南都坊曲中的娼妓，诗词歌赋样样精通。在这种吟风弄月气象极盛的潮流中，与娼妓有关的"歌谣"开始风行。娼妓与"歌谣"的"联姻"，在"歌谣"发展史上具有特别重要的意义。与娼妓有关的"歌谣"，由于具有情欲张扬这种发自本能的力量，使得明朝程朱理学外在的约束和规范，受到了前所未有的冲击。"歌谣"不仅成为推动社会发展的力量，也开始有能力对传统和现实产生颠覆作用。

【夜客】明
站阶头一更多，姻缘天凑。
叫一声有客来，点灯来上楼。
夜深东道须将就。
摆个寡子，猜拳豁指头。
唱一只打枣杆儿也，
客官再请一杯酒。

就地域而言，明朝南北方"歌谣"融合倾向明显。这主要是因为和宋辽金南北分裂及元朝区别对待南北方人民不同，明朝是真正的大一统王朝，南北方没有政治界限，民众也都是平等的。加上大家对"真情"的共同追求，只要是优秀的"歌谣"出现，都积极互相学习、传播，因而差异不那么明显。

"歌谣"发展到明朝，可谓是进入到了全面复苏的时期。民众喜欢[5]，文人纷纷拟作、改作，"歌谣"编集十分兴荣。因而，"歌谣"所涵盖的其他形式，也开始被人们关注。由于其率真的特性和儿童的天性十分符合，从明朝起"童谣"开始成为"歌谣"很重要的部分。并且明朝文人吕坤编成了中国历史上第一部童谣集《演小儿语》，使"童谣"不再只是通过民间口头相传。

【明朝童谣】
鹦哥乐，檐前挂，
为甚过潼关，
终日不说话。

【绣荷包】晋
初一到十五，
十五月儿高。

清朝，中国最后一个封建王朝。清朝初期，"歌谣"在市井百姓间依旧如火如荼地兴盛发展着，不仅明朝后期流行的"歌谣"继续流行，而且从清朝起"歌谣"开始出现自创曲调，比如在山西、陕西一带产生的"西调"，便是在此时流传开来的。

由于想表达更多的内容，明朝后期的一些"歌谣"又开始吸收"元曲"的精髓，出现了和"元曲"类似的套曲形式。这种变化发展到清初至嘉庆年间，使"歌谣"的形式渐渐有了繁复化的特点——即在原有的一支"歌谣"中间加入几句其他"歌谣"的曲词，或是在一支完整的"歌谣"后加上另外一支完整的"歌谣"，抑或使用几支不同曲调的曲子连缀成完整的一套组曲。

4 明·李梦阳《诗集自序》。　5 清·陈弘绪《赛夜录》："不问南北，不问男女，不问良幼良贱，人人习之，亦人人喜听之。"

【白雪遗音·秋景】清·华广生辑录

三伏未尽秋来到，
（爽气一天高。）
梧桐叶落，
水面上飘摇，
（满目萧条）
金风动，
玉砌瑶阶寒虫叫，
（寂寞无聊）
盼才郎，
不知何日才来到，
（不由心焦）
（路途迢遥。）
手拿菱花，
仔细观瞧，
那去了，
奴家当初花容貌，
（渐渐减了）
细想想，
人生那得长年少，
（光阴轻抛。）

此外，在一些文人的参与之下，"歌谣"中分化出了一类雅化的"歌谣"。这些作品使用的曲牌原本是"歌谣"自创的专属曲调，但是语言、风格、情趣均带有明显的文人气息，这显然已经不是原来市井百姓间传唱的"歌谣"了。不过雅化的"歌谣"只是清朝"歌谣"发展过程中的一个插曲而已，并没有改变"歌谣"在百姓间生长、传播和兴盛的大趋势。直到清朝末期，"歌谣"依旧稳定地在民间占有重要的地位。

【霓裳续谱·梦魂中情方艳】清·王廷绍辑录

梦魂中情方艳，怨黄鹂窗外喧，
梅香打去休息慢。
你怎不去寻桃柳园间，
偏在我孤凄凄冷淡淡，独自麻自己眠。
一声啼动我意惹情牵，辽西到去难，
空留下满枕春情，无限寻思，意冷心寒。
凄惨伤惨，几时得见情郎。

清朝的统治者，是自关外而入的满族人。为了稳定和巩固政权，他们在入关之初，就已开始有意识地汉化。熟习汉人政治运作模式和士人文化心理的满族统治者，重新确立了程朱理学在思想文化界的正统地位。与此同时，满族统治者还对汉族文人恩威并施，使之不敢有丝毫对统治阶层不利的思想意识。

此外，自乾隆中期至嘉庆年间，学术界盛行考据之风。文人都致力于训诂考据之学，这客观上使得文人的思想空间日益狭窄，牵制并消解了文人表达自由意识、创新求变的勇气和精力。文人中，复古崇雅、离新弃俗的思想，开始占据主导地位。再加上官方对于"歌谣"的创作与传播进行了数次干预，甚至严令禁止——统治者不仅严禁民间随意编制"歌谣"，而且还对刻印售卖者严加制裁[6]。在这种背景下，慑于大清律之严，见惯文字狱之威的文人，绝不会冒着触犯刑律的风险，公然赞赏"歌谣"。

这些因素，虽然直接导致清朝"歌谣"和明朝一样，于民间广受欢迎，但两朝文人对"歌谣"的态度却大相径庭：与明朝文人对"歌谣"大力推崇截然相反，清朝文人对"歌谣"的态度十分鄙夷。此时期的"歌谣"，失去了在明朝时"推动社会发展""影响时代思潮"的力量。

发展至清朝末年的"歌谣"，虽然曲词和历代不尽相同，但传达的主题依旧是市井生活、男女情爱、战争起义、国破家亡。而到了民国的"新文化运动"之后，"歌谣"又有了颠覆性的变化。历经几千年发展至此，从"歌""谣"分离，到相互促进，直至合二为一，整个历程起起落落，"歌谣"仿佛又要回到它诞生的原点。无论形式如何变化，"歌谣"即"民谣"，代表民众心声的精髓，永远不会改变。

---

6 王利器辑录《元明清三代禁毁小说戏曲史料（增订本）》："凡有狂妄之徒，因事造言，捏成歌曲，鄙俚喋亵，刊刻流传，沿街唱和者，内外各地方官查拿，照不应重律治罪，若有妖言惑众等词，仍照律治罪。"

从"古"到"今"：民国时期的民谣转型
The Rise of Modern Chinese Folk Songs in the Republic of China
XXXXXXXXXXXXXXXXXXXXXX

文 **罗兆良**　编 **朱鸣**　text: Paul　edit: Zhu Ming

1912年2月12日，宣统帝被迫退位，清王朝宣告灭亡。中国结束了长达几千年的封建统治，进入到崭新的中华民国时期。一切都百废待兴，社会各个阶层都对新的时代充满了期望。

在先经历了技术层面的"洋务运动"、制度层面的"戊戌变法"等一系列变革失败之后，知识分子开始重新审视中国的传统文化，更多地思考如何从民主和科学的角度启蒙大众，以重建一个新的中国。1915年9月，陈独秀主编的《青年杂志》在上海创刊，同年12月改名为《新青年》，就此展开了轰轰烈烈的"新文化运动"。

对于知识分子而言，改革并创造先进文化，最重要的环节便是对文学的改革。因此1917年1月，胡适发表《文学改良刍议》，正式提出"文学革命"的主张。"文学革命"意在创造回归平民、回归人性的"新文学"，然而"新文学"的起点该从哪里出发，是知识分子所面临的最大问题。

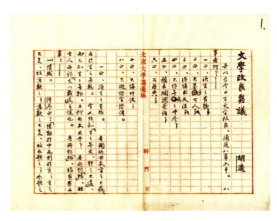

◉ 钱玄同所抄录的《胡适文存》的文本《文学改良刍议》。

◉《新青年》杂志第三卷第二号封面。

T I P S

《新青年》自1915年9月15日创刊号至1922年7月终刊共出9卷54号。"新文化运动"正是通过该杂志发起。《新青年》宣传倡导了科学（"赛先生"，Science）、民主（"德先生"，Democracy）和新文学。俄国十月革命后，《新青年》又成为宣传共产主义的刊物之一，后期成为中共早期的宣传刊物。

于是，当时有的知识分子将目光投向了西方，而以胡适、刘半农、周作人等人为代表的知识分子，认为应从本土文化的角度来思考"新文学"的建设。而当用以对抗僵化的文言文的"白话文学"和"国民文学"等"文学革命"的主要目标被确立后，源于本土文化、在历史中起起落落、代表民间的"歌谣"，再次被知识分子看重，并被视为建设"新文学"，改造国民文化的重要资源。

同年，蔡元培对北京大学进行了意义重大的改革。维护学术自由、兼容并包的办学方针和新的人事铨叙制度的确立，使得具有新思想的知识分子陆续被引进北大，北大自然成为"文学革命"最重要的阵地。而在"文学革命"中被赋予重要意义的"歌谣"，也在北大酝酿着颠覆性的转变。1918年2月1日，《北京大学日刊》刊登了刘半农亲自拟定的《北京大学征集全国近世歌谣简章》，宣告"歌谣运动"正式展开。

由于在清朝，"歌谣"是登不上大雅之堂的"俗乐"，虽被广为传唱，但官方没有系统地对其进行收录和编集，大量"歌谣"散佚各处。因此，"歌谣运动"的首要任务便是搜集当时在全国流行的"歌谣"。1920年冬天，"歌谣研究会"在北大成立，号召教职员学生在自己的日常生活中寻找、搜集"歌谣"，并借助政府的力量，将各地方学校和教育团体组织到"歌谣"征集的运动中来。"歌谣运动"至此在全国范围内迅速展开。

与此同时，当时世界范围内的"歌谣"研究之风开始兴起。"歌谣"的定位已不再是单纯的民间艺术形式这么简单，而成为和文化息息相关，有研究价值的学术课题。因而中国的"歌谣运动"也自觉地将"歌谣"搜集、整理活动视为学术行为，并于1922年创立《歌谣》周刊，旨在用文艺批评的眼光加以选择，编成一部国民心声的选集，并促进将来民族诗的发展。[1]

早在"歌谣"繁盛的唐朝和明朝，就有文人作谣的风尚。到"歌谣运动"中也同样有一批知识分子仿照民间"歌谣"的样式拟作了一批"歌谣"作品，这其中以胡适和刘半农的贡献最大。胡适借鉴"歌谣"的形式特点，以口语化的表达方式实践其"作诗如作文"的诗歌主张，用直写和实录的方法创作了一系列反映普通生活

◉ 蔡元培

◉ 民国时期的北大影像。

琐事的"歌谣"。而刘半农则是从审美观念学习"歌谣"，以对民间大众饱满情感的共鸣，模仿家乡四句头山歌的曲调，用江阴方言创作了《瓦釜集》。他的《扬鞭集》也延续了自己现代山歌的风格，他还自称这些仿照民间"歌谣"的创作为"拟民歌"。

与传统的民间"歌谣"不同，"歌谣运动"仿拟创作的"歌谣"虽然在文词上尽量贴近老百姓的语言，关注的也是普通民众的生活，但是创作主体毕竟不是普通民众，而是更具智识的知识分子。因而这些"歌谣"的功能已不只限于表情达意、歌咏生活，同时还表达了知识分子个人的观点，借"歌谣"的形式教化民众和唤起民族觉醒。这和古代在民间流传，以及文人拟作的"歌谣"有了本质的区别。

T　　　　　　　　I　　　　　　　　P　　　　　　　　S

1922年12月17日，《歌谣》周刊创刊，成为中国第一个专业的民间文学刊物。《歌谣》周刊到第97号（1925年6月28日）停刊，被并入《北京大学研究所国学门周刊》。1935年至1937年，由胡适主持，北京大学重新恢复《歌谣》周刊，但很快因抗战爆发而停止。

1 出自《〈歌谣〉周刊发刊词》，《歌谣》周刊第一卷1号，1922年12月17日。

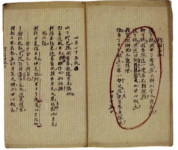

◉胡适及其著作《尝试集》第二编第二版稿本。

◉貌相拓片为刘半农先生半身浮雕刻石所拓,由黄宾虹篆书题。此石立于刘半农墓茔前,原石已毁于"文革"。

◉刘半农"拟民歌"歌谣集《扬鞭集》和《瓦釜集》。

"瓦釜"是"黄钟"的反义,表明刘半农在黄钟大吕之外别求新声的初衷。"扬鞭"则有鞭挞现实的意思,刘半农意在通过仿拟创作的"歌谣"批判现实而代民众立言。

因此，"歌谣"这个名词已无法体现"歌谣运动"中创作的这批作品的内涵。知识分子通过"文学革命""代'民'立言"的核心，将"歌谣运动"中所创作的"歌谣"和传统民间"歌谣"以"民谣""民歌"进行区分，突出"民"的含义，但"民歌""民谣"意义的限定还比较模糊。直到朱自清借用英语单词 folk song 和 ballad 的含义对"民谣"和"民歌"进行更为严格的划分，即是否具有抒发个人性情的含义，从英语语汇引申出的现代"民谣"在近代中国才有了雏形。[2]

在"文学革命"如火如荼地展开时，"新音乐运动"也同时进行。随着西洋音乐的传入，中国音乐文化发生了巨大的变化。1912年国民政府大力提倡美育，社会音乐教育和学校音乐教育开始兴起。一批新音乐启蒙家从欧洲、日本等国留学归来，积极策划和组建中国自己的专业音乐教育机构。此外，在将眼光投向西方世界之时，"歌谣运动"中也出现了一股翻译介绍西方现代"民谣"的潮流，不断有很多外国现代"民谣"被引进至国内。

伴随着"百日维新"，新式学堂在全国范围内逐步建立。这些音乐家开始借学堂开设的音乐课，探索西方现代"民谣"和中国传统"歌谣"结合的可能性。同其他方面向西方学习一样，在音乐创作上他们也大胆吸取西方音乐文化，认为只要有用，均可"拿来"。于是，具有现代"民谣"形式的"学堂乐歌"创作逐渐流行起来。

"学堂乐歌"绝大多数是根据现成的曲调，填以中式的新词而编成。曲调上一是用外国曲调，二是用中国传统音乐曲调，但会选择具有西方音乐文化的"新音乐"形式演绎。在投身于"学堂乐歌"创作中的诸多音乐教育家中，以沈心工、李叔同和陶行知对"学堂乐歌"的发展贡献最大。三人不仅用"学堂乐歌"传达了富有诗意的美，而且有的作品也反映了当时人们对自由和民主

● 民国时期新式学堂的学生合影。

● 民国时期，女生不但可以和男生一样上学读书，装束也有了极大的变化。图为1916年，十二岁的林徽因（右一）与表姐妹们身穿北京培华女子中学的校服合影。

● 沈心工版画像（代大权 绘），及其学堂乐歌集《唱歌集》。

T I P S

沈心工是中国近代普通学校音乐教育初创时期最早的音乐教育家，也是最早使用白话文写作歌词的作者。沈心工的作品主要是按曲填词，歌词形象鲜明，通俗易懂。同时他也注意到外来曲调和汉语在音调、节奏上的结合，所以很多"学堂乐歌"的词曲都很吻合自然，在群众中广为传唱。

2 朱自清在其现代歌谣理论专著《中国歌谣》中提出："'民歌'必须满足两个条件。第一，民众必得喜欢这些歌，必得唱这些歌；第二，这些歌必须经过多年的口传而能留种，能不靠印本而存在；在英国歌谣中，'民谣'本也指感情的短歌。但十八世纪以来，'民谣'个人的抒情性和叙事性得到强化，更贴近'叙事歌'的含义。"

的呼唤。"学堂乐歌"关于学校、生活、个人心绪的主题描写，也成为日后"校园民谣"最早的源头。

与此同时，"新音乐运动"创作的另一个类型——中国"艺术歌曲"也开始发展。中国"艺术歌曲"的歌词，大多以音乐性、文学性较强的古典诗词或现代诗为主。在音乐上，一方面将中国传统音调与民族五声调式运用到创作当中；另一方面，许多作曲家在欧洲浪漫派和印象派音乐和声语言的基础上，加以创新，与具有中国风格的旋律相结合，逐渐形成了具有中国特色的、新的歌曲创作风格。这其中赵元任创作的作品代表了中国"艺术歌曲"的最高成就。

"艺术歌曲"本质上和数代相承、口传心授的"民歌"，以及抒发情感、为民发声的现代"民谣"都不同，它有着极其浓厚的人工雕琢、精心加工的特性。但进入20世纪30年代，"九一八"的炮声震撼了中国乐坛。以黄自为代表的爱国作曲家在他们的"艺术歌曲"中表达了抗日救亡的心声；以聂耳、冼星海为代表的革命音乐家，异军突起，通过开展"左翼"音乐运动，使"艺术歌曲"有了富有群众性和战斗性的特点。

中国"艺术歌曲"虽然在创作形式上和现代"民谣"完全不同，但"艺术歌曲"却因特殊的战争背景被赋予了和现代"民谣"相同的作用。其浓厚诗意、形式精练、具有朴实美感的风格更直接影响着中国人对现代"民

谣"的理解。这也是日后一部分中国现代民谣人的作品中，歌词诗化文艺，甚至直接将诗歌作为歌词的原因。

1937年7月抗日战争全面爆发，国民政府因形势所迫将首都迁至重庆，中国东部则沦为日占区。抗战的烽火打断了"歌谣运动"发展的势头，民间"歌谣"的调查研究工作只能在没有被战火波及到的西南、西北等地艰难维持。在抗战特殊时期，重庆作为陪都，具有举足轻重的历史地位。国民政府广泛利用社会的各种资源来配合抗战，并动员民众参加抗战。为激扬民气、砥砺国魂，大量民间口头相传的"民歌"和音乐家创作的"民谣"在重庆应运而生，中国"歌谣"进入到了"重庆抗战歌谣"时期。

"重庆抗战歌谣"时期的"民歌""民谣"，大量使用史诗的叙事方式，来控诉日本侵略军的罪恶，用直抒胸臆的方式鼓励民众的抗战激情。民众在颠沛流离的生活当中，将苦难升华成为一种力量，因而这个时期的"民歌""民谣"透露出极其悲壮粗犷的"力"之美。无论是直接号召全民奋起抗战，还是激发民族凝聚力和爱国热情，抑或是赞美质朴国风，"重庆抗战歌谣"时期的"民

第一首以抗日救亡为主题的合唱曲。中华人民共和国成立后黄自长期被视为资产阶级音乐学阀，其作品被认为是感情颓靡的挽歌。直到改革开放之后，黄自的贡献才重新获得中国大陆音乐界的重视。

歌""民谣"成为了民众参与社会政治的一种特殊公众舆论手段。其中最具有代表性的作品便是潘子农作词，刘雪庵谱曲，周小燕演唱的《长城谣》。

1945年8月抗日战争结束，"解放战争"随之爆发，辽沈、淮海、平津三大战役相继展开。到1949年新中国建立这段时间，国内各学科的研究都受到严重影响，"歌谣运动"自然也式微了。随着国民党全面溃败到台湾，于国民政府时期开展的"歌谣运动"，以及对于现代"民谣"研究和理解的"种子"，也被带到了台湾。

1933年，中国共产党在江西瑞金成立了红色政权。

◉ 冼星海

T I P S

1930年3月，中国左翼作家联盟成立。其机关刊物曾连续发表有关音乐评论的文章，介绍苏联革命音乐，号召音乐家们要创作出能为工农大众接受的"新兴的音乐"，"左翼音乐运动"由此展开。

◉ 辽宁美术出版社出版的《聂耳》连环画（梅崇源绘）。

◉ 1945年，被誉为"中国之莺"的周小燕身穿一袭绣花旗袍登上巴黎国家大剧院的舞台，用中西合璧的唱法，高歌《紫竹调》《红豆词》。

◉ 毛泽东在《在延安文艺座谈会上的讲话》中提倡文艺介入政治，为工农兵服务，创作给这些人看，学习马克思列宁主义、学习社会。中国共产党的"群众文化""革命文化"政策在这篇讲话中已见雏形。

◉ 中共文艺工作者为解放区民众表演根据传统"民歌"改编的秧歌剧《兄妹开荒》。

◉ 1964年"东方红"文艺汇演中演绎了大量"革命歌曲"。

中共领导下的苏区，虽然也有关于民间"歌谣"的活动，但是当时新生的苏维埃政权的经济实力和文化实力，还达不到国民政府的水平，开展系统研究的条件也不充分，所以对于民间"歌谣"的工作主要侧重于"利用"。

后来，解放区政府将一些民间"歌谣"进行创作和改编，目的是让这些歌曲为政治服务，成为宣传中共思想的"革命歌曲"。因而中共对于"歌谣"的理解主要在传统"民歌"层面，具有西方文化含义的现代"民谣"概念并没有形成。这是导致之后中国现代"民谣"运动首先在70年代的台湾发起，以及大陆和台湾现代"民谣"发展轨迹截然不同的根本原因之一。

⑩

动荡的年代，我们的歌
Songs in the Turbulent Era
XXXXXXXXXXXXXXXXXXXXXXXX

文 迟广赟　编 朱鸣　text: Chi Guangyun　edit: Zhu Ming

20世纪50年代,国民党政府退守台湾初期,受"二战"和"内战"的影响,岛内的工农业生产衰退,日用物资匮乏,再加上随国民党而来的大量军队及家属,更使得岛内的供需难以平衡。不仅如此,由于军政开支过大,外汇储备不足,导致了巨额的财政赤字,形成了恶性通货膨胀。此时的台湾,社会局势一片混乱,经济形势更为危急。于是,美国开始对台湾实施援助,从民生用品、军事物资,到对道路、电力等基础建设方面都进行了资助。

到了70年代,脱离"美援"后的台湾,经济正处于起飞阶段。但随之而来的,却是一系列的外交挫败。在国际舞台上节节败退,又接连面临了两次全球性石油危机,岛内的形势受到外部影响,开始再次动荡。在内忧和外患的双重压迫下,岛内人民的"民族意识"开始崛起,对政治的关心从原先的漠然转向热切。同时,人们也意识到文化的重要性,开始逐渐关注起原先与社会脱节的"本土文化",由此促进了文学、音乐等方面的发展。

皇 民 化 运 动

在日据时代,日本给台湾带来了不少西方的先进文化,包括留声机、唱片在内的音乐设备,也由日本从西方引进。伴随着社会工农业的发展,台湾的唱片工业也开始兴起。从1932年,古伦美亚唱片公司发行台湾第一张唱片《桃花泣血记》开始,台湾的流行音乐进入到了第一个黄金时代。

这个时期的台湾音乐,除了继承民谣、平剧、歌仔戏等传统音乐之外,曲调也多受西方流行音乐的影响。比如由李临秋作词、王云峰作曲的《无醉不归》,能听得出美国民谣《Turkey in the Straw》的影子。这个时期的台湾音乐,多是直接在外国歌的基础上,重新编曲,再填上台湾特色的歌词,形成"外来曲台湾词"的特别形式。但这些歌曲已经偏向西洋音乐,与传统民歌有了很大的不同。

◉ 日据时代所设立的电影馆内部。

◉ "古伦美亚"唱片公司的广告宣传单。日本唱片公司"蓄音器"在台湾代理美国大厂。Columbia 的唱片和留声机,惯称"古伦美亚"。

◉《桃花泣血记》的演唱者刘清香,艺名纯纯。

◉ 刘清香的另一首代表作《望春风》的作曲者邓雨贤。

◉ 作词者李临秋亲自演唱《望春风》。

到了日据时代的后期,中日战争爆发。由于担心台湾人倒戈向大陆,时任"台湾总督"的小林跻造开始推行"皇民化运动",试图将这片殖民地上的人们,同化为"天皇的子民"。他们推进了一系列举措,像是强迫台湾人改日本姓氏、改说日语、进行宗教改革、强制推行日式教育等,所有的本土文化被全部禁止。这其中,也包括了对台湾音乐的打压与限制。

日本人企图通过禁止台湾民谣的传唱,来阻止台湾人民民族意识的萌芽。他们将台湾的歌曲翻译成日语,或改成日本歌调。原住民歌谣和台语(闽南语)歌曲也都受到影响,其中在长达六年的时间内,台语歌曲没有新作问世。新创作的曲子中,绝大多数都因畏惧日本的高压政策,不敢反映社会现象、不敢倾诉内心愤怒,千篇一律的都是哀怨的情歌。

"皇民化运动"极大程度破坏了中华文化、民族独立精神在台湾的传承。武力和高压政策,造成了一代台湾人的文化断层和情感、心灵上的扭曲。他们在中、日两国文化的冲突中,一方面竭力希望保持"原乡文化传统",另一方面被迫吸收了大量日本文化,形成双重性格,被称为"迷途的羔羊"。

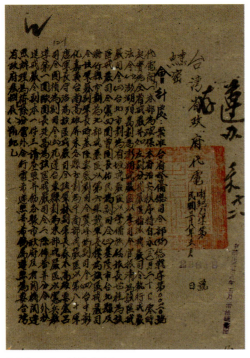

● 台湾《日日新报》1937年4月1日的头版，以"国语普及·纸面刷新记念号"为题，"国语"指的就是日文。当日起，台湾的所有报纸停止所有中文栏目，改用日文。

● 台湾1949年5月划分戒严区，并分区执行戒严法令案的公文。

戒严令时期

"二战"后期，日本退出殖民地后，台湾的流行音乐才得以喘息，并开启了许多新的创作潮流。但本应迈向新里程的台湾音乐，却随着新政权的入主，又受到了打压。

内战时期，国民党政权在大陆的地位开始动摇，于是他们开始谋划撤退至台湾。在1949年5月20日，国民党以"确保台澎光复区之治安与主权，并处理军事受降与接收、遣俘等事宜"为由，宣布实行戒严。内战后，国民党政府败退台湾，为防止共产党潜派间谍潜入岛，也为了稳定台湾的政治环境，戒严令继续实施。

戒严，其实就是军事统治。根据戒严法，"台湾警备总司令部"可以掌管所有的行政、司法事务。在长达三十八年的戒严时期里，台湾人民的言论、出版、集会、讲学等基本人权自由，都受到了限制。

这个时期的歌曲，最常被以"思想左倾""挑拨政府与人民感情"为理由，遭到禁播，并且情况不断恶化。最初被禁的，是跟随国民党政府来台的军民从大陆带来的一批上海老歌。像是《何日君再来》，竟被说成是有"期待共产党再来"的意思而遭禁。

初来乍到的国民党政府，工作重心仍在与共产党对峙上，对于台湾建设，以及台湾人民的生活状况缺乏关注。所以，当时的台湾人，普遍贫穷困苦。这个时期诞生了许多描写生活现状的歌曲，像是《收酒矸》《卖肉粽》

● 年轻时的文夏

● 1971年4月15日，台湾的大学生举行保钓示威活动。

● 1971年6月17日，台湾大学的学生在美国和日本大使馆前举行抗议游行。

等，因为写实动人，很快就流行起来。但最后因为"这些歌暗示政府无能，才被以"人民生活困苦"的原因禁播。

再往后，禁播的理由就更加五花八门。像是著名音乐人文夏的《黄昏的故乡》《妈妈请你也保重》等歌都被禁唱，理由是使用日本东洋曲调"在军中想念妈妈，会怀忧丧志"等。

当局甚至强迫歌星们都要演唱"爱国"歌曲，不配合的明星，就会被没收演出证照，无法从事公开演出。后期实行的歌曲审查制度，更是在短短八年里，审查了两万首歌曲，而没有通过的歌曲就占了六分之一，还有九百三十多首歌遭到禁唱，这对台湾音乐的发展，无疑是一个沉重的打击。

外 交 危 机

对台湾社会造成动荡的，不仅仅是岛内戒严带来的"白色恐怖"。20世纪70年代初，一系列的外交危机，更进一步让台湾的人民感受到压力。

首当其冲的是"保钓事件"。这起事件，是从1951年"旧金山合约"中，由美国暂时"托管"钓鱼岛开始。在1968年，因在钓鱼岛附近海域发现石油，钓鱼岛主权问题被提上台面。1970年9月3日，日本单方面宣称钓鱼岛属于日本。七天后，美国更发表声明称，将把琉球及钓鱼岛列屿一并"交还"日本。

这些举动，引发了台湾及各地华侨的强烈反响，在经过多次的声明、私下台日双方驱逐竞争后，1971年1月29日，台湾留学生与华侨在美国发起"保钓运动"，通过游行示威、驾船前往钓鱼岛海域等方式，对美日两方的做法表示不满。"保钓运动"持续了一年，虽然最终没能阻止美国将"钓鱼岛主权""转移"给日本，但这次事件却激起了台湾人的民族意识。

同年的10月底，又发生了一件冲击台湾民心的事件——联合国大会通过决议案，台湾被迫退出联合国。

随后关贸总协定等国际组织也相继撤销了台湾的席位。接下来的一年内,包括日本、比利时、秘鲁、墨西哥在内的多国,纷纷与台湾断交。

台湾在受到重大挫折的同时,1975年4月5日,蒋介石病逝。这对当时的台湾而言,又是另一重打击。台美关系也在一系列的事件发生后,逐渐生变。1978年5月20日,时任美国政府特使布热津斯基访问北京。而这天,也正好是蒋经国宣布就任"总统"的日子。美国在此之后,宣布停止对台援助。翌年,台美正式断交。

在国际地位上失利,再加上岛内充斥着各种舶来文化,台湾人普遍拥有强烈的失落感,他们努力想创造一种属于自己的东西。文学界的创作者,纷纷以现实生活为题材,描绘工人、农民的现实生活。1977年8月,《联合报》副刊连续三天登载专栏,以"不谈人性,何有文学"批判乡土文学。至此,台湾文坛全面陷入乡土文学论战。然而,乡土文学论战启蒙了后来的文化运动,整个艺文界开始有了行动。

1975年6月6日,一位年轻唱作人,在台北中山堂举办了一场作品发表会,名为"现代民谣创作演唱会"。他就是刚从台大研究所毕业的杨弦,后来也被人称作"台湾民歌运动之父"。他在演唱会中使用的"民歌"一词,引发了许多争议,也得到了不少热烈的回应。台湾的民歌运动,至此拉开帷幕。

"唱自己的歌" —— 台湾民歌运动
"Sing Our Own Songs"—— Folk Songs Movement in Taiwan

XXXXXXXXXXXXXXX

文 迟广赟 编 朱鸣 text: Chi Guangyun edit: Zhu Ming

在20世纪70年代的台湾，真正能代表年轻人心声的歌曲，少之又少。他们在生活中能听到的，大多是驻台美军带来的西洋歌曲。而随着台湾国际地位的不断降低，人们的"民族意识"开始觉醒。于是，一场由知识分子发起、以"唱自己的歌"为主题的民歌运动，得到了许多年轻人的呼应。

从70年代中期开始，直到80年代初结束，民歌运动相继发展出了三条路线：一是1975年开始，以杨弦为代表的"中国现代民歌"路线；二是1976年起，以李双泽、胡德夫为代表的"淡江—《夏潮》"路线；三是1977年开始，以李建复、蔡琴、齐豫为代表的"校园歌曲"路线。它们拥有各自不同的音乐风格，一同推进了台湾现代民歌的发展。

"中国现代民歌"路线

1975年6月6日，刚从台大研究所毕业的创作歌手杨弦，在台北中山堂举办了一场名为"现代民谣创作演唱会"的作品发表会。"现代民谣"这一说法，也首次走入大众的视野。

在发表会上，杨弦演唱了八首谱自余光中诗作的民谣歌曲。这些诗作来自诗集《白玉苦瓜》，同时也都毫无例外地带有浓厚的乡愁韵味。不过，出身于外文系的余光中，最初的诗作多是格律诗，内容有强烈的西化倾向。

促使余光中的诗风发生转变的，是他的三次美国之行。特别是他第一次赴美，在美国进修文学创作。只身一人生活在陌生的国度，让他怀念起熟悉的家乡。同时，他还要面对中美文化的矛盾——中国原本饱含文化底蕴，自己却在学习历史薄浅的美国文化。这样的文化冲击，让他的中国意识开始萌芽。他希望能将中国古典诗词，和西方的现代诗歌相融合，创作出属于"中国人"的新诗。而他的第三次赴美，正赶上美国的反越战思潮，美国本

● 杨弦1975年作品发表会的海报。

● "民歌20"演唱会上，陶晓清（右一）邀请余光中（右二）上台致辞。

● 杨弦《中国现代民歌集》专辑封面。

●《中国现代民歌集》词谱。

土民谣和摇滚乐兴起，让余光中体会到音乐带给人的感染力。他意识到，现代诗如果只是一味孤芳自赏、曲高和寡，而不把握住时代、争取观众，是无法开辟出新的疆土的。他反省自己所写的现代诗，觉得它们"太冷，太窄，太迂缓"。于是他在诗作中，融入了更强的音乐性，诗句也更加简洁。

像是被杨弦改编作歌曲的《乡愁四韵》："给我一瓢长江水／啊长江水／那酒一样的长江水／那醉酒的滋味／是乡愁的滋味／给我一瓢长江水／啊长江水……"直截了当地就能感受到，诗词中对"乡愁""故土"等意象的直抒情意。简短的词句，配上一再重复的节奏，一唱三叹、朗朗上口，使新诗显得更为大众化、更容易流传。

在杨弦看来，余光中对现代诗的改革，同样为中国民谣寻找到了一条新出路。他比拟余光中的做法在传统民谣的基础上，以现代诗为词谱曲，并采用了西洋乐器演奏，融入了新式的音乐元素，使听众感到耳目一新，在年轻人中也引起了广泛共鸣。

之后，杨弦发表了个人专辑《中国现代民歌集》，收录了"中国现代民歌演唱会"上演唱过的曲目。再加上新创作的《回旋曲》，一共九首歌曲，全部改编自余光中的诗作。这些歌曲，都带有浓重的乡愁感，呈现的是对中国历史、文化的怀想。"中国现代民歌"路线后续诞生的歌曲，也大多是以"乡愁"为主题创作的。这无意中也让听众明白，台湾人也可以谱写自己的歌，唱出心中所想。《中国现代民歌集》短短五个月内，再版了八次。这张专辑的成功，鼓舞了音乐广播主持人陶晓清。她曾是杨弦"现代民谣创作演唱会"座上宾之一，这场演唱会也是她与民歌的首次接触。

◉ 在电台工作时的陶晓清。

◉ 陶晓清策划出版的《我们的歌》系列专辑。

为了推动民歌运动的发展，陶晓清召集了杨弦、胡德夫、吴楚楚等好友，策划出版了民歌专辑《我们的歌》，推出了一系列"歌词不需翻译，清晰明白，使人一看就懂"的"新时代的民歌"。她举办了一系列发掘唱作歌手的活动，还专门在她自己的音乐广播节目中，开辟了介绍"中国现代民歌"的时间段。在陶晓清的号召之下，越来越多的普通听众，也将自己的作品寄到电台发表，参与到这场民歌运动中来。然而，"现代民歌"一词却受到了学院派出身的传统民歌论者的质疑。他们认为杨弦的"中国现代民歌"，"既不中国，也不现代，更不是民歌，只是些西洋的东西""音乐的创作绝对不是找首诗词来随便哼哼"。

面对批评，一方面，余光中撰文回应。他指出，白居易的《长庆集》中的部分诗词，在当时就已被谱上曲子，在

◉ 中国广播公司电台节目单。

●《夏潮》杂志封面。

民间传唱。"以诗词入歌",并不是什么新的概念。另一方面,陶晓清也和传统学院派举行了多次的座谈会,希望能得到他们的认可与支持,但是双方最终也没有达成共识。

"淡江—《夏潮》"路线

1975年初,一份标榜"乡土的、社会的、文艺的"综合性杂志《夏潮》创刊。它坚持民族主义,反对帝国主义、资本主义,因此带有强烈的"社会主义"色彩。《夏潮》中的文章,多是现实主义的文学风格,像是针对劳工、农民、渔民、工业污染、赌博等社会问题进行报道。同时,也挖掘整理日据时代的文学作品,书写当时的农民与工人运动史。

这样一本"左翼派"的杂志,对于当时"右翼独裁"的国民党政权来说,无疑是一大禁忌。但是在70年代,对"民族"和"乡土"的反思与创作,成了新的时代精神。《夏潮》也借着这波主流,在1977年,积极地介入"乡土文学论战",将他们的社会主义价值传递出去。

这股异于主流的意识形态,在淡江学院的校园里得到了发展的空间。时任院长张建邦提出要建设"没有围墙的大学",促进校园与周边社区的结合。在这样的条件下,淡江文理学院于1976年的冬天,举办了一场以西洋民谣为主的校园演唱会,主持人是陶晓清。

节目的第二位演唱者,是刚从欧美留学归来的菲律宾华侨李双泽。他在表演前的访谈中,拿着可口可乐瓶问观众:"无论欧洲、美国还是台湾,喝的都是可口可乐,听的都是洋文歌,请问我们自己的歌在哪里?"他随后引用了广播主持人黄春明在《乡土组曲》中的一段话:"在我们还没有能力写出自己的歌之前,应该一直唱前人的歌,唱到我们能写出自己的歌来为止。"

● 李双泽。

● 杨祖珺与同名专辑封面。

接着，他在一片惊诧声中，演唱了闽南语歌曲《补破网》《恒春之歌》《雨夜花》，以及国语的《国父纪念歌》。面对台下观众喝倒彩的声音，李双泽含着怒意说："你们要听洋歌？洋歌也有好的。"他唱了鲍勃·迪伦（Bob Dylan）的《Blowing in the Wind》后就下台了。

这就是对民歌运动产生深远影响的"淡江事件"，并由此发展出一支以李双泽为代表，以《夏潮》杂志为中心的现代民歌新脉络——"淡江—《夏潮》"路线。

从李双泽的这首《美丽岛》就能看出"淡江—《夏潮》"路线的"民歌"，与杨弦的"中国现代民歌"的些许不同。它的歌词写道："我们摇篮的美丽岛／是母亲温暖的怀抱／骄傲的祖先正视着／正视着我们的脚步……温暖的阳光照耀着／照耀着高山和田园……福尔摩沙／美丽／福尔摩沙……"

歌词中，不再采用余光中诗作中的"长江水""水莲"等遥远、抽象的意象，取而代之的是"高山""太平洋"这类更贴近台湾本土风情的名词。在曲调上，也带着乐观、希望的态度。就如同《夏潮》杂志一样，带着对现实主义的关怀。

1977年李双泽为救人而溺毙后，同样毕业于淡江文理学院的杨祖珺，接续了他"唱自己的歌"的理念，加入到民歌运动的行列中来。她全身心投入民歌的推广活动里，在大专院校、工厂、乡镇中举办演唱会，传唱李双泽的作品。同时，她也积极将歌曲中展现的现实主义关怀，与社会服务结合在一起。她曾发起一场"青草地慈善演唱会"，呼吁大众关注雏妓议题，媒体对此还给予了很大的肯定。

但在1979年1月，《夏潮》杂志被勒令停刊。杨祖珺也因在参选人助选中演唱了《补破网》，被认定是传播共产主义、"思想有问题"的人物，遭到了封禁。随着台湾"新闻局"歌曲审查政策的不断收紧，"中国现代民歌"路线连带着"淡江—《夏潮》"路线，失去了发展的空间。这其中诞生的部分歌曲和歌手们，也逐渐淡出了公众视野。

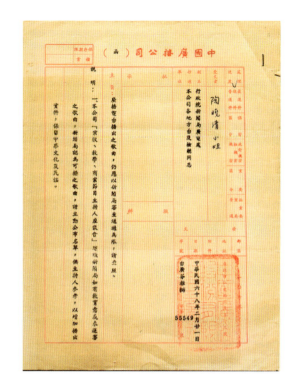

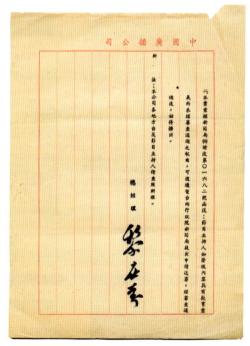

● 1979年中国广播公司给主持人陶晓清的公文，要求歌曲播出前须经过审查。

"校园歌曲"路线

如果说杨弦的"中国现代民歌演唱会"、李双泽的"淡江事件"对于民歌运动而言起了启蒙的作用，那真正使民歌在社会大众中流行传唱的，是1977年开始，由新格唱片主办的民歌歌唱比赛"金韵奖"。在连办五届的比赛中，齐豫、李建复、黄韵玲等歌手也被带到了幕前。

"金韵奖"多吸引的是大学生来参赛，鼓励他们演唱原创歌曲。于是，"校园歌曲"路线中产生的歌曲，不仅囊括了前两条路线中"怀乡""社会写实"类的歌曲，还涌现了以自然、青春、亲情、友情、爱情等为主题的歌曲。多元化的选题，加上普遍励志、正能量的风格，使得这一批"校园歌曲"迅即在不同年龄层的听众间风行开来。

比如由李子恒创作的《秋蝉》，"听我把春水叫寒／看我把绿叶催黄／谁道秋下一心愁／烟波绿野意幽幽／花落红／红了枫……春走了／夏去也／秋意浓／秋去冬来／美景不再／莫教好春逝匆匆"，以四季变迁为主题，抒发感怀，劝人珍惜光阴。这是"金韵奖"中最常见的歌曲类型，它们的歌词温柔婉约、意涵浅显，深受大众喜爱。

"校园歌曲"路线的民歌得以迅速发展的另一个主要原因是，唱片公司通过商业手法，包装、宣传民歌歌手和他们的唱片。例如，唱片公司在比赛后立刻开展校园巡回演唱会，让歌手直接与学生们面对面接触，来促进唱片的销售。

诚然，商业化的运作招来了许多质疑。有些人认为，民歌与商业结合，会使它失去原本对于民族意识的反省，成为趋向大众化的流行音乐。但是，陶晓清对于商业手段的介入曾说过："商业的规范运作，民歌歌手们才能获得生活保障的资金，得以更好地继续推动民歌的发展。"

不管怎么说，新格唱片"金韵奖"的成功，引发了同行唱片公司的跟进。包括歌林、环球等唱片公司，也纷纷推行自己的民歌唱片，蔡琴、苏来、梁弘志等歌手，都是在后续的风潮中被大众所认识。

民歌的再次流行，推进了台湾唱片工业的发展。电视、报刊等媒体，也在这时参与到这股民歌热潮中来，如台视的《金韵奖之夜》、中视的《六灯奖》、《民生报》的"创作歌谣排行榜"…… 在多方的联合宣传下，校园民歌在80年代，迎来了发展的高峰，成为当时台湾流行音乐的主流之一。进入90年代，岛内出现了大量民歌的翻唱专辑，像是张清芳的《出塞曲》，蔡琴的《遇见》，等等。

● "金韵奖"报名宣传单

但是，出于对商业利润的追求，民歌运动后期创作出来的歌曲，品质严重下滑。还因受到政府歌曲审查制度的影响，创作者写出的歌曲，千篇一律是风花雪月的情歌。民歌和通俗音乐之间的界限不再清晰，听众们也渐渐失去了新鲜感。"民歌运动"，悄然退出了历史舞台。这场横跨70年代末至80年代初的音乐运动，的确影响了几代年轻人。到了今天，仍然有许多人以不同的身份、在不同的场合声援着民歌，传唱着民歌。

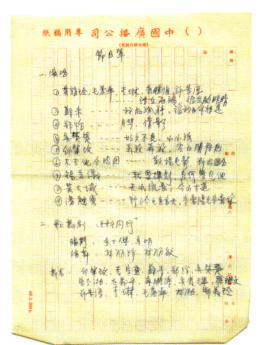

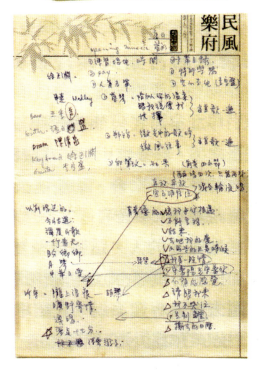

● 陶晓清策划演唱会时手写的
　节目单。

● 杨弦在中国广播公司举办的
　民谣演唱会上表演。

● 1996年台湾点将唱片推出的
　《民歌蔡琴》专辑，收录十二
　首蔡琴于1979年至1982年间
　的民歌作品。

80年代，台湾民谣歌手群像
Taiwan Folk Singers in the 1980s
XXXXXXXXXXXXXXXXXXXXXXXXX

文 迟广赟　编 朱鸣　text: Chi Guangyun　edit: Zhu Ming

台湾20世纪80年代的"民歌运动"，以"唱自己的歌"为主题，鼓励歌手们创作"最能反映自己内心"的歌曲，

一扫先前被西洋音乐"统治"的台湾乐坛，推动了台湾本土民谣的发展。这其中诞生的许多歌手以及他们

的唱片，在如今都被奉为经典。

西 餐 厅 中 的 民 歌 手

· · · · · · · · · · · · · · ·

"民歌运动"前的台湾，从唱片到广播和电视，几乎都是以披头士、鲍勃·迪伦等为代表的西洋音乐的天下。在为数不多的国语歌曲中，也多是西洋歌的翻版，或是一些政府倡导的所谓"爱国歌曲"。清一色的浓俗曲调，难以被那个时代"自诩先进"的年轻人所接受。

由于西洋民谣的流行，年轻人抱着吉他自弹自唱的风气也越来越盛行。所以也有不少歌手，在西餐厅里以驻唱维生，唱的也都是西洋歌。这其中，就有原住民出身的胡德夫。

回忆在西餐厅唱歌的日子，胡德夫曾提及，当时李双泽常到他打工的西餐厅来"捣乱"，要求他唱原住民的山歌来听。胡德夫说："在西餐厅，一般都是唱英文歌，谁会想听山歌啊！"但有一次，他勉为其难地哼唱了一段从父亲那听来的小曲，却意外得到了观众的喝彩。

而后，胡德夫举办了一场民谣演唱会。当晚他只准备了三首中文歌曲，其余的都是西洋民谣。其中两首是原住民歌曲，另一首是杨弦的《乡愁四韵》。他没有想到，这三首歌曲却收获了全场最热烈的掌声。这让胡德夫十分感慨，他思考："什么才是自己应该唱的歌？"于是，他开始尝试创作自己的歌曲。

● 年轻时的胡德夫。

《枫叶》《匆匆》《牛背上的小孩》等, 是他早期的作品。但是胡德夫并不满意, 他认为这些歌曲的旋律中, 仍存在着美国民谣的影子。他一直希望在自己的创作上, 有突破性的风格, 能更多融入一些民族色彩。这时, 他想起故乡——屏东大武山下的山歌。他将家乡的音乐谱成了《大武山美丽的妈妈》一歌: "哎呀! 大武山是美丽的妈妈……我会回来看你, 永远不走了。"峡谷、山林、甘泉, 唱出了他对故乡的怀念, 他终于找到了属于"自己的歌"。

"金韵奖"中的民歌手

新格唱片举办的"金韵奖"校园民歌比赛, 带动了"校园歌曲"的流行风潮。当时,《金韵奖纪念专辑》一共推出了8辑, 其中的一些歌曲, 几乎是这个年代"校园歌曲"的"定义"。像是由范广慧演唱, 取材自徐志摩的《再别康桥》; 王梦麟用趣味的口吻, 写出在下雨天的台北难叫到出租车的《雨中即景》; 还有李宗盛参加的"木吉他合唱团", 献唱的第一首歌曲《生命的阳光》; 等等。

● 金韵奖纪念专辑封面。

♛

"金韵奖"历届得奖歌手名单

第一届
—— 1977 ——

冠军歌手

陈明韶

优胜歌手

范广慧、包美圣、朱天衣、杨耀东、
邰肇玫与施碧梧二重唱等。

第二届
—— 1978 ——

冠军歌手

齐豫

优胜歌手

李建复、黄大城、王梦麟、郑文魁等。

第三届
—— 1979 ——

冠军歌手

王海玲

优胜歌手

郑怡、王新莲、马宜中、施孝荣、
四小合唱团(黄韵玲、徐景淳等人)、
木吉他合唱团(李宗盛等人)等。

第四届
—— 1980 ——

冠军歌手

郑人文

优胜歌手

苏来、郑华娟、李明德等。

第五届
—— 1984 ——

冠军歌手

潘志勤

优胜歌手

杨海薇、高惠瑜、柯惠珠、
常新愚、于台烟、姚黛玮等。

● 李宗盛参加的木吉他合唱
团专辑封面。

● 新格唱片发行专辑时的宣
传海报。

● 李宗盛（中）与陶晓清商讨
演出事宜，其身后之人是李
建复。

　　除了参与《金韵奖》专辑之外，唱片公司也同时为歌
手们打造个人专辑。齐豫那首广为人知的《橄榄树》，就
收录在与之同名的专辑里。那时有许多歌手，同时参与新
格唱片的"金韵奖"和海山唱片的"民谣风"歌唱比赛，
而齐豫是唯一双获冠军的歌手。但对齐豫来说，遇见李泰
祥或许才是她最大的收获。在《金韵奖3》中，齐豫演唱了
由李泰祥作词作曲的《春天的故事》，开启了两人日后的
合作。

　　李泰祥出生于阿美族家庭，但学习的是西方的交响
乐。他曾经感慨，台湾的大街小巷，西洋歌曲"无孔不入"，
而台湾却没有自己的流行音乐。于是，在演奏专辑《乡
土·民谣》中，李泰祥采用了管弦乐团编曲的形式，将台

湾的传统民乐和西洋古典音乐相结合，试着"将中国固有的民歌以现代的大众歌曲形式来表达，以使民歌的生命绵延不断，并赋予更丰富、更新的意义。"这也在一定程度上，影响了后续民歌和国语歌曲的编曲。

对李泰祥来说，齐豫的歌声，就是他理想中结合古典与流行的最佳声线。他曾说，在创作的过程中，齐豫是他的另一动力。他初次聆听齐豫演绎自己的歌，就有一种心灵

的悸动，将被压抑已久的情感，自另一个人身上倾泻而出。

李泰祥拿出之前三毛创作的词，为齐豫打造了这首《橄榄树》。歌中一句"不要问我从哪里来，我的故乡在远方"，唱出了当时海峡两岸，多少异乡游子的心声。而齐豫也说："唱李泰祥的歌，使我有种回家的感觉。"这使她成为李泰祥作品的最佳演绎者。在之后，他们又陆续合作了《祝福》《你是我所有的回忆》等经典作品。

◉ 齐豫《橄榄树》专辑封面。

◉ 李泰祥《乡土·民谣》专辑封面。

◉ 齐豫自弹自唱。

◉ 李泰祥。

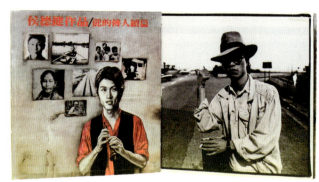

● 侯德健《龙的传人续篇》专
　辑封面。

● 李建复《龙的传人》专辑
　封面。

● 年轻时的侯德健。

● 弹着吉他的李建复。

● "民歌30"演唱会上李建复(左)与侯德健合
　唱《龙的传人》。

● "天水乐集"成员合影,左起分别为:徐乃胜、
　李寿全、苏来、李建复、蔡琴。

● 李建复《柴拉可汗》专辑封面。

● 蔡琴、李建复《一千个春天》专辑封面。

关注后,《龙的传人》才被到交他的手中。

在制作人李寿全和编曲陈志远的合作下,这首歌曲一改悲怆的氛围,转而用一种激昂的曲调,迅速得到大众的喜爱。鉴于《龙的传人》的成功,李建复和李寿全召集来蔡琴、苏来等好友,成立了"天水乐集"音乐工作室。他们对当时唱片公司买断作品的制度感到不满,决定远离商业因素,独立制作专辑。

原本计划出版的三张作品,却因销量不佳,在推出了《柴拉可汗》和《一千个春天》两张专辑后,宣布解散。李寿全谈到"天水乐集"的失败时,始终认为他们最初的理想、动机都没有错,只是走得过于前面,与商业剥离得太过彻底,最后才会不了了之。

但不难看出,这两张专辑都带有一定的实验性色彩。像是长达十一分钟的《柴拉可汗》,是一首结合演奏曲、口白桥段的长篇叙事诗。编曲靳铁章,将整个故事写成六段式的长曲,还运用了一些中东音乐的元素,表现塞外风情。不同于民歌早期以吉他为主的音乐形态,精致、复杂的编曲,也影响了之后民歌的创作风格。

进入20世纪80年代,民歌在《金韵奖》专辑的推动下,已经能和当时流行的西洋歌曲并驾齐驱,成为校园内广为传唱的主流音乐之一。李建复在这个时期推出的《龙的传人》,则将民歌的音乐内涵与民族意识再度结合,将民歌风潮推上另一波高峰。

这首歌的作者侯德健,在台美断交之际,有感于台湾在国际政治舞台上任人摆布,因而写下了这首原本略显凄凉的民谣歌曲。新格唱片接到这首歌后,却迟迟没有找到合适的演唱者。直到李建复以《归》一歌引起

● 歌曲《一千个春天》的手写词谱。

●《民谣风》合辑。

●叶佳修《叶佳修之歌》专辑
　封面。

"民谣风"中的民歌手

海山唱片的"民谣风"歌唱比赛，大约要晚"金韵奖"一年。而早在"金韵奖"发行第一张合辑时，叶佳修就已经"连人带歌"签了海山唱片，成了费玉清的同门师弟。于是，他就以评审身份，参与了第一届的"民谣风"比赛。

或许很多听民歌的人，多半是透过齐豫的《乡间的小路》和潘安邦的《外婆的澎湖湾》，才认识到叶佳修。但其实早在"民歌运动"前，他就写下了处女作《流浪者的独白》。他乡土田园式的创作风格，在当时的民歌手中，也是独树一帜。

叶佳修在花莲的乡下长大，对乡居生活有着偏执般的喜爱。直到他考上台北的大学，才见识到所谓的"都市生活"。甚至他学习吉他，都是为了追求心爱的女孩才开始苦练的。没想到从此迷上唱歌，一脚踏入音乐的世界。

他经常自称"草地郎"，即便身处繁华的都市，他的创作中总摆脱不了乡村的"土气与憨厚"。在他的专辑《叶佳修之歌》中，例如《赤足走在田埂上》《小村的故事》等歌曲，都能体会到他的"乡村情怀"。更由于叶佳修的参与，田园式风格的歌曲，成了《民谣风》合辑唱片里的一大特色。

到了第二届"民谣风"比赛，竞争也愈加激烈。曾参与"金韵奖"的郑怡、苏来和蔡琴等人，都同时参加了这届比赛。他们自己戏称，这场比赛就像是一次"联谊会"。不过，正是在这场"联谊"里，谱出了民歌过渡到流行歌曲的进程，最重要的一首歌曲《恰似你的温柔》，也让大众认识了梁弘志与蔡琴之间的完美搭配。

《恰似你的温柔》是梁弘志高中时的作品，在它被决定收录进《民谣风》合辑之前，也曾几经周折，最后才交到蔡琴的手里。原本由梁弘志自己演绎的版本，是他刷着吉他自弹自唱，所以唱得很快。但蔡琴在试唱这首歌时，却三次降慢了速度，才调成了后来的轻缓的节奏。"当蔡琴一唱到那个正确的速度时，我们一听都知道：就是她了，"苏来回忆道。

经由蔡琴的录制后，《恰似你的温柔》成为了《民谣风3》中最为轰动的一首歌曲。而也正从这首歌开始，梁弘志继续为蔡琴打造了《抉择》《怎么能》《读你》等一系列歌曲，让她在两年内，共出版了五张专辑。

而梁弘志的词曲魅力，透过蔡琴的声音，也受到了

● 梁弘志

● 梁弘志与歌手朋友合照，左起：李寿全、蔡琴、梁弘志、记者张光、苏来。

● 收录了蔡琴《恰似你的温柔》一曲的《民谣风3》专辑。

● 台视《大学城》节目录制现场。

普遍的肯定。他也持续为其他的歌手写歌，像是邓丽君的《但愿人长久》、潘越云的《错误的离别》、姜育恒的《驿动的心》等等，都曾打动过一代人的心。也正是因为《恰似你的温柔》的流行，民歌不再只是曲高和寡的音乐类型，而是渐渐打入社会的各个阶层，形成了全新的流行歌曲。

后"民歌运动"时代的民歌手
·············

　　台湾的"戒严"体制，在20世纪80年代愈演愈烈。严苛的歌曲审查制度，一定程度上限制了民歌的创作。随着"金韵奖"和"民谣风"的相继停办，原本进行民歌创作的幕前或是幕后人员，纷纷转型制作国语流行歌曲。

　　但在大学的校园里，仍有许多年轻的学生喜爱创作。于是，台视决定制作一个专属大学生的电视节目《大学城》，并在其中加入了"校园歌曲比赛"单元，鼓励大学生到节目中，演唱他们创作的歌曲。台视还举办了"大专创作歌谣比赛"，从1984年到1993年，共举办了十届，出版了十三张纪念专辑，培养出张清芳、丁晓雯、林隆璇等新一代的歌手。

　　罗大佑的《之乎者也》专辑，也正是在这个时期推出。他在其中唱道："风花雪月之，呼啦啦啦乎；所谓民歌者，是否如此也"，可见他对民歌，尤其是"校园歌曲"持有的怀疑态度。于是，他用摇滚乐，对校园民歌进行了一次革

● 罗大佑《之乎者也》专辑封面。　　　　　● 罗大佑《未来的主人翁》专辑封面。

命，重新为流行音乐和现实社会，寻找到了一个契合点。像是《光阴的故事》《童年》《鹿港小镇》等等，以行云流水般的叙事，凭吊逝去的时光，唤起大众的共鸣。

在这张专辑中，也收录了一首《乡愁四韵》。当年杨弦在台北推广民歌时，罗大佑身处台湾南部，所以他并不知道，杨弦已经写过一个版本的《乡愁四韵》。或许"英雄所见略同"，罗大佑也选择了余光中的这首诗进行创作。不过，有别于杨弦采用的合唱形式，罗大佑选择淡化旋律、突出人声，更看重诗中的韵味。

而到了他的第二张专辑《未来的主人翁》，歌曲中反映的"现实情怀"也越加复杂、沉重。特别是一首《亚细亚的孤儿》："亚细亚的孤儿在风中哭泣，黄色的脸孔有红色的污泥，黑色的眼珠有白色的恐惧。"以童声合唱为背景，却透露着悲凉的情绪。

《亚细亚的孤儿》是台湾作家吴浊流的日文长篇小说。书名中的"亚细亚"，就是亚洲的别称。"孤儿"，指的就是台湾。小说描写的是日据时代下，台湾人民水深火热的辛酸史。罗大佑借用了概念，描绘的是当时台湾在国际社会受到冷落，仿佛又回到日据时代，一时孤立无援，变成被遗忘的"孤儿"。

黎明前的音乐探索
The Exploration before the Dawn of Folk Songs in China in the 1980s

****

文 **罗兆良** 编 **朱鸣**　text: Paul　edit: Zhu Ming

1976年10月，十年"文革"结束，中国历史掀开了新的篇章。在"文革"对于民众精神意识的伤痕还未消除之时，"改革开放"的大门已经渐渐敞开。"文革"的阴霾未散和"改革开放"国策的实施，让70年代末的中国大陆，交织着既担忧又兴奋的复杂情绪，各种思潮激荡——天真的"理想主义"、激进的"自我批判"以及向西方学习的热情，都改变了以往集体式、假面式歌颂的文艺作品面貌。在逐渐宽松的政治环境下，伤痕文学、反思文学、寻根文学相继兴起，诗歌、电影、美术、舞蹈都开始从这片精神荒芜的土地上探索自己的发展方向，找寻民族振兴的可行之路。

经历过创痛的个体情感体验开始被关注，性灵抒情取代了政治宣传，人们自由吟唱的主体欲望日益得到释放。作为重要的艺术形式之一，被禁锢多年的音乐，也终于渐渐散发出生机。反映到音乐风格上，即是抒情歌曲的复兴。在短短数年的时间，蛰伏、压抑许久的音乐家和歌唱家，创作出了一首首悠扬婉转的歌曲。这些歌曲虽然依旧有"民歌"的痕迹，但无论题材还是编曲都有了较大的突破，对于精神世界空白许久的民众来说就显得十分新鲜和动人，因而逐渐在社会上引起强烈的反响和共鸣。

然而，当时政治路线还在摇摆当中，继而影响到官方对于艺术本质的判断。虽然这些抒情歌曲已在民众心中被奉为圭臬，但官方依旧习惯性地批评这种"轻柔曼妙的风格"，并称之为"靡靡之音"。大陆音乐，便在民众的热捧和官方的非议下，步入了80年代。

1980年对于大陆流行音乐来说是极具革命性的一年。1980年1月，中央人民广播电台文艺部与《歌曲》编辑部，联合举办"听众喜爱的广播歌曲"评选活动，有接近二十五万人次参加评选，产生了著名的"十五首抒情歌曲"。"十五首抒情歌曲"讲究旋律的流畅，抒发了大众的真实情感，是对"文革"期间"高强硬响"音乐观念的颠覆。而由"十五首抒情歌曲"奠定的风格成为新时期歌曲创作的主要流派，并于80年代前期居统治地位。

此外，更为重要的是"十五首抒情歌曲"的评选被赋予了政治意义，它是大陆最早的"流行音乐排行榜"，也是大陆民众30年来第一次通过投票选出自己真正喜欢听的歌曲。"民意"史无前例地、顽强地从地底探出了自己的嫩芽。而在1980年9月23日、24日于北京首都体育馆举办的"新星音乐会"，则宣告大陆"流行音乐"的正式诞生。"流行音乐"终于获得官方肯定，正大光明地登上大陆现代音乐的舞台。

◉ 苏小明于1981年发行的专
辑《军港之夜》

T　　　　　　　　　　I　　　　　　　　　　P　　　　　　　　　　S

海政文工团青年歌手苏小明凭借一曲《军港之夜》一举成名,但在政治刚刚回暖时期,有人公开批判说,《军港之夜》曲调咿咿呀呀,没有革命气势,纯属"靡靡之音"。海军机关有人反应更激烈:当兵就要提高警惕,怎么能唱得海军战士睡觉呢?这样的演员部队不能留,要处理。

◉ 李谷一个人专辑《乡恋》。

T　　　　　　　　　　I　　　　　　　　　　P　　　　　　　　　　S

张丕基在电视风光片《三峡传说》中写作的《乡恋》,是一首吸收了探戈舞曲的歌曲,由李谷一用"气声"演唱。《乡恋》在大受欢迎的同时也招致尖锐的批评,被列为"禁歌",直到1983年中央电视台春节联欢晚会演出才最终获得官方认可。

◉ "十五首抒情歌曲"评选活动宣传海报。

T　　　　　　　　　　I　　　　　　　　　　P　　　　　　　　　　S

"十五首抒情歌曲"分别为:《妹妹找哥泪花流》《祝酒歌》《我们的生活充满阳光》《再见吧,妈妈》《泉水叮咚响》《边疆的泉水清又纯》《心上人啊,快给我力量》《大海一样的深情》《青春啊青春》《洁白的羽毛寄深情》《太阳岛上》《绒花》《我们的明天比蜜甜》《浪花里飞出欢乐的歌》《永远和你在一道》。关于称颂毛泽东的歌曲,诸如《太阳最红,毛主席最亲》均没有上榜,当时有人认为应该把《太阳最红,毛主席最亲》放到第一位,结果遭到活动编辑部坚决反对,毅然维持民众选择的结果。

◉ "新星音乐会"现场演出实况唱片,由中国唱
　片社灌制。

● 王洁实、谢莉斯于1981年发行的专辑《何日
才相会》。

● 1983年成方圆发行的第一张个人专辑《成方
圆独唱歌曲选》。

　　而"民谣"，伴随着大陆流行音乐的诞生，也悄悄地开出了自己的新芽。1978年，改革开放使海外家电产品大量涌入大陆，盒式录音机和与之相配的录音磁带迅速流行，港台和欧美流行音乐也因此传播开来。这其中，尤以十分符合80年代初期抒情审美的邓丽君的歌曲传唱度最高。与此同时，台湾民谣因其清新自然的风格，受到很多歌唱家的喜爱，他们因而开始大量进行翻唱。王洁实、谢莉斯便是因翻唱台湾民谣而广为民众熟知。

　　欧美民谣，由于语言和文化的差异，在中国大陆远没有台湾民谣流传广泛。但在一些大城市，也能累积一些群众基础，尤其在北京、上海两地，流行度最高。1979年，上海开始了涉外宾馆的乐队驻唱，以及举办流行音乐主题的音乐会。欧美民谣作为欧美流行音乐的一部分，开始进入申城市民的耳际。而北京作为文化中心，名牌高校众多，自然最流行的文化会先汇集于此。在这样良好的传播背景下，大陆第一批民谣歌手，首先涌现于这两座城市，这其中以成方圆和庄鲁迅为代表。

　　成方圆是大陆第一位自弹自唱的民谣歌手，也是第一位出版欧美民谣翻唱专辑的大陆歌手。而被誉为"游吟诗人"的庄鲁迅，凭着精湛的吉他弹奏技艺，自1980年在歌坛崭露头角，将真正的民谣气质由内而外地传递给民众。这两位民谣歌手均同时于1983年发行了各自的首张民谣专辑，二人都用英语原词翻唱欧美民谣，在当时可谓是非常先锋和前卫。

　　相较于翻唱的台湾和欧美民谣，大陆原创民谣氛围要弱不少。此时期仅有作曲家谷建芬，创作了诸如《校园的早晨》《年轻的朋友来相会》等作品。此外，带有童谣儿歌性质的音乐作品，如程琳演唱的《小螺号》《妈妈的吻》，也有自己的一席之地。总体来说，大陆原创民谣作品还是比较少，题材较为单一，没有形成规模。造成这种现象的原因是，此时大陆流行音乐作品基本都由专业的作曲家创作，王洁实、谢莉斯、成方圆等演唱民谣作品的歌者，也都是音乐专业出身，这使得大陆音乐创作环境缺少对于民谣发展来说最为重要的"草根阶层"的参与，

跟随我 莊鲁迅独唱歌曲选

跟随我——莊鲁迅独唱
上海岳雷乐团小乐队伴奏
张娜琪指挥

A. 浮云游子
柠檬树
偶遇的女孩
落叶黄零

冬天的太阳
客老的旅程
五方里路

B. 与你共舞
寂静之声
为了你
跟随我
来爱的

我对相思的情况
牛背上的小孩
走上行

美术设计 陈 徽

SM-37

● 1983年莊鲁迅发行的第一张个人专辑《跟随我 Follow Me》。

STEREO

程琳 独唱歌曲集
小螺号
程琳独唱歌曲集

立体声
YY4034

● 1981年程琳发行的第一张个人专辑《小螺号》。

民谣创作土壤并不充分。此外,1980年至1984年的流行音乐和歌曲创作领域,主要还是以抒情歌曲为主,客观上使民谣还未被民众完全重视。

大陆流行音乐发展进入80年代后半段,又有了新的变化。80年代中期以来,随着市场经济在国家体制上合法性的确立,以大众传媒为推动力的通俗流行文化受到人们的青睐,文化格局也在商品经济的浪潮中有意识地与政治保持距离,走向多元共生的局面。消闲性、开放性以及对个体生命情感的包容,使流行音乐不只是人们欣赏纯美的形式而已,流行音乐也逐渐成为现代人表达情感、宣泄情绪的出路。

1986年是继1980年之后,中国流行音乐发展史上又一个重要年份。经过数年来港台音乐的冲击、输入,大陆音像市场初步建成。1986年是世界和平年,受1985年港台"明天会更好"大型演唱会的启发,大陆的音乐工作者也开始计划筹办首届"百名歌星演唱会"。1986年5月9日,题为"让世界充满爱"的大型流行音乐演唱会在北京工人体育馆举办,获得巨大成功。"让世界充满爱"演唱会的推出,标志着内地流行音乐创作群的形成。大陆流行音乐创作领域不再限于老一辈作曲家,新兴的年轻一代音乐工作者和歌手开始迅速崛起。

正是在"让世界充满爱"演唱会上,崔健站上舞台,吼出苍凉又深刻的《一无所有》,像为观众注入了一股振奋人心的清醒剂。歌里迷茫反抗、无由追问和站在大地上呐喊的疼痛感,瞬间击中了年轻人的心灵。关注内心、回望历史、审视现实的激进态度和原创精神开始冲击现代人对于音乐的理解。摇滚这种音乐风格也在历经数年地下独立时期,历经七合板乐队和不倒翁乐队时期的发展之后,第一次展现在公众的面前,并迅速扩张自己的影响力。崔健的此次演唱也宣告了大陆摇滚真正意义上的开始。

大陆摇滚的崛起一举改变了流行音乐的格局,抒情歌曲因无法承载60年代这批年轻人内心对于社会负有强烈的责任感而渐渐乏力。60年代生人,自80年代后半段起成为社会的主力军,亲历动荡与不安的生命体验

◉ "让世界充满爱"百名歌星
演唱会实况录音唱片。

◉ 1988 年发行的 "西北风" 音
乐合集《陕北 1988》。

T   I   P   S

1988 年上半年刮起的 "西北风" 吸收了一定中国大陆民族
民间音乐的营养,承袭了欧美摇滚音乐的传统和一定程度
上的民族民间音乐的音调,让接受者易于共鸣,最后形成了
直抒胸臆、不拐弯抹角、情感真挚、易于上口的风格。但演
唱上嘶吼的滥用后则成了商业化的手段。1988 年下半年
起,"西北风" 就逐渐被俚俗歌曲及港台流行音乐取代。

◉ 崔健(来源:肖全摄影作品
集《我们这一代》)。

让他们对外部世界怀有强烈的激进态度。而摇滚最能符
合这种叛逆的姿态,因此大陆摇滚风光一时无两,并直
接导致流行音乐从抒情歌曲朝 "城市民歌" 回归,最终
于 1988 年刮起引人注目的 "西北风" 音乐风潮。

　　与此同时,罗大佑的 "民谣摇滚" 在台湾掀起一阵
风暴之后,也迅速传入大陆。崔健彷徨呐喊和罗大佑深
刻批判的作品,在大陆民谣尚未有大量原创作品问世
时,已经成了青年人草坪聚会的必唱曲目。被其深深陶
醉的青年人心中开始有梦想,愿像崔健和罗大佑那样,

弹起吉他唱自己的歌。这导致草根阶层的民间民谣环境
逐渐形成,尤其对大学生的影响最为深刻。那个时候周
末 "串校园",学生聚在草坪搞小型音乐会都是司空见
惯的事。因为当时许多年轻人都弹着 "红棉" 牌的吉他,
因而这个大陆民谣酝酿爆发的时期被称为 "红棉时代"。

　　1989 年,作曲家谷建芬组织了一群当年在校园里
小有名气的校园歌手,准备搞一场大型的校园歌曲演唱
会。但在一切准备就绪的时候,恰巧碰上了政治风波,于
是便不了了之。[1] 大陆民谣在群众基础和思维准备高度

1　李鹰. 校园民谣志 [M]. 北京:中国人民大学出版社, 2006.

◉ 罗大佑80年代发行的个人
  专辑。

T I P S

80年代罗大佑一共发行了四张个人专辑,分别为《之乎者也》
(1982)、《未来的主人翁》(1983)、《家》(1984) 和《爱人同志》
(1988)。罗大佑,华语流行音乐第一人,有"华语流行乐教父"之
称。罗大佑对80年代后期到90年代初期校园民谣及整个华语
流行音乐风格转变有划时代的影响,其歌曲也是许多歌手争相
翻唱的对象。80年代初期开始,他的作品影响着万千华人青年,
自台湾到大陆、青涩少年到社会精英,无不为之震动。可以说华
语流行音乐自罗大佑开始,才有了崭新的内涵,开始拥有与社会
及人性交织的使命。

◉ 红棉吉他60周年 C-60th 限
  量版。

充分的情况下,被迫中断。加上自1989年开始,大陆流
行音乐市场陷入混乱局面,由于著作权法尚未制定,盗
版之风盛行,创作积极性受到打击,导致作者群进入了
调整时期,流行音乐创作潮明显减退。

　　虽然大陆民谣由于种种原因没有在80年代全面爆
发,但"红棉时代"在各大高校大学生创作和演唱民谣时
期的繁盛,以及体制内的一些音乐人,面对市场经济下城
市发展巨变而凝结出迷茫的都市感,都为90年代大陆校
园民谣、城市民谣的兴起以及繁荣做好了充分的准备。

T I P S

红棉吉他厂的前身广东乐器厂创建于1957年,从借鉴西班牙
吉他的技艺入手,广东乐器厂开始摸索做中国人自己的吉他。
1960年1月24日,红棉牌吉他正式面世。在随后20多年中,"红
棉"牌为当之无愧的大陆吉他名牌。尤其"红棉时代",年轻人相
约在一起互相磋琴、切磋技艺成为当时最时髦的风尚。

90年代，从"校园"走向"城市"

The Folk Songs from Campus to City in the 1990s

****

文 丁斯瑜　编 朱鸣　text: Ding Siyu　edit: Zhu Ming

1994年，大地唱片的策划人黄小茂，搜集了一批1983年至1993年的学生歌作并出版，专辑名称叫作《校园民谣1》。黄小茂这一带着商业意味的举动，无形中在当时引起了一场轩然大波。大地唱片公司对校园民谣做了这样的界定："在校大学生或者已离开校园的年轻人，他们仍以高校学生心态创作的歌曲，不仅包括叙述校园内发生的事情以及因此而产生的感动，也包括校园外的感触。"由此开始，90年代大陆音乐圈刮起了一阵不小的"校园风"。

● 专辑《校园民谣1》封面。1994年4月，专辑以盒带的形式由大地唱片公司发行，这也是内地"校园民谣"正式开端的象征。制作人黄小茂为这张专辑写道："这盘专辑中的歌，都曾经是校门里的人和已经走出校门的人自己写的。每一首歌的后面，都有一个平凡美丽的小故事发生过，每一首歌是他们自己的青春纪念。我有一种冲动，想告诉年轻的和已经不年轻的人们，生命无常。而年轻美丽，它生于年轻的生命以及那些年轻的心灵中，它是我的，希望它也是你的。"

20世纪80年代，中国正处在一个特殊的时期——"改革开放"。这使得80年代的人们，普遍怀抱着一种"理想主义"——由于有许多路被突然地打开，大家眼前一亮，前途、未来、远方这些有些模糊的东西，在那时候忽然变得清晰起来。更确切地说，人们开始逐渐地、更多地关注自我，关注个人。命运不再是"集体"的，而是属于"个人"的。

　　这个时候的时代文化，显得复杂多样，自身的眼光在变化，西方的文化也在此时不断传入。年轻人总是有着对时代更敏锐的触角，80年代末期，各大高校的音乐氛围越发浓厚，具体表现在周末"串校园"，大家聚在一起，在草坪上弹吉他、搞小型演唱会。高晓松曾经回忆过，"最鼎盛的时期是1990年，那时候盛况空前，每个星期五清华东大操场都有数十个来自北京各学校的学生。通常是前半段大家唱新作，中间一段是点唱每个人的经典，最后一段

是翻唱别人的歌曲。"大地唱片正是把这些大学生的作品，做了一个带有个人喜好的总结，天时地利人和，"校园民谣"正式地步入大众的视野。

　　不同于之前的台湾校园歌曲，大多描写自然景色，如《童年》《外婆的澎湖湾》《橄榄树》等的歌曲往往色调清新明快，带着单纯的活泼。90年代的大陆校园民谣，歌词中开始出现了关于校园生活的意象，同桌、教室、宿舍……与大学校园有关的大量片段被记录成歌。

　　乐评人李皖说过："校园民谣中最好的一些歌产生于一只脚踏进成人世界时对青春的回头一望。"作为影响深远的《校园民谣1》，中间大部分作者在这些作品诞生之初已经不再是学生。正是在这段刚步入社会的时期，不同于纯粹的学生时代——没有束缚，可以最大限度上自由地思考。初入社会的茫然和无措是多数人的切身感触，怀念与回望占据了主体的情感基调，回望象牙塔中的时光，记忆如新。

你从前总是很小心　　问我借半块橡皮
你也曾无意中说起　　喜欢跟我在一起
那时候天总是很蓝　　日子总过得太慢
你总说毕业遥遥无期　转眼就各奔东西

● 专辑《青春无悔》封面。专辑发行于1996年，其中一组纪念诗人的歌曲作为整张专辑的卖点之一，受到了当时听众的极大关注。

● 朴树《我去2000年》专辑封面。专辑发于1999年1月，是朴树首张个人专辑，它发行于世纪之末，当时一经发行便迅速获得了年轻人们的关注。歌曲所呈现出的怀疑、反对的另类精神也是当时许多人的内心写照。

● 朴树，于1994年开始音乐创作生涯，1999年1月发行首张专辑《我去2000年》，开始逐渐为人所知。

● 1998年夏天，北京望京，25岁的朴树坐在朋友家屋顶。(高原 摄／图片选自《把青春唱完》)

你曾经问我的那些问题
如今再没人问起
分给我烟抽的兄弟
分给我快乐的往昔
你总是猜不对我手里的硬币
摇摇头说这太神秘
你来的信写得越来越客气
关于爱情你只字不提

高晓松善于描摹青春散场，好聚难散，这种场景直到今天的毕业季仍然被印证着，关于告别，关于回忆，关于不舍。这也为校园民谣的整体风格定下一种方向，青春需要这些感伤和忧愁，这似乎也正是学生时代最理所应当的权利。

这个年纪同样有关于爱情的想象，这种想象往往干净而纯粹，基于美好而单纯的理想。高晓松在《模范情书》中这样写：

我是你闲坐窗前的那棵橡树
我是你初次流泪时手边的书
我是你春夜注视的那段蜡烛
我是你秋天穿上的楚楚衣服

我像每个恋爱的孩子一样
在大街上琴弦上寂寞成长

简单的几段比喻，仍然能够轻易地将人拉回到那个时代，能够看到所有的美好。那些不安和伤感也附着于这层美好之上，像一片轻薄的纱。

同样青涩的情感，化为那个年代一首大家熟悉的歌——《同桌的你》。这首歌出自高晓松，而演唱的人则是高晓松的好友老狼。于是，在一个秋天，忽然间大街小巷都响起了同一个旋律，这首歌也在后来很长一段时间里，成为青春离别最好的映照。这首歌旋律简单、歌词简单、唱腔简单，但正是这份简单的直白，才是校园生活最好的表达。

谁娶了多愁善感的你　　谁看了你的日记
谁把你的长发盘起　　　谁给你做的嫁衣

你从前总是很小心　　　问我借半块橡皮
你也曾无意中说起　　　喜欢和我在一起
那时候天总是很蓝　　　日子总过得太慢
你总说毕业遥遥无期　　转眼就各奔东西

在《校园民谣1》出现后，其后很快地又出现了2、3、4。后期的"校园民谣"制作成本低、制作周期短，比之前更具有明显的商业气息，而诸如"歌唱校园爱情"和"青春哀伤"一类过于单一的风格，也很快遇到了大众的审美疲劳期。大众不再买这类风格的账，也顺势造就了"校园民谣"之后的演变和转型。

90年代正处在世纪末，人们有一种普遍的、对世纪之交的焦虑。另一方面，社会正处在风云速变中，市场经济的不断蔓延使得原本的规则几乎被全盘打破。"校园民谣"一代正是身处在剧变中心的群体，对逝去无所适从，对眼下状态难以融入，这些焦虑或多或少地被他们用音乐表达了出来。郁冬早期的代表作几乎都是在追忆：

城市里再没有露天的电影院
我再也看不到银幕的反面
你是不是还在做那时的游戏
看着电影的时候已看不见星星

到处有我的影子的老屋
我摔倒过的地板依靠过的墙壁
如今它们将被渐渐拆去
等待有所新的房子
建在这里

童年旧迹的消失，也意味着新城市的崛起。创作者们的眼光开始转向更多的地方。90年代似乎总是被看作一个理想消逝的年代。大家不再具有那种亲历动荡之后的使命感，更多的关注则被放到了细微的生命体验中，而这些体验，也包含着命运、生与死这样的宏大叙事。

90年代初，海子、戈麦、顾城的自杀，一时间对当时的人们造成了巨大的冲击。当生命以直白而残暴的方式终结的时候，个人价值再一次被提上议程。1996年，高晓松发行了一张名叫《青春无悔》的专辑，其中的三首歌《白衣飘飘的年代》《月亮》《回声》便是为祭奠死去的诗人。高晓松为歌曲作了文案，其中写道：

"那是个白衣胜雪的年代，四周充满才思和风情、彪悍和温暖。死去的人是幸福的，而我们还要继续在这个滑稽得令人绝望的世界上坐着，在黑夜里为一张赖以糊口的唱片撰写文案，并且试图讲述给你们。"

如同一场短暂的黄金时代的终结，那些对世界美好的幻想和信仰正在逐渐崩塌。诗人们、音乐人们、所有的创作者们，开始重新思考自我价值，思考自身和命运之间

◉ 高晓松（王旭华摄）

的关系，思考这个世界是在变得更好吗？

"校园民谣"诞生之时，同时也是中国"都市化"逐渐形成规模的时候。相较于之前的"乡村"而言，新的"都市"概念慢慢变得清晰起来。生活节奏的加快，时间和空间的概念随之改变。基于这样的社会局面，人们的关注点也发生了偏移。大家不再谈论政治，不再谈论英雄，不再歌颂历史中的荣耀与伤痕，不再关心崇高的理想，而是将精力转移到日常的琐碎中。"校园民谣"发展到这时，题材变得多样了起来，在校园外的环境中，首先出现了一个明显的形象——"北京"。

北京作为一个大都市的代表，成为了大多数人既期待又焦虑的地标。北京是一个记载了高校毕业生毕业后的心酸和汗水的地方。创作者们对它爱恨交杂，在这个空间里，年轻人的无助、彷徨，在生活的艰辛下展露无遗。到了上世纪末，复杂而沉重的现实不断向年轻人压来，仅仅是"怀念"和"忧郁"已经显得苍白无力。

1999年，朴树带着他的专辑《我去2000年》出现了。这是一个微妙的时间节点，是真正的新旧世纪的交替期。朴树的出现像一记重击，击碎了所有的青春幻想，生活的艰辛不允许不切实际的幻想出现。

◉ 海子，当代诗人，原名查海生，代表作有《面朝大海，春暖花开》《以梦为马》等，于1989年3月26日在山海关附近卧轨自杀，年仅二十五岁。

◉ 顾城，当代诗人，"朦胧派"代表诗人，著有《一代人》《黑眼睛》等，于1993年在新西兰激流岛自杀。

◉ 戈麦，当代诗人，原名褚福军，著有《我们背上的污点》《大风》等，于1991年9月24日自沉于北京西郊万泉河。

● 老狼与叶蓓, 二人合唱《青春无悔》。

● 黄小茂, 大陆 "校园民谣" 发起者, 90年代进入大地唱片公司, 连续推出三张名为《校园民谣》的合辑。图片摄于1995年。(高原 摄 / 图片选自《把青春唱完》)

在这儿每天我除了衰老以外无事可做
昨晚我喝了许多酒
听见我的生命烧着了　　就这么呲呲地烧着了
就像要烧光了　　　　　在这个世界
我做什么
我问我自己到底能做些什么

你可知人情冷暖　　　　你可知世事艰险
天真是一种罪　　　　　在你成人的世界
生活不在风花月
而是你辛辛苦苦从别人手里赚来的钱
让不成熟的都快成长吧
让成熟了的都快开放吧
这世界太快了
从不等待 让我们很尴尬

● 沈庆, 于1992年首次录音棚演唱《青春》, 并收录于《校园民谣1》中。图为1996年, 沈庆与同事小迟合影。(高原 摄 / 图片选自《把青春唱完》)

● 郁冬, 于1994年推出单曲《离开》, 并收录于《校园民谣1》中, 随后在1995年, 发行首张个人专辑《露天电影院》。

这是个旅途
一个叫作命运的茫茫旅途
我们偶然相遇然后离去
在这条永远不归的路
我们路过高山　　　　我们路过湖泊
我们路过森林　　　　路过沙漠
路过人们的城堡和花园

路过幸福　　　　　　我们路过痛苦
路过一个女人的温暖和眼泪
路过生命中
漫无止境的寒冷和孤独

　　朴树沉默寡言, 但是他却凭借着自己的音乐一鸣惊人。他像一个愤怒的诗人, 愤怒存于他的胸腔中。世界是面目全非的, 他想脱离, 却又无能为力。这也是世纪末大多数人正在经历的焦灼, 在社会的巨大变革中, 每个人都是一叶孤舟, 无处可去, 无处可归。随着原本的社会结构被打破, 人口流动变得愈加频繁, 安土重迁的传统也不再是一成不变的。越来越多的人涌入大城市, 打拼、奋斗, 寻找个人价值, 而这其中的人情冷暖、孤独和茫然, 始终是这一批流浪者心中最深的感触。

　　90年代更像是一段缓慢的坡, 在英雄已逝的时代, 在动荡的现实下, 这一代的人极力地寻求新的出路。经历告别、经历焦灼、经历现实的拷问后, 他们终于迎来了一个全新的世纪。

● 艾敬, 1992年签约大地唱片公司, 发行第一张个人专辑《我的1997》, 后又有单曲《那天》收录在《校园民谣1》中。

● 丁薇, 1993年推出原创歌曲《猜》, 并在同年签约大地唱片。1994年推出个人单曲《上班族》, 并收录在《校园民谣1》中。

老狼：茫茫黑夜中的漫游
Interview with Lao Lang:
Journey to the End of the Night
****

采访 朱鸣　文 刘小荻　图 老狼
interview: Zhu Ming　text: Liu Xiaodi　photo: Lao Lang

PROFILE

老狼，本名王阳，著名音乐人。1968年生于北京，被誉为中国校园民谣代表人物，代表作有《同桌的你》《睡在我上铺的兄弟》《恋恋风尘》等。

20世纪90年代，北京，几乎每周五清华大学的操场上，都能看到一批特意从北京各处高校赶来的年轻人。他们聚在一起唱歌，唱各自的新作或是点唱别人的作品，有时也翻唱各类名曲。兴致高了就即兴命题创作，让灵感在空中飞舞，爱音乐的人们在这里寻找同类。学生时代的老狼、高晓松就属于这里。

1989年，二十一岁的老狼玩起了重金属摇滚，他加入了中国第一支大学生摇滚乐队——"青铜器"担当主唱，乐队的鼓手，就是高晓松。这对在后来名贯乐坛的搭档，最初是通过北工大的金立才互相结识——青铜器乐队当时找主唱，金立向高晓松推荐了老狼。两人见了面，高晓松听老狼唱了首《天天想你》，便说："行，就是你了。"

"别人都在教室里头学，我们在外头滋哇乱叫"，老狼回忆当年。这支学生乐队很快在北京高校圈里玩出了名声，他们开始被邀请去演出，但通常是作为暖场乐队出场，排在他们后面的都是崔健、黑豹、唐朝乐队这样的大牌。即便是给人垫场，当时的老狼、高晓松也觉得能和崔健等人同台是件倍儿长脸的事。

大学时光短暂，毕业了，大家各自要为生活奔波。老狼找了份朝九晚五的工作，他在北京一家工业自动化设计公司做了两年电脑工程师。每日重复的工作令老狼难以忍受，他内心最想要的，还是唱歌。他说："我想去唱歌，真的，哪怕成功不了，我也想唱。"老狼辞了职，当了一段时间无业游民。但没多久，高晓松就喊他去录了那张日后红遍中国的《校园民谣1》，那是1993年，老狼二十五岁。

1993年，黄小茂找到高晓松，想把包括《同桌的你》在内的几首歌收录进《校园民谣1》。当时高晓松已经开了自己的广告公司，在小圈子里混得不错。他不缺钱，对于黄小茂的请求，他唯一的条件，就是必须由老狼来演唱他的歌。

1993年秋天，歌录了大半年，直到1994年初，专辑面世。这期间，老狼还是过着原来的日子，一开始也没觉得自己火了。直到1994年夏天，越来越多人在路上、在酒吧里就能一眼认出他。老狼外出参加演出，观众反响也都出乎意料地热烈，他这才后知后觉意识到，自己真的火了。

因为这几首歌，老狼开始频繁地出入各大颁奖典礼，获奖无数，那张专辑更成为十年来销量最高的原创专辑。到了第二年，穿着白衬衫黑西裤的老狼，站在了春晚的舞台上，风头正劲。一首《同桌的你》，获得了当年全国观众评选的"春晚最受欢迎节目"一等奖。

1995年，老狼发行了个人首张专辑《恋恋风尘》，大卖——发行20天便创下了23万的销售纪录，成为当年中国大陆发行量最高的专辑。

校园民谣，是中国当代流行音乐的一个重要发端。这个"标签"最火的时候就是在1994、1995年那两年——一场成功的商业营销，经过一群有才华的年轻人之手，最终为那个时代留下了一个特殊的印记。

后来，因为老狼淡然的性格，让他没有选择"趁热打铁"。很长一段时间，他没再继续录音，而是光走穴。他去中国的各大城市唱歌。中国很大，各个城市也不同，去不同的地方，还能交上不同的朋友，他觉得这也是一种很好的生活方式。

老狼沉寂了一些年，1995年首张专辑《恋恋风尘》后，直到七年后的2002年，老狼才发行另一张专辑《晴朗》。他随遇而安惯了。"我可能就是喜欢琢磨更多，然后不喜欢干实事，老幻想，"老狼说，"我在想的过程中消耗了很多梦想。"

● 1994年4月，老狼在上海的一场颁奖活动上。这一年，他参与了《校园民谣1》的录制，演唱了《同桌的你》《睡在我上铺的兄弟》《流浪歌手的情人》三首主打歌。（高原 摄／图片选自《把青春唱完》）

知中 20世纪八九十年代的中国大陆，不断输入的新观念与旧制度激烈碰撞，人们的思潮涌动，社会正在剧变。亲历那个特殊的时代，有哪些记忆令您印象深刻？

老狼 我们是60后的尾巴，正好赶上整个国家动荡和变化的时期。在我们的成长中，经历了很多非常有趣的阶段。我想从我个人的经历和体验来说，在中学时代，当时我们的校长还是比较开明，除了抓大家的学习之外，学校也开了很多的课外课程，比如"吉他班"。因此，"吉他班"对我来说就有了一个最初的影响。在早年间，吉他是一个"不太严肃"的乐器，在学校里有机会接触吉他，对我们那个年纪来说是一个很有趣的感受。在那个荷尔蒙比较旺盛的年纪，你在学校里背一把吉他，就会比较受关注。我母亲是文艺团体的，所以我从小住在文艺团体的筒子楼里。楼里面有很多音乐家，在舞台上他们非常光鲜，日常生活中，他们也跟普通人一样，家长里短，在筒子楼里面生活、吃饭。当时给我印象最深的是孙国庆，他本职是在民乐团拉大贝斯，但他那时候已经开始弹吉他，他和六七个年轻人组了乐队，经常在走廊里唱歌。

知中 您曾提起，那是个"风花雪月统一天下"的年代，诗人、作家的地位很高，大众的偶像是"顾城"。然而，二十多年后的今天，学生们最希望成为的却是"马云"。如今的中国社会，虽然物质生活丰富了，但似乎大多数人的精神世界远不如当年，您对此有何感受？

老狼 在中学，当时比较受崇拜的是诗人和校园歌手。在学校里面，我有机会接触到像狗子这些后来的作家朋友。他们自己在学校里办一些油印的文学期刊，我受他们影响，也在我们学校做了类似的事情。现在回想起来挺有趣的，也是一种挺有意思的"荷尔蒙的表现"。

从现在的角度去想三十年前的校园生活，可能会觉得特别滑稽。在那个时代，是不可以谈论"校园情感"以及一些"思潮"的，因为那时经常会有一些类似于"反精神污染"的运动。现在的年轻人可能很难想象我们那个时代所经历的一些东西，但有意思的是，虽然有这些，大家也都在努力地争取。

对于如今，其实我倒也不觉得有多么失望。虽然那个年代人们对精神生活的追求，是感觉比较高尚，但实际上，我们能够获得的信息是非常少的，从歌曲、文学、诗歌上能够获取的信息非常少非常少。

首先说文学，最初大家能看到的是狄更斯、巴尔扎克这些文学大家的翻译作品，然后慢慢会接触到一些比较新鲜的作品。大概在1988年到1990年，出版物开始有了新的变化，后来就会出版一些《在路上》《麦田守望者》这类的书，但这些在当时看来已经非常前卫了。

音乐上面，也是经历了这样一个阶段。刚开始大家只能从电视、晚会上听到一些歌曲，后来，海外的音乐通过一些"有意思的渠道"慢慢渗入到校园里来。大家渐渐地开始私下去听，去翻录一些磁带。我在中学时代，听的最多的是刘文正、谭咏麟。

其实诗歌也是。非常凑巧，当时我母亲的同事是"朦胧诗派"的代表人物，叫作杨炼。通过他我也看到了一些诗歌方面的变化。大家在那个年代开始重新燃起对诗歌的热情，有一些先锋的创作，但也有风险。

● 1995年,27岁的老狼。(高原 摄／图片选自《把青春唱完》)

● 1995年,老狼坐在家外走廊。这一年,他在中央电视台的春晚上演唱了《同桌的你》,推出了《恋恋风尘》专辑。(高原 摄／图片选自《把青春唱完》)

但是,我并不认为当年的精神生活有多丰富,或是比起现在有多么重要的地位。那时,因为受到信息接收方式的影响,大家看到的世界是非常窄小的,比起现在的互联网时代,是非常原始的。虽然现在大家关于"成功"的偶像是"马云"这一类人物,但是我不觉得这有多么负面的影响。因为现在更有趣的是,大家在当今有更多的可能性和选择,对生活来说应该是更自由了。

知中 80年代前后,欧美港台流行音乐、台湾民谣乐开始进入中国大陆。这些作品与之前官方所推崇的音乐形式大不相同,令人耳目一新。对于身边音乐文化改变的直观感受,可以详细谈谈吗?您的音乐启蒙,或者说"民谣"的启蒙又是发生在什么时候呢?

老狼 小时候我和母亲住在筒子楼里,从小耳濡目染当年的一些电视明星,他们所谓的"朝九晚五的文艺生活"。到后来中学时代,受到了港台文化影响——主要来自于台湾,因为本身在北京,我们接受国语歌曲会更简单直观一些。

印象比较深的是,我们当时的"歌词本"以及一些广为流传的磁带。那时有双卡录音机的家庭很少,所以谁有机会获得一盘磁带,就会把它翻录下来,传给大家去听。那些磁带经常会被听很多很多遍,甚至听到磁带卷带了,听坏了。歌词则是通过自己听写的方式,把它抄录下来,厚厚地记一大本。

● 1997年,29岁的老狼与高旗。(高原 摄／图片选自《把青春唱完》)

● 1995年，老狼拍摄《恋恋风尘》MV 时的剧照。
〔高原 摄／图片选自《把青春唱完》〕

之后，从刘文正又听到了像罗大佑、齐秦、李宗盛等人后来一系列"黄金时代"的创作。从所谓"文艺"的角度来说，罗大佑给我们的影响是最深的。他那些诗意的歌词、叛逆的造型和音乐形式，给我留下很深的印象。

还有就是，这时来自于欧美的流行音乐进入中国，我们通过一些比较奇怪的途径接触这些音乐，比如学习外语。听的比较多的是保罗·西蒙、加芬克尔、卡朋特、四兄弟、琼·贝兹，还有一些美国乡村音乐和流行音乐的早期著名歌曲。当时在校园流行一个"小蓝本"，是那个年代的非法出版

物，其实就是翻版台湾的吉他教材。里面介绍了大量来自于美国的民谣音乐，像约翰·丹佛的《乡村路，带我回家》(Take Me Home,Country Road)，还有《离家五百里》(Five Hundred Miles)。那个"小蓝本"我记得当时校园里很多人都有，大家都通过它来学习吉他弹唱。

知中　90 年代，堪称是大陆"摇滚"与"民谣"的黄金时代，同时期的崔健老师和您，都成为了各自领域的代表人物。我们知道，不仅仅局限于"民谣"，对于"摇滚"，您向来也是颇为欣赏。当时的中国摇滚

乐，给您留下了怎样的记忆？
老狼　这个问题让我特别脸红，因为我居然和崔健相提并论，这让我非常羞愧。那时，崔健的出现是划时代的。当时我们也是深深地受到了崔健的影响，在校园里经常模仿传唱《一无所有》《花房姑娘》这些他的早期经典作品。

我觉得我个人是一个比较成功的"角色扮演"者，像高晓松、郁冬、沈庆、逯学军、金立等等这一批 80、90 年代的校园民谣作者，他们才是真正代表"校园民谣时代"最突出的人物。我觉得我个人只是"扮演"了高晓松的三分之一或者四分之一吧。

说到当年中国的地下摇滚，我们非常幸运地经历了那个年代。当时摇滚乐演出在北京也算是地下性质的，所以演出地点就是马克西姆，还有外交人员酒家的地下室以及一些很小的场合。我印象很深的是，我们曾经和当年的呼吸乐队和黑豹乐队，一起在北师大组织过一场演出。我们还去北师大贴海报、做宣传去卖票，后来被校方知道，演出就被非常严肃地取缔了。

在那个年代，摇滚显得比较"大逆不道"，谁有机会登上大舞台，也不会被大家广为谈论。在那个年代，即使谈论也是受到一定限制的，但是我觉得也是非常有意思的一个年代。那时候大家都比较年轻，像黑豹、唐朝、呼吸、黄种人等等，很多乐队涌现出来。大家在一起做演出，观众几乎就是各个乐队的家属、朋友、亲友团，所以那个圈子并不大，而且可以看到后来很多著名摇滚明星的年轻时代。现在回想起来挺有意思的。

知中 在您看来，这两种音乐形式，各自有着清晰的界限吗？最吸引您的气质与特点，分别又是什么呢？

老狼 说到民谣跟摇滚，我个人也没有特别明确的定义。在整个发展历程当中，肯定会有无数人来定义它们的区别。但从个人角度来讲，所有能打动我的音乐，我并不在乎它的音乐形式，所以我一直没有特别努力去分辨它们。

我最初接触的民谣音乐就是保罗·西蒙、加芬克尔。他们用吉他弹唱，用一些和声来把他们的歌娓娓道来，非常优美动听。到后来接触到摇滚乐，像U2、邦乔维（Bon Jovi）、威豹乐队（Def Leppard）、金属乐队（Metallica）这些重金属乐队，再到后来的平克·弗洛伊德（Pink Floyd），慢慢开始喜欢这种更具表现形式、台风更狂野、更宏大叙事、更丰富的形式，它们比较能体现十几岁青春期荷尔蒙比较旺盛的年代。

最早接触民谣音乐，也有受经济条件限制的原因。那时候只够有钱去买一把木吉他，去玩一些吉他弹唱，后来接触摇滚乐才知道，有电吉他、电贝斯、爵士鼓、架子鼓。对于我们的年代来说，有条件去玩电声乐器是比较特殊的，所以内心也有一些"哗众取宠"和"出风头"的愿望支撑我们去参与到所谓摇滚的风潮当中。

知中 据说当年因为对"摇滚乐"看法不同，您为此还与高晓松老师争吵过？

老狼 关于我跟高晓松的争吵，对于我来说其实没什么意思，挺无聊的。那时候是好朋友天天在一起，喝完酒会有争执是特别正常的事儿，只不过后来感觉被媒体放大了，这也是媒体喜欢问的问题。高晓松自己说多了也模糊了印象，哈哈。我觉得所谓"争执"并不是真正意义上的"争执"，只是大家年少气盛，喜欢在嘴上占上风而已，只是这些而已。

知中 您大学毕业后，找了份朝九晚五的工作，但您始终怀有音乐梦想。回想那个人生阶段，有什么事令您特别受不了吗？后来又是怎么熬过去的呢？

老狼 关于音乐梦想，实际上也没有什么值得称道的。音乐那时候对我们来说是特别虚无缥缈的，用我们所谓的音乐梦想根本换不来钱，也得不到支持生活的可能性，所以才选择去过一种正常人上班、下班，朝九晚五的生活。我从事的专业是工业自动化。在单位上班的时候，并不是每天都需要创新和改变。当时的工作每天是重复的，这是最难以忍受的。我记得我每天上下班骑自行车半小时左右，在路上有时候会想，也许这一生可能就像潮汐一样，随着上班的车流，来来回回，在路上消耗了所有的时间和生命。

后来觉得实在没法接受这种生活方式，所以从单位辞了职，当时想象是不是去广告公司做一个创意人员或是文宣的工作。非常幸运的是，后来跟着高晓松

参与了《校园民谣1》的录制，改变了我的生活轨迹。

知中 1994年，《校园民谣1》的大热，让全国认识了"老狼"，您的声音成为了许多人的青春记忆。然而，"校园民谣歌手"这个标签，也因此牢牢跟随了您二十多年，您是怎么看待这个标签的呢？

老狼 这个标签，从入行起就一直跟随着我，确实是当年曾经困扰过我的问题。无论我做什么别的尝试，大家总是先入为主，永远先想起那首《同桌的你》，觉得你是唱校园民谣的人。后来我觉得，自己还是挺幸运的。因为我认识的很多歌手朋友，他们唱的歌很多，也有很好的创作，但一直没有一个所谓的标签被人记住。

后来我也慢慢接受了这个标签，好像在中国，有个标签你能更容易被人记住一样。实际上并不一定非要在乎挂在你身上的什么称谓，那些都是唱片公司为了宣传推广而去打造的东西。其实真正从音乐本身的角度来说，你并不会特别在乎这个。我个人欣赏音乐的体验是，我不会去在意音乐家身上的标签。

知中 您曾说过，自己最欣赏的生活方式是塞利纳在《茫茫黑夜漫游》中展现的一种"无目的的漫游，没有什么需求，完全享乐式，随性而为"的状态。确实，一直以来，您似乎都是随遇而安的，然而米兰·昆德拉的《生命不可承受之轻》则说："人是无法在绝对自由下生活的，被束缚是种多多少少的生存需要。"您如何理解这句话？您的这种"自由自在"是完全无负担的吗？

老狼 感觉这个问题挺难回答，哈哈。其实自己从来没有考虑过"自由自在"是什么感觉，只是有一种模模糊糊的向往。当年提到的《茫茫黑夜漫游》这本书，实际上也不是写真正意义上的漫无目的的漫游，主要是题目给我的印象很深刻。从我入行开始，包括后来有机会到很多城市去演出游玩，我最喜欢的方式也就是无目的的漫游。

◉《我是歌手》的舞台上，老狼请来高晓松助阵，演唱《冬季校园》。

最初觉得到一个地方要去名胜古迹、旅游景点，到后来用一种相对来说比较盲目的状态，去了解一个城市，会更有意思。比如你走在一个陌生城市的街上，去当地人的饭馆，吃当地的食品，听当地人家长里短地聊天，你会慢慢地用别的感官来丰富对一个城市的印象，而不是通过书本或者名胜古迹。

米兰·昆德拉说没有绝对意义上的自由自在的状态，这个我确实是承认的。无论生活在中国还是任何一个地方，那种所谓自由自在状只存在于精神层面。多年到处游玩，给我留下很深刻印象的，其实是一些我看到的人，他们的生活状态真的显出自由自在。比如2003年我们有机会跟随电视台去非洲，从北非到西非再到东非，穿越了非洲十几个国家。我印象很深的是在北非，阿尔及利亚的一个偏僻小镇的旅店里，见到了一个独行的日本女人，像是一个日本的"嬉皮士"。她在小旅店里，跟我们也没有太多的交流。她就是在那儿生活，在那儿过一种与她熟悉的生活完全不同的生活。

现在回想当年的一些经历，其实很多音乐家也和年轻人们一样，都会有"仗剑走天涯"的浪漫情怀。包括看到切格瓦拉年轻时漫游南美大陆，实际上也是希望通过旅

126

◉老狼因为参加选秀节目《我是歌手》，再次回到了大众的视野。

途生活接触真实世界，从而离开自己"井底之蛙"的状态。谈不上有什么实际意义，只是会让自己看上去显得很浪漫？哈哈。

知中 近年来，"民谣"的热度在中国不断上升。互联网时代，"民谣"渐渐变得不再小众，新一代民谣歌手不断涌现，大量粉丝狂热追捧。作为亲历过上一个"民谣"黄金时期的前辈，您对如今的热潮有何看法？

老狼 对于这个问题我也是想了很久，我觉得现在所谓的"民谣热"，没有想象中那么有趣吧？哈哈。大家通过一些选秀节目知道了类似于宋冬野、李志这些歌手的作品，感觉上也还会有些争议——是不是这些节目带火了他们，或者说这些歌手还会有什么样的存在意义？

对我影响比较大的中国当代民谣音乐作品，有万晓利的《这一切没有想象的

那么糟》这张专辑和苏阳的《贤良》，还有来自西安的歌手马飞，他用陕西方言创作的《当初就不应该学吉他》，还有马条的首张同名专辑，包括后来宋冬野的《安和桥》。这些歌手都是在他们最初创作、开始崭露头角的时候，我就有机会认识他们，然后听到他们的作品。

给我很深影响的是来自他们作品的个性、独特性以及地域性。像西北、新疆还有

● 2009 年，摄于挪威斯瓦尔巴特群岛神庙湾。

很多优秀的民谣歌手，比如当年的马木尔，也是我最喜欢的一位哈萨克族歌手。当然，像这一类音乐人和作品大量地存在于民间，无论是不是有那些选秀节目去发掘，这些优秀的作品也是一直存在的，只不过后来因为某一个娱乐节目被放大了而已。

我一直非常崇敬这些音乐家。一个是因为他们音乐创作的态度，再一个是他们个人的魅力，再有就是特别有趣的"地域影响"。像马条来自于新疆克拉玛依，虽然他是一个汉族，但他的音乐里无时无刻不显现出他受到新疆音乐的影响，我们

开玩笑说是"羊肉串味儿"和"孜然味儿"的感觉。像来自南京的李志，很多人在探讨说李志到底属于民谣还是摇滚。当年我最喜欢他的一张专辑——《工体东路没有人》，是他一个人一把琴，在"愚公移山"酒吧演出的现场 live 的专辑。你会看到一个特别放松的人，面对可能并不太多的歌迷。他在台上唱完一首歌，有时会跟歌迷插科打诨，但是他的作品本身显现出的是他内心的狂野和超乎正常的反叛。我觉得从高晓松式的"风花雪月"到李志"屎屎屁臭"的叛逆，是非常有意思的转

变过程。李志是我第一次听到有人把"屎尿屁"写进歌里，而且还表达得特别自然，特别轻松有趣的歌手，哈哈。

中国当代民谣圈里还有一些很优秀的作者和歌手，像来自广东的五条人，他们当年出版的《县城记》令我非常惊艳。他们用我完全听不懂的海丰话来唱歌。他们的歌词，流露出那个地域的人对五光十色大千世界的展现，特别有趣。前面提到的马飞来自于西安，他用陕西话来创作。他的歌就像一部部电影短片，描绘了他打游戏、搞音乐、平时生活的状态，非常具有个人特点

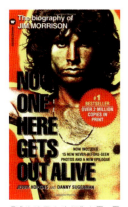

◉《此地无人生还》杰里·霍普金斯（Jerry Hopkins）

◉《垮掉的一代》杰克·凯鲁亚克（Jack Kerouac）

◉《满是镜子的房间：吉米·亨德里克斯传》查尔斯·R.克罗斯（Charles R.Cross）

和色彩，也是我特别喜欢的民谣歌手。

还有像当年我在银川的酒吧里第一次听到苏阳唱歌，也完全被他的歌曲惊艳。因为从早前我们听到的"花儿"，到后来所谓的民歌，都是通过电视晚会那些浓妆艳抹、穿着民族服饰的少数民族歌手，唱的一些主旋律的东西。这些已经变成了特别无趣、呆板的定式，我觉得可能没有太多人喜欢去看那些东西。但当你听到苏阳，一个黑黑瘦瘦的，甚至有点痞气的人，在酒吧里弹吉他，弹起那些旋律，把非常幽默、现代的歌词融入到古老的旋律里，你会发现那是一个真正意义上的革命和传承。

像我最喜欢的哈萨克音乐家马木尔，最初我听到他的作品，也是来自于一个酒吧 live 的现场录音专辑。当时他演唱了大概二十多首古老的哈萨克民谣，弹着冬不拉和吉他，旋律都是最简朴的古老旋律。后来随着马木尔先生眼界开阔，接触到更多新类型的音乐，他的作品也慢慢地在原有基础上出现转变。到今天，他已经变成一个先锋艺术家，但是他的根基还在古老的哈萨克民谣。我曾经看过他很多次演出，每一次他都会改变音乐和表演形式。通过言语很难表述这种变化，有机会大家可以听听。从他最早来到北京，住在圆明园旁边的树村时候的古老民谣风格，渐渐转变到后来的实验、电子、摇滚状态的音乐，中间有一个非常清晰的转变，但他的根基一直未变。

还有值得说道的是像张玮玮和郭龙他们创作的《白银饭店》，也是一张似乎有些被忽略的专辑。他们来自西北的一个小城叫作白银，这是一个因为采矿业发展起来的工业小城，随着采矿业的衰败，城市也慢慢衰落。在他们身上，体现着一种贾樟柯电影式的"小城生活"的传奇色彩。当然还有像盲人歌手周云蓬，我觉得他也是非常有代表意义的。还有小河，我近年接触、了解到了这位音乐人，听到他一些佛教音乐的创作，觉得非常非常有趣。

现在的"民谣热"，对我本人来说意义不大。只不过红了几首歌、几个人而已，实际上还有很多好东西，还没有机会被主流媒体接受和推广。但我觉得也有一个好处，这股热潮会影响到更多的人有勇气去从事音乐。

知中 最后，请推荐一些您最近觉得不错的音乐、电影、纪录片吧！

老狼 我想大家有机会的话，可以去关注公众号"北京何歌手"，它是音乐人小河的微信公众号。小河在自己的创作中天马行空，你会听到一种自由自在的状态下写出的东西，可能不会像流行音乐那么容易被接受，但他是一种特别有趣的选择。电影我推荐前阵子看过的一部德国电影，塞巴斯蒂安·施普尔导演的处女作，叫作《维多利亚》，这是一部一镜到底的电影。近年来一镜到底的电影有不少，但我看完这部还是有很深震撼。从头到尾两个多小时，从调度、表演到故事安排都令人惊讶，推荐给大家。我之前看过一部叫作《纽约灾星》的纪录片，也是我近年来看过比较惊艳的，结尾非常出奇，令人惊讶，大家也可以看看。

顺便推荐几本书。《垮掉的一代》是一本口述历史的书，它通过访问"垮掉的一代"代表人物凯鲁亚克身边的朋友，重述了那个年代。从很多人的角度讲述同一件事的时候，你会发现这些事情的多样性，就像"罗生门"一样。还有一本《此地无人生还》，是我最喜欢的大门乐队主唱吉姆·莫里森（Jim Morrison）的传记书。他是"27俱乐部"里最著名的天才诗人和歌手，也是我特别崇拜的人物。另一位吉米·亨德里克斯（Jimi Hendrix）也是来自"27俱乐部"的天才吉他手，他的传记是《满是镜子的房间》。这几本书都非常有趣，能看到这些传奇大师的很多故事。

00年代：城市民谣兴盛
The Bloom of Urban Folk Songs in China
****

文 罗兆良　编 朱鸣　text: Paul　edit: Zhu Ming

90年代中后期，随着"校园民谣"音乐人及其受众走出校园步入社会，音乐创作的主题也逐渐在发生着变化。这个时期涌现的民谣音乐人，如朴树、筠子、李健等人，虽然依旧被称之为"校园民谣"歌手，但实际上，他们创作和演唱的主题早已超出"校园"的范围。"校园民谣"的界限因较为单一的主题，逐渐被涵盖面更为广泛的"城市民谣"所融合。

● 艾敬《我的1997》专辑封面

● 1998年3月16日，在地铁中拍摄MV的艾敬。（高原 摄／图片选自《把青春唱完》）

90年代初，邓小平力排众议，发表了重要的"南方讲话"，坚定了"改革开放"的方针。中国在经历数年的徘徊期后，"城市现代化建设"再一次飞速发展，这其中以广东最为典型。广州、深圳在原有的基础上进一步发展市场经济，一时间，全国各地人才迅速涌向这两座城市。面对着"一月一大变"的城市容貌以及人们对于物质的无节制追逐，一些音乐人渐渐有了迷茫无措的"都市感"。他们借由最质朴的"民谣"，抒发自己身处"都市旋涡"中的喜怒哀乐。

作为"广漂"的艾敬，便在这样崭新却浮躁的时代中横空出世。她于1992年发行的专辑《我的1997》成为大陆"城市民谣"的开端。次年，同为"广漂"的李春波发行了自己的首张专辑《小芳》，一举点燃"城市民谣"的热潮。

但是，随着中国经济的高速发展，人们的"功利主义思想"也日嚣尘上。再加上港台和日韩流行音乐的强势影响，"民谣"这种音乐形式，开始渐渐地从流行前线退出。与此同时，一些熟悉西方音乐、又没有过多接触"商业"的民谣音乐人开始崭露头角，他们使大陆"民谣"脱离商业模式，步入小众的"独立"时期。

这些人都来自民间，不是所谓的"专业音乐人"。他们最初的创作和演出，都处于"地下"状态，作品基本也只在小型酒吧传唱。直到2001年，"野孩子"乐队在北京三里屯南街，开办了一家在大陆民谣发展过程中极

◉李春波《小芳》专辑封面

◉朴树的首张专辑《我去2000年》（发行1999年）

◉李健的首张专辑《似水流年》（发行2003年）

◉筠子的首张专辑《春分 立秋 冬至》（发行2000年）

为重要的酒吧——"河"酒吧。许多后来被世人熟知的民谣音乐人，如周云蓬、王娟、小河、万晓利、张浅潜等人，当年正是首先在这里站稳了脚跟，再有后来的发展。"河"酒吧里传唱的民谣，堪称当时大陆的最高水准。此时，一些独立运行的音乐"厂牌"开始支持这些音乐人，他们的作品得以被录制成正式专辑，而演出场地也从酒吧，转移到小型的音乐现场（live house）。"独立"时期的大陆民谣，也开始有了小部分的固定受众。

这个时期的大陆民谣，形式和风格与90年代的"城市民谣"有着颇多的区别。这些作品既有过去"城市民谣"的感觉，又多了对于社会不公正现象的控诉，和浓烈的人文关怀。为了将这种新生的"民谣"形式与过去的"城市

◉2011年"静水深流——纪念河酒吧10周年剧场民谣音乐会"演出场景 01张浅潜 02小河 03万晓利 04周云蓬

民谣"相区分，周云蓬首先提出了"新民谣"的概念，用以阐释这些出自所谓的"草根人士"，蕴含着浓厚的现实气息，却又沉稳厚重的"新型城市民谣"。

"新民谣"音乐人，大多经历过很长时期的生活磨砺。他们是清苦的"都市异乡客"，所以他们能够切身体会生活的痛处。也正因为他们与每一个"小

人物"都很贴近，所以才会引发普遍的共鸣。他们把对社会现象的看法、生活的体验，以及传统"民歌"元素自如地运用到自己的作品当中，所以这些作品都有着强烈的个人风格气质。但遗憾的是，由于缺少强力有效的宣传手段，他们的作品虽然被一些人奉为至宝，但就整个社会而言，此时的大陆"新民谣"依旧处于不温不火的状态。

时间到了2005年。这一年，大陆互联网发展迅速，一些新型社交媒体网站风靡一时。许多互联网工具，极大地降低了宣传，以及音乐制作的门槛。互联网时代，每一个人都能获得一个充分展示自己的舞台。来自南京的歌手李志，便用一张《被禁忌的游戏》，打破了此前"独立民谣"苦于宣传无门的现状。李志运用互联网能够简单、迅速传播的特点，将自己的专辑放到社交网站上，不借助其他任何宣传媒介，便达到了和大众直接联通、互动的效果。这张专辑的"革命性"，不仅体现在制作的完全独立，在宣传策略上，它也开创了一条崭新的道路。此后，"小众"的民谣音乐人们，纷纷开始通过互联网宣传自己的作品。许多真诚质朴的佳作，得到快速、广泛的传播，大陆"民谣"市场由此渐入佳境。

互联网的便利，不仅令此前优秀的音乐人更受瞩目，它也充分点燃了每一个人心中的"音乐梦"。自2011年开始，涌现了新一批被大众熟知的民谣音乐人。他们皆非音乐科班出身，凭借着自己对音乐的热情，便全身心投入到民谣的创作里，其中，以宋冬野、马頔、程璧、陈粒等为代表。他们年轻，熟悉互联网。他们的作品，除了延续"新民谣"的基本特征以外，越发与社会生活紧密相连，也更加平民化。"民谣"与"流行音乐"的界限开始变得模糊。许多民谣作品被广泛传唱，演出场地也从酒吧到live house，从剧场再到大型体育场，"民谣歌手"的粉丝群在爆炸性地增长。和前辈们相比，

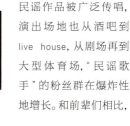

◉李志的专辑《被禁忌的游戏》（发行于2005年）

◉宋冬野的专辑《安和桥北》（发行于2013年）

● 马頔的专辑《孤岛》（发于
2014年）

● 程璧的专辑《我想和你虚度
时光》（发于2015年）

此时期民谣音乐人的作品，因为"流行"而有了新的特点。马頔把自己形容成一个"爱唱歌的人"，作出来的叫"自己喜欢的歌"。而尧十三自谦地把自己的风格定义为"伪民谣"。他说，自己的民谣缺少一股淳朴气息，更偏向流行。宋冬野则直言："新一代民谣人很年轻，因而在生活阅历的沉淀上，跟前辈们比还是有一定的差距，毕竟这代人是从小听'周杰伦'长大的，潜移默化都会受到影响。"

无论如何，经过前后几批民谣音乐人的耕耘，如今的"城市民谣"，乃至整个大陆民谣领域，都进入了前所未有的全盛时代。

相较于大陆民谣发展的一波三折，90年代以来，台湾民谣发展相对比较平稳。虽然流行程度和台湾"流行音乐"相比还是要逊色一些，但是完善的唱片行业以及专业的"民谣厂牌"，让台湾民谣一直有着良性的发展。这其中以1998年成立的"角头音乐"，和2002年成立的"野火乐集"两家民谣独立厂牌贡献最大。他们不仅让70年代"台湾民歌运动"的重要音乐人，例如胡德夫的作品能够被录制成专辑正式发行，而且也在持续挖掘"原住民"音乐人，令台湾民谣变得更加多元化。

而台湾"城市民谣"作为台湾民谣重要的组成部分，也和大陆"城市民谣"一样，于世纪之交开始兴盛。台湾

● 陈升的专辑《放肆的情人》
（发于1989年）

"城市民谣"的主题和风格丰富多元——有饱经沧桑、历经千万，在城市、自然以及自我间往复穿行的陈升；有因"反水库运动"而组建，关心民生民意，有强烈社会责任感的"交工"乐队；有歌词诗意、富于哲思，以诗人身份出现的雷光夏；也有身处城市体会情感和生活冷暖，代表现代"都市女性"的陈绮贞；还有思绪天马行

空，代表"宅男一族"的卢广仲。这些台湾音乐人，也都从自己的经历出发，各自用作品表达对于"民谣"不同的理解。

香港民谣的发展轨迹，则因其独特的历史背景和地理位置，显得十分特别。由于长期处于英国的殖民统治，西方文化对香港有很大的影响，所以长期以来香港的"流行音乐"，许多都带着浓重"英伦风"。到了70年代，香港经济迅速发展，以许冠杰为代表的一批音乐人，开始关注香港"打工仔"的生活冷暖，创作了一系列十分接地气的"港味歌"。这便是所谓香港民谣最早的雏形。

70年代末，香港也受到"台湾民歌运动"影响，涌现出一批背起木吉他创作演唱的歌手。那时香港各大高校也都有举办民谣歌唱比赛，全港刮起一阵"清新之风"。这其中，区瑞强于1979年发行了一张风格极其质朴自然的专辑——《陌上归人》。这张专辑的发行成为香港现代民谣正式的起点，区瑞强也因此被誉为"香港民谣之父"。当时的唱片公司意识到，之前拼命改编外国流行歌曲似有隐忧，便开始逐渐转向推行原创专辑，这股"民谣之风"正符他们之意。于是在1981年3月，香港电台主办了"香港电台城市民歌公开创作比赛"，并在7月推出《香港城市民歌》专辑，紧接着1982年2月又发行《香港城市民歌Encore》专辑，一时间香港民谣进入全盛时期。

● "交工"乐队主唱林生祥

● 雷光夏

由于香港土地面积狭小，加之60~70年代经济发展迅速，现代城市化进程很快，香港并没有真正形成"乡间农村"的概念，所以香港民谣的作品基本都属于"城市民谣"。香港"城市民谣"从1979年发端，也经历过数年的繁荣。但好景不长，1983年香港流行音乐开始兴盛，谭咏麟、梅艳芳、张国荣等流行歌手全面制霸香港乐坛。香港"城市民谣"因此被压制，渐渐从流行乐坛退出，转向独立小众。

在香港"流行音乐"常年占据乐坛主流的十几年间，香港"城市民谣"一直处于"地下"的状态。直到90年代后期，由于香港音乐市场萎缩，"流行音乐"的统治地位开始出现松动，"城市民谣"终于有机会再次出现在大众面前。一些民谣音乐人开始崭露头角，这其中以林一峰为香港"城市民谣"复兴时期的代表。这批民谣音乐人，基本都是专业流行音乐制作人出身，非常熟悉音乐市场的运作。因而他们在自己成为民谣音乐人时，就能够通过专业的包装宣传手段，令作品得到更好的传播，从而使香港"城市民谣"迅速在乐坛重新占据了一席之地。与此同时，香港独立音乐市场也在逐渐兴盛。一些非专业的独立民谣音乐人，开始发行自己的作品，并获得大众认可，其中以独立民谣乐队 My Little Airport 最具代表性。较大陆和台湾"城市民谣"而言，由于长期受西方文化影响，

◉陈绮贞

◉卢广仲

◉ 毕业于香港大学的许冠杰不避俚俗，以粤语唱出多首反映社会现况、讽刺时弊的歌曲。这些题材广泛，由描述"打工仔"的无奈到"打麻雀"的心情，亦不乏爱情和励志歌曲。粤语流行歌曲的潮流可说是由他一手开创，因此他亦被称为"香港流行音乐祖师"。

◉ "香港民谣之父"区瑞强，他的音乐路线崇尚简朴、清雅，歌唱技巧细腻精练。近年来他开办"音乐农庄"，致力推动香港民谣发展。

◉区瑞强的专辑《陌上归人》（发于1979年）

◉《香港城市民歌 Encore》专辑封面

◉林一峰于2003年发行的个人首张专辑《床头歌》，一举奠定他在香港民谣界的地位。

◉ My Little Airport 的专辑《适婚的年龄》（发于2014年）

香港"城市民谣"的风格更具独立性和先锋性，其主题充满天马行空的想象，以及细致入微的个人情绪。

大陆、台湾、香港民谣音乐的发展轨迹都有各自独特之处，但三者"城市民谣"兴盛的时期都在世纪之交，这里面有巧合，也有大时代背景共通的影响。如今，"民谣"这种音乐形式，在不同的文化土壤下，正以各自不同的姿态蓬勃发展着。

周云蓬：用音乐与这个世界和解

Interview with Zhou Yunpeng: Use Music to Reconcile With the World

＊＊＊＊＊＊＊＊＊＊＊＊＊＊＊＊＊＊＊

采访 朱鸣　　文 丁斯瑜　　图 周云蓬　　interview: Zhu Ming　text: Ding Siyu　photo: Zhou Yunpeng

● 2014年，周云蓬在郑州演出。

周云蓬 V 🎖

6月3日 21:54 来自 iPhone 6s

没看见

◉ 2016年6月3日，周云蓬在社
交媒体上分享的照片

2016年6月3日，北京下过一场雨，临近傍晚的时候，天边出现了两道彩虹。很多人拍了照，分享到社交网络平台上。周云蓬也拍了三张照片——三张构图不那么端正，只露出彩虹一小半边的照片。他分享到微博上，附文："没看见。"

P R O F I L E

周云蓬，诗人，民谣歌手，1970年出生于辽宁。九岁失明，留在视觉中最后的印象，是上海动物园的大象表演吹口琴。二十一岁开始写诗。二十四岁在全国四处漂泊，开始了写歌的道路。其诗歌《不会说话的爱情》曾获2011年度人民文学奖诗歌奖。目前已发行音乐专辑《沉默如谜的呼吸》《中国孩子》《牛羊下山》等。

周云蓬在九岁时失明，对于他来说，失明并不意味着黑。他形容道："黑是一种比喻，但它也没有黑。你觉得你手背上本来有眼睛，后来没有了，那么这种手背对于世界的感觉，它没有黑也没有白。"当我们注意到周云蓬的时候，首先看到的会是他戴着墨镜的样子，其次才是他朴素的衣着、宽大的身板。对于一个盲人来说，他的生活可能掺杂了太多他人的想象，而周云蓬正是想努力摆脱这些想象。

他不想听话。早年间他上盲校，跟大家一起学习，但是即将毕业的时候，他觉得不对劲了。盲校毕业，大多人都选择了"按摩"专业，似乎也只有这条路可选。周云蓬拒绝了："这种工作没有美感，像揉面一样，一个人躺在床上，揉啊揉。你要遇见个二百多斤像老罗（罗永浩）那样的胖子，来俩你就完了，腰酸腿疼，根本就不行。"

后来他离开了盲校，开始了自己的旅程。起初在北京，依靠卖唱赚了一笔钱，周云蓬用这些钱走了很远，全

崔光华 摄

135

● 2014年，周云蓬在大理。（大象 摄）

国各地几乎都跑遍了。他在《绿皮火车》中写了许多旅途中发生的事情。坐火车对他来说是一件充满神奇和冒险意味的经历，他用除了眼睛之外的一切感官来感知每个城市的不同。这些经历像河流般淌过他，同时滋养他。

他在书中写道："北京是一个'大锅'，煮着众多外地来的艺术爱好者，煮得久了，就想跳出去凉快凉快。但'锅'外面荒凉贫瘠，没有稀奇古怪的同类交流，那就再跳回来。"北京像一个巨大的收容所，也像一个巨大的做梦的地方。于是，当周云蓬走出很远的时候，他又想起了北京。"到了格尔木，中国的铁路到头了。再向前，是几天几夜的长途汽车，是牦牛的道路、大雪山、那曲草原……这时，我又想念起那个遥远的'大锅'了。它是温暖的、可以肌肤相亲的、世俗的、有着人间的烟火。"

直到今天，周云蓬仍然辗转在几个城市之间，也许参加音乐节，也许天冷时去大理，过着像候鸟一样的迁徙生活。他一次一次地出发、行走，感受不同城市的气息和特质。他在《盲人影院》中如此吟唱着：

有一个孩子／
九岁时失明／
常年生活在盲人影院／
从早到晚听着那些电影／
听不懂地方靠想象来补充／
他爱过一个姑娘／但姑娘不爱他／
他恨过一个姑娘／那姑娘也恨他／
他整夜整夜地喝酒／朗诵着号叫／
他最后还是回到了盲人影院／
坐在老位子上听那些电影／
四面八方的座椅翻涌／
好像潮水淹没了天空

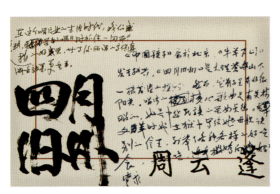
◉《四月旧州》专辑封面图。

◉ 2015年10月24日，周云蓬在"野孩子黄河谣二十周年"北京专场上登台演唱。
（闫珉　摄）

周云蓬身上似乎总有一种焦虑，他形容它们"不是突发性的焦虑，而是日夜不息的，像地下河的感觉"。音乐和诗歌，对他来说像是某种意义上的发泄方式。这种状态在周云蓬身上呈现得十分自然，好像一种顺理成章的创作。世界在周云蓬的心里有着自己的一番样子，他尽量诚实地将它们表现出来，用一种古朴的、自然的方式。《沉默如谜的呼吸》：

沉默如谜的呼吸。
沉默如睡的呼吸／
沉默如石的呼吸／
沉默如鱼的呼吸／
彗星般消逝的呼吸／
刀尖上跳舞的呼吸／
火焰痉挛的呼吸／
鱼死网破的呼吸／
玻璃切割的呼吸／
蒸汽机粗重的呼吸／
水滴石穿的呼吸／
千钧一发的呼吸／

周云蓬的歌词中的古老传统，来自于中国的古诗词。他用听觉、嗅觉去感受远古的诗句。他面对诗词时，选择去听它的"音阶"，这种韵律在他脑海中逐渐积攒，最终都被唱成了歌。他曾经在面对采访的时候，提及杜甫。他说很喜欢杜甫的那首《江汉》，正说着便背了起来：

不必取长途。
古来存老马，
秋风病欲苏。
落日心犹壮，
永夜月同孤。
片云天共远，
乾坤一腐儒。
江汉思归客，

对于周云蓬来说，音乐是他生命中极为重要的一节，所有的经验一点一点地推他向前，使得他在一方土地上生根发芽。关于过去的这些经验，周云蓬做了一些不紧不慢的陈述。

● 2015年，周云蓬在特拉维夫
地中海边，他正在收录大海
的声音。（大方 摄）

知中 您是90年代初上的大学，当时中国"校园民谣"正在兴起，那个时期的音乐给您留下了怎样的记忆？

周云蓬 在我上大学的时候，校园民谣对我来说很亲切。因为唱的都是身边的人，那时候我也快毕业了，学校里都在放《同桌的你》和《睡在我上铺的兄弟》。音乐会落实到具体的生活里，会有这种感觉。过去的音乐是比较抽象的，离我们比较远。校园民谣是在唱我们这个群体，还是挺新鲜的，有新鲜感。

知中 大学期间，您最爱的书是米兰·昆德拉的《生命中不能承受之轻》和加缪的《局外人》；这之后，又有什么书，对您的价值观产生过影响？

周云蓬 在大学里，尼采《悲剧的诞生》对我影响很大。那时候挺喜欢看的，挺薄的一个小册子。那本书很有力量，从古希腊的艺术开始分析，读起来很有激情，也算是自己看哲学书的入门。过去看的书都是相对容易的。《悲剧的诞生》属于哲学书，有一定的思辨性，很费脑子，所以那时候读这些东西挺过瘾的。后来又读尼采的《查拉图斯特拉如是说》。

知中 从小，您便在图书馆中接触到了许多唐诗宋词的盲文书，有哪些诗词令您印象深刻？

周云蓬 关于古诗词，那时候很喜欢李商隐的《锦瑟》、李贺的《李凭箜篌引》，还有《古诗十九首》。

知中 您曾说过，对《诗经》有着很深的感情，在专辑《牛羊下山》中，您也运用了大量的中国古代诗歌元素。古诗词会为您的音乐创作带来怎样的灵感？

周云蓬 有一本叫《乐府诗集》，是宋朝人郭茂倩编的。它收的诗都是唐朝以前

◉2015年，周云蓬在耶路撒冷，正在用 iPad 拍照。

◉耶路撒冷。

◉2015年，周云蓬在纽约街头。

◉2015年，周云蓬在死海。

◉死海。

◉纽约布鲁克林大桥。

的。乐府诗就是能唱出来的，类似于民歌体。其实那本书我很喜欢，那些诗都很有音乐性，是以音乐的形式来划分诗歌，比如相和歌、舞曲、笛歌等等各种。

知中　《九月》的歌词，直接用了海子的诗，是什么契机令您想要把二者结合起来？您觉得音乐和诗歌，这两种艺术形式之间，可以真正相通吗？

周云蓬　有关于诗和歌，我觉得并不是说把诗唱成歌，就是很奇妙很好的。其实

当把诗唱成歌时，诗就是歌词而已。有的可以唱得很恰当，有的就不恰当，其实这两者并不是一定得结合在一起。

有一个导向就是，一旦把诗唱成歌就觉得很完美。其实不是那样的，你也可以把菜谱唱成歌，或者你也可以把公交站名唱成歌，都可以。诗唱成歌，它只是作为歌词，没有更多的意义。关键还是音乐性，在于音乐本身怎么样。不是说你把李白的诗唱成歌你就很牛，我觉得不是那样。

知中　关于您最近的一个爱好——摄影，显然您是拥有一个独特"视角"的，当您决定按下快门前，会考虑些什么呢？

周云蓬　拍照按快门前其实也没想到什么，只是觉得有一个高科技的设备在手里，它可以记录下你无法看到的影像，这就很有趣。然后随时把它拍下来给别人看，这就是一个很好玩的事情、一个比较荒诞的事情、一个没有什么强烈目的性的事情。只是玩具而已。

◉周云蓬以他独特的"视角"所拍摄的照片

宋冬野：我只希望自己能高兴一点
Interview with Song Dongye：I Only Wish I Can Be Happy

****

采访 朱鸣 文 迟广赟 编 朱鸣 text: Chi Guangyun edit: Zhu Ming

地铁一号线、西直门、安河桥……这些北京的地标性名词，总是不经意地出现在宋冬野作品的某个角落，

他并不想刻意去避开这个贴在他作品上的"北京"标签。他出生于北京的安河桥，曾在那里度过整个童年。

后来搬家，他也还是时常跑回去找他的奶奶，在河边弹琴唱歌，吃奶奶做的饭。再后来，安河桥村拆迁了。

偶然一次行车路过，面对一片废墟，他写下了《安和桥》这首歌："让我再看你一遍 / 从南到北 / 像是被五

环路蒙住的双眼"，算是对自己年少时光的一份交待。

◉ 宋冬野（coucou 摄）

P R O F I L E

宋冬野，民谣歌手，北京人。2009年于豆瓣上推出《抓住那个胖子》等歌曲受到关注。2010年11月发行个人首张专辑《雪泥鸿爪》，隔年加入由马頔创办的"麻油叶"民间民谣组织。2012年签约摩登天空，并推出单曲《董小姐》。代表作品有《莉莉安》《斑马，斑马》等。

在他眼中的北京，或许就如狄更斯笔下"最好的时代，最坏的时代"一样，社会飞速发展，生活日新月异。而作为一个见证者，他所做的，仅是记录下日常的悲欢离合。曾有媒体评论，宋冬野的唱与作中，散发着"北京土著"的特色——时而是懒散的絮絮叨叨，时而又是伤感的娓娓道来。在这些歌曲中，也不乏有针砭时弊的主题。但宋冬野曾经表态："自己只是看到什么、经历什么，就写什么，真的来不及想所谓社会意义和批判精神。"说白了，这就是北京人骨子里那种"嬉笑怒骂"的劲儿。

宋冬野的作品，在一定程度上就是他的生活经历。他毕业于北京一所普通大学，毕业后从事了与专业相关的出版工作。他成为民谣歌手之前的这段经历，普通得

● 现场演出中的宋冬野
　（王骁明　摄）

不能再普通，平凡得不能再平凡。但宋冬野也坦承，真实地记录生活，才是民谣最能打动人心的地方。

　　关于他为什么会选择民谣创作这条道路，他不止一次说过，自己是个"爱哭"的男孩儿，很容易受好音乐感染。印象最深的那次，是2006年，他刚上大一。在中关村图书大厦一楼的音像店里，他买下了一张唱片。唱片的封面，是一个留着长头发的中年男人，弹着琴、闭着眼睛在唱歌。他就坐在中关村前的广场上，用便携式CD机开始听。但听完第一首歌《陀螺》，宋冬野就已泪流满面。"我当时觉得，这个人一定经历了很多特牛逼的事情，那种平淡又让你浑身起鸡皮疙瘩的感觉，特别棒。"这位引他走进独立音乐大门的歌手，就是万晓利。宋冬野毫不掩饰那位"闭着眼睛弹琴的中年男人"对于自己的意义。

　　2013年的一场选秀节目，参赛的歌手左立演唱了歌曲《董小姐》，使得这首歌一炮而红，同时也将这首歌的原唱宋冬野推进了大众的视野。宋冬野"火"了，他最先想到的是感谢左立，是左立让更多的人认识到民谣的魅力。他希望民谣音乐能"大火"，但对于自己能否大红大紫，并没有太多的感受，包括一切围绕在他身上的争议。他"只希望自己别老急眼，高兴一点"，而他唯一能肯定的是"自己做音乐的态度不会变，一直会真实，一直会源自生活"。

◉ "我知道，那些夏天，就像青春一
样回不来。"（王骁明 摄）

知中 您最初是在豆瓣上发表自己的歌曲，现在的许多民谣歌手，也纷纷开始选择网络作为推广自己音乐的平台。互联网的益处显而易见，但它是否也曾给您带来过困扰？

宋冬野 一开始是觉得挺可怕的。因为每天接收到的信息量太大，人很容易麻木。收到的评论也太多，其中哪些是诋毁、哪些是赞美都分不清。更何况，大家在网络上都处于"隐形"的状态，所以也不乏有挑战底线的事发生，挺招人生气的。幸亏最后没抑郁。

知中 互联网时代，有一部分人已经习惯于在网上听音乐。您认为这股风潮，会影响到线下的音乐演出吗？

宋冬野 我认为，是因为数字音乐"惨不忍睹"地冲击了实体唱片的销量，所以实体演出的机会才渐渐多了起来。个人认为，这股风潮势头良好，毕竟大家在线下，也想来点真的。何况咱们搞音乐的，要想挣到俩钱儿，目前除了多演几场，也没什么别的招儿了吧。

知中 在现场演出中，最使您着迷的是什么？

宋冬野 在现场演出中，能感受到有片刻深沉——不管是真的，还是装的。

知中 随着互联网的普及，民谣在近几年变得火热，优秀的作品得到了更多的曝光量。像是《董小姐》等歌曲，传唱度都非常高，似乎"民谣"和所谓的"流行音乐"之间的界线开始变得模糊。您是如何看待"民谣"与"流行"之间的关系呢？

宋冬野 我认为都是在创作，只是有的

● 生活中的宋冬野（coucou　摄）

人被归为"流行"，有的人被归为"民谣"。但对做音乐的人来说，这两者没什么区别，它们的初衷都一样。总觉得没必要分那么细，在分类和标签里搞内战多荒唐。

知中　您觉得目前火热的"中国民谣"，有朝一日可能会"退流行"吗？

宋冬野　也许吧。不过，我认识的这些所谓"民谣歌手"都没那么大的志向，也没想着自己能多火、多伟大。心想着，要是哪天没人听了也没辙，毕竟平淡生活本来也就是后半生该有的样儿吧。

知中　在您的作品中，似乎总能感觉到一股"京味儿"。作为一个土生土长的北京人，您对北京这座城市有着怎样的感觉？它又是如何影响您的创作的？

宋冬野　因为除了北京，也没在别的地方常住过。但是对故乡的感觉，我估计每个人都一样。只是我有幸，没离开过故乡，所以没有写一些游子思乡之类的歌。北京现在是一个很难好好生活的城市，它更像个大机器，烧煤油的。我虽然打心眼里热爱北京，但可能有一天也会下决心去个别的地方吧，真正体会一下"明月思故乡"，然后再回头写它。

知中　能否聊聊您寻找创作灵感的方式？您的作品中，像《鸽子》创作于成都，《斑马，斑马》则是在哈尔滨。旅行，是您寻找灵感的一种重要方式吗？

宋冬野　离开自己平时生活的地方之后，总会想到一些有意思的东西。可流浪的生活又受不了。有地方找灵感，还得有地方沉淀，所以我对该怎么生活、怎么找灵感，现在仍有疑惑。

『我只希望自己能高兴一点。』

知中　您曾说过，自己是一个容易被感动的人，有哪些音乐作品，曾经打动过您？

宋冬野　太多了，估计要数以千计了。要说最喜欢的，是万晓利的《陀螺》，以及他的新专辑。还有就是尧十三的《龙港秘密》。

知中　有人认为，近些年大部分的中国城市民谣，不再如早期的民谣作品一样，充满强烈的"社会责任感"，而变得更关注生活中的"小我"。您认同这种说法吗？

您又是如何理解"民谣"的？

宋冬野　现在的年轻人已经不是"战争的后裔"了，所以生活里的关注点肯定会不一样。摇滚精神，又只能学个愤怒的皮毛，显得哗众取宠。我个人不太喜欢写有"社会责任感"的歌，我希望自己别老急眼，高兴一点。

知中　最后，聊聊"麻油叶"的兄弟们吧，相处中有何趣事？近期有什么新计划吗？

宋冬野　趣事太多，挑不出来！最近大家也都在写歌，准备"麻油叶"的全国演出。马頔又搬回我住的小区了，据说十三明年也要回来了，挺好！

张佺：唱吧，那面朝黄土背朝天的祖先

Interview with Zhang Quan: Singing, the Ancestors in the Yellow River Basin

****

采访＋文 刘小荻　图 张佺　编 朱鸣　interview&text: Liu Xiaodi　photo: Zhang Quan　edit: Zhu Ming

1995年，两个二十多岁的年轻人，在杭州组建了一支以西北民间音乐为基调的乐队。乐队的名字叫作"野孩子"，他们是小索和张佺，来自西北。

乐队成立三个月后，小索和张佺回到了兰州，用了一个多月，沿着黄河徒步，一路上看见黄河两岸辛勤劳作的西北人民，想起他们面朝黄土背朝天的祖先。那次远途，沿着黄河，两人一直走到了内蒙古才停下来，歌声没断过。他们路过一个又一个村子，在西北老乡的院子里停下来，在黄河边听西北人民唱歌。小索后来说："我们在那儿学会了如何歌唱。"

◉ 1997年，张佺与小索。

● 2002年，野孩子乐队在"河"
酒吧门口的合影。(左起：贝
斯李政凯，张佺，鼓手陈志
鹏，张玮玮，小索)

"唱上一支黄河谣"，黄河靠近野孩子音乐的心脏，西北民歌的魅力一直在那里安静蛰伏。生活在黄河两岸的人们，血液里流淌着千百年来不变的基因。

野孩子的音乐里，有很多西北民歌的形式，比如信天游、花儿和秦腔。花儿旋律高亢，悠长激昂，信天游自由奔放。他们对这些流行在陕西、山西、甘肃、宁夏、青海、内蒙古中西部地区的民歌的偏爱显得毫不掩饰。张佺说："我最喜欢西北民歌的朴素和简单，听上去就像是人们在给自己唱歌，而不是表演。"小索说："西北民歌的影响已经在我的骨头里了，当我随口哼唱的时候，调子总是那儿的。"在黄河流淌过的西北土地上，有着秦始皇陵、法门寺、莫高窟这样不朽的文明，有着中国文化里一脉相承的精神。生活在这片土地上的人们，天性自由奔放。他们歌声嘹亮，西北风大，风吹着歌儿跑，黄土高原上极富生命力的歌声，就这样飘荡了千百年。

一年后，野孩子来到了北京。他们在酒吧演出，除了唱自己写的歌，也唱改编的民歌。新成员开始陆续加入，很快，他们成为了北京"地下音乐"的中坚力量。

如今的风琴手张玮玮，当年第一次去看野孩子排练，是在北京夏天最热的时候。那时的排练地点是个地下室。小索在这个闷热、狭小的空间的墙上，贴了张《音乐殖民地》附赠的科特·柯本(Kurt Cobain)像。涅槃乐队(Nirvana)给了他们启示：简单、有力、不做戏剧式的表演。在这个通风极差的排练场里，歌唱者们大汗淋漓地练着和声，严肃认真，近乎癫狂。"野孩子其实对我们来说就是宗教，"张玮玮说，"它本身有一种宗教的东西，里面的核心是很神圣的，是你不能亵渎的。就是那种野孩子的态度和精神，做事纯粹、扎实、乐观、积极。关

键是只有它，没有别的任何事情，不在乎有谁听，一心往标准上扎。"

2001年，小索和他的朋友们，在北京三里屯开了间名叫"河"的酒吧。"河"酒吧很快成为当时北京"地下音乐"的圣地。在这个20平方米的小空间里，很多乐手喝醉，很多诗人醒来。梁文道说，2001年到2003年的那两年，是北京"文艺复兴"的黄金时代。

但是，渐渐地，在"河"酒吧里发生的一切，开始显得有些过分狂热，狂热到让人怀疑是否真实。张佺后来回忆说："自己开始觉得那里有很多不真实的情绪，唱歌是关于生活的表达，在北京没有找到他想要的生活。"张佺去了一次云南，回到北京后就再也不想过那样的生活。他和小索聊过很多次，最后"河"酒吧被转让，野孩子乐队也宣布解散。

2004年底，小索不幸因胃癌去世，一切发生得太快。野孩子在他们的歌《消失》里说："一切都会永远消失，让我们消失在音乐里吧。"民谣的根在土地上，在土地上扎实生活的人身上，野孩子从来没有离开他们的土地。也许很久以后，还会有人记起给小索的那段悼词："野孩子的歌是大自然循环反复的节奏，小索的来和走，也是一样的平淡。他走了，有一天我们也都会走，但是歌声会再次响起，有生活的地方，也总会有河。"

这一年，张佺决定定居云南。他独自弹琴练歌，练起了冬不拉，这种流行于哈萨克族的民间弹拨乐器，简洁实用。张佺说他要的东西都在，那是很适合他的乐器。2006年，张佺唱着"有人坐在河边总是说，回来吧，回来。可是北风抽打在身体和心上，远行吧，远行"，走过了四川、云南、甘肃、青海、西藏，完成了一个人的远行系列巡演。

2010年，野孩子乐队在云南重组。这里的环境，离自然和土地更近，更适合生活和歌唱。相较之下，北京这座城市太大，它杂糅了太多的事物，也掩盖了一些简单和纯粹。张佺说："北京的生活给了很多我们想要的，也给了我们不想要的。"如今的野孩子乐队，由张佺、张玮玮、郭龙、马雪松、武锐五人组成。他们定居大理，四处游唱。野孩子的故事也还在继续。

● 目前的野孩子乐队，由张佺、张玮玮、郭龙、马雪松、武锐组成五人固定阵容。

● 张佺早期照片。

"西北音乐的基因"
....

知中 当年您创作了《黄河谣》,这首歌的灵感是从哪来的呢?

张佺 我们在外面生活了很多年,想回家了,是这样一个情感。黄河、兰州是一个符号,歌的来源就是一个思乡之情。

知中 1995年,你们曾沿着黄河进行了一次徒步。当时为什么决定在成立野孩子乐队后,回兰州沿黄河徒步?

张佺 这和我们当时的生活状态有关。野孩子成立之前,我们在夜总会歌舞厅做伴奏乐手。乐手做了两三年,开始对这个职业产生了怀疑。因为喜欢音乐我们才去学习音乐和弹琴,但当时的工作方式让我们对那样的生活状态感到不满意。我们想做自己喜欢的音乐,想通过音乐表达自己内心的感受,所以才决定回兰州。在做乐手时,听了不少国外的摇滚乐和流行音乐,后来始终觉得,最终能和我们情感建立联系的音乐符号,依然还是小时候听到的民歌。

知中 是像坊间传言的走了一年多这么久吗?

张佺 其实就走了一个多月吧,四十多天,以徒步为主,搭车比较少。那一路遇到的车不多,有时有拖拉机,但也只能带你几公里。

知中 那次旅程主要是为了去采风、搜集民间音乐吗?

张佺 也不算是采风,而是一种体验吧。我们小时候,对陕北民歌和他们的生活有一些了解。他们的生活很平凡,但和民歌的情感却非常深厚。这两个东西之间的冲突特别大,于是就想去了解为什么会这样,唱民歌的这些人是怎么样生活,怎么样劳作的。

知中 了解到了什么?和想象中差别大吗?

张佺 有一些没想到吧,有一些是想到的。以前都是通过其他途径了解到的,但当自己亲眼见到还是不一样。从电视或是收音机里听到的陕北民歌,可能经过了加工,看到的也都是电视里表演的情景。但当我们到了村庄里,到了他们的院子里,看到他们在黄河边唱歌,就是另外一回事,实在太不一样了。

西北人表达的情感和土地的关系特别深厚和紧密。他们平时的劳作方式就是种地、播种、浇灌、收割。在任何时候他们都唱歌,无论是高兴的时候、痛苦的时候、疲倦的时候,或者是轻松的时候,他们都在唱歌。

知中 为什么唱歌在他们生活中这么重要?

张佺 也许是他们其他的娱乐方式太单一了。人总是需要一些渠道来释放自己的情绪和精神,可能唱民歌,对他们来说是比较好的渠道吧。

"河酒吧"
....

知中 您曾经说过,"河"酒吧的那段生活,实际上是段"矛盾混乱"的生活,但也有很多人很怀念那段时光。能请您回忆一下那段生活吗?2001年到2002年,那群聚在"河"酒吧的人,听的音乐、过的生活是什么样的?

张佺 "河"酒吧其实就是一个天时、地利、人和的产物。刚开始做这个酒吧时,没有去考虑以后会发生什么,也没有那

么多的目的。就是想有一个地方,可能会有一些收入,也能让我们在里面演出。因为当时独立音乐可以演出的场地太少了。开了酒吧以后,我们就把认识的一些朋友,像万晓利、小河,还有在北京的很多地下乐队请来,让他们来演出。

后来"河"酒吧逐渐成了一个聚会的地方。它是一个巧合吧,不是一个特意的安排。慢慢地有很多我们的朋友经常来演出,听众也逐渐知道了这个地方。那时候有从全国其他城市来的年轻人,他们到了北京,也会特意来看一下。

知中 是什么原因最后还是解散了酒吧?

张佺 对于来这的年轻人,如果我是他们,也会需要这样一个地方,在我想去的时候可以去玩。但是作为经营这个地方

的人来说，我们要做音乐，同时又要经营好这样一个场地，因此整个生活就被改变了。后来酒吧变成了一个非常重要的事，这和我们的初衷不一样了，我们不再能安安静静地去做音乐。

实际上，它也有很多乌托邦的成分，或者说是一些虚幻的元素。所以到了最后，就决定不做了，经营酒吧影响了我们作为一个音乐人的正常生活。也可能是因为当时缺少经验，这个事应该让其他人来做，我们只是去唱歌，去弹琴，但当时找不到这样的人。

在"河"酒吧的后期，我老想着不干了，想换个生活，但确实是没有真的想好，就一直在酝酿，一直有这个情绪。直到去了一趟云南，就突然感觉那个小窗口被打开了。"啊，我可以去云南啊！"于是有了这样的想法。后来这个想法越来越强烈，结果就去实施它了。

"云南"

知中 云南是什么那么吸引您？让您突然找到那个突破口。

张佺 北京这个城市太大了，我们是从西北出来的人，还是喜欢高原上的天高地阔，人也没那么多，生活状态也没那么焦虑。北京的生活给了很多我们想要的，也给了我们不想要的。所以最终还是选择去一个适合生活的地方，云南确实是这样一个地方。

知中 您选择定居云南也有些年头了，最后，能谈谈目前自己的生活状态吗？

张佺 早上起来，会做一个小时的锻炼，然后八九点钟回来吃早饭。上午不一定，有时会去买菜，可能会弹一会儿琴。中午吃完饭，休息一下。乐队成员在大理的时候，下午都会去排练。有演出，就会赶飞机或是赶火车。演出就是路途，到了地方就演出，结束了再回家。回家又是坐飞机、坐汽车。云南是非常适合生活的地方，但是交通不是很方便。

● 野孩子乐队 logo。

"音乐与舞台"

知中 您说过自己"从来没习惯过舞台，那不是最好的唱歌方式"，那么对您来说，最好的唱歌方式是怎样的呢？

张佺 我觉得最好的唱歌方式是在家里，或者是和朋友在一个房间里，也可以是一个露天的地方，比如院子里，那样唱歌对我来说是最好的歌唱方式。舞台会附加一些别的东西，我们在家里或者在院子里唱歌就会是一个很自然的状态。

知中 2001年，在一次现场演唱《咒语》时，您说过一段独白，"我看见他们来了，我看见他们走了"。8年后的2009年，在歌曲《我的南方》里，您说了同一句"我看见他们来了，我看见他们走了"，为什么是这句话呢？

张佺 我所能看见的场景，还是在，一直都在。"他们"就是你们和我们，就是所有的人，也包括我自己。一个时代，来了，走了。比如我在云南，就能感觉到，很多游客，来了，走了，或者是朋友，也有来了，走了。这不是一个很具象的东西，而是一个意象。

知中 听您的很多歌，演唱前常常会有独白，对于这种表达方式，您是怎样理解的？

张佺 这不是一种方式，有的演出突然会有，而另外一些演出，也许你一句话也没

● 2010年，郭龙、张佺、张玮玮
在云南重组野孩子乐队。

说。但有时，突然就想说出来，这不属于计划中的事情，是突然发生的。也可能是因为有了观众，就有了反馈。观众实际上什么都没说，但会给你一个能量，形成一个场，一个有力量的东西，然后忽然，你就觉得有什么东西附体了。那个话你平时不可能那样说，演出完听录音，就觉得刚才怎么了？喝酒了吗？但是没喝酒啊！可能发生这样的事，这都是不能预料的。可能这就是舞台，舞台会让有些东西附体。

知中 如今互联网的便利，让每个人都有展示自己的舞台。相较您那一代民谣音乐人，"怀才不遇"的事越来越少，如今年轻一辈的发展可谓顺风顺水，各界对于"民谣"的热情也很高涨，您对此有什么体会？

张佺 这是正常的，一个年代的审美，它需要这样一个文化。可能名字叫"民谣"，但是发生变化了。比如我们要过"马路"，但实际上路上并没有马，我们依然沿用"马路"这个名词，但没有必要再把马牵到马路上来。

知中 那些对民谣好奇的年轻人，您希望向他们传达什么吗？

张佺 我可能没有这个愿望，每个人在他的生活里都会找到他需要的东西。这是一个自然的过程，我不想突出什么。因为在我们年轻时去听音乐，也没有人给我们灌输什么。我要去寻找他，追求他。在这个过程中，我可能找到了他，但是有可能找到别的东西，他都是一个自然而然发生的过程。为什么会有一些年轻的歌手被那么多人推崇，我觉得那是因为这个年代有这样的审美需求，所以才有这样的现象。每个年代是不一样的。

知中 您也不会刻意褒贬，只要是自然发生的就都接受，您提了好多次"自然"。

张佺 比如天气越来越暖和了，有些地方的植物就不生长了，这就是自然。比如一个地区气候发生变化，有些物种就不生长了，就会有一些新的物种。

知中 这种观念在音乐里呢？

张佺 音乐里也是一样的，比如我们那个年代会产生那个年代的音乐，或者那样唱歌的人；而现在这个年代也会产生像现在这个年代唱歌的人，会有他们想表达的想法。每个时代的人的审美是不同的。但是我还是比较固执的，我还是信

任我们那个年代的审美，我们对音乐的认识，我们所理解的一首歌。我觉得好听，觉得喜欢的歌和现在年轻人喜欢听的歌审美就不同。

知中 您对音乐的审美，什么是好歌，可以用语言表达出来吗？

张佺 这个没法表达，每个人不同。我认为好的，就是一首歌50年后还有人唱，它可以跨越年代。比如说一首歌在不同年代都能引起人共鸣，肯定是比在某一个很短暂的时代引起人共鸣的歌审美更高级些。

知中 因为我们现在没法看到20年后，只能往前看，有什么已经留下来的歌是这样的？

张佺 还是民歌，就是民间流传的歌曲。一首歌听了很多年，但当再听到，依然还是有感触的那种歌。比如西北的、新疆的、云南的和南方的民歌，它会有好几代人唱。

知中 张玮玮说："真正的中国民谣，词的作用非常大，这和大部分国家不同。"您的作品，歌词都能令人细细回味，这里面有您真正的思考。能否谈谈，您对于"词"和"曲"二者关系的理解？

张佺 我们唱歌的方式，是先开始弹琴，一起弹。在弹的过程中，就自然而然地唱出来，唱着唱着，也没有歌词，乌拉乌拉先唱。可能忽然就蹦出一个歌词，一句想唱的话到歌里面。歌词的到来是无法预料的，好像有人早就写好了歌词。就像有很多信息在空中飞，你有一个接收的东西，你的频段正好是对得上，才能接收到。写歌、唱歌的人，必须在这样一个状态里，那些歌词可能早就被别人写好了，然后它来到你的歌里面。如果你没有这样一个状态，它不会来到你的歌里。

知中 在您看来，中国民谣和西方民谣最大的不同是什么呢？

张佺 现代西方民谣的发展更早一些，人文因素也更多一些。他里面也包括了20世纪60、70年代英国、美国社会的反抗运动这些因素，但中国民谣现在还不能说是有"源头"的。我们说的民谣这个词非常宽泛，但我理解的民谣，其实就是民歌。西北的民歌和爱尔兰民歌，有很多相通的地方，吟唱的方式和歌词表达的内容，也有很多相像的地方。我们也翻唱过很多国外的民谣，它们表达的都是人类对自身的认识，和自然的关系，都是这样的情感表达。

知中 您曾经说过自己的音乐"有变化，但仍然是那个源头"，那个"源头"是什么呢？

张佺 我们的歌来自于民间音乐这个系统，她和人的情感，和土地都有种特殊的联系。河流是土地的一部分，河流在土地上流淌。

知中 您说羡慕那些拥有良好"音乐河流"的民族；那么在您眼中，中国民谣的"音乐河流"是什么样的呢？

张佺 我觉得中国民谣还没有成为一条河流。有些地方的民间音乐有河流，但是我们这代人还称不上音乐河流。中国历史上是有的，但现在还需要更多人努力才行。像爱尔兰、非洲、西非、北非这些地区的民歌，可能都传唱了好几百年，也经过了好几辈人，但中国传唱几百年的歌还是很少。

比如《诗经》，只是以文字形式流传，并没有以歌的形式流传到现在。我们现在能听到所谓的中国民谣，我不确定在十年或者二十年以后还能不能被传唱。我也想过有哪些歌在20年后还会有人唱，但没有答案。我去过很多像西北、云南这样的一些地方，有些地方的河流正在干枯，河床也面目全非。一个没有河床的地方，怎么会有河呢？在彝族或是云南纳西族，当地可能只有六七十岁的老人才会唱那些歌。等这些人不在了，就不会有人再唱这些歌了，年轻人不会再唱了。

知中 年轻人已经脱离那片土地了，不会有环境再让他们自然而然地唱那些歌了。

张佺 他们没有了那样的生活方式，那些歌也就和他们没有了联系。这也就是为什么我要从杭州回甘肃去找内在精神的联系。如果没有了联系，我只会觉得这是一首好听的歌，但听完就过去了；如果一首歌跟我的精神是有联系的，我可能一辈子都会记得这首歌。哪怕我唱给我的后代，我依然会把那种联系唱出来，这样才会有真正精神上的联系。而不是一首歌好听，我去唱一下，唱完就没有了。

知中 您对中国民谣的未来是悲观的吗？

张佺 在全世界范围，大家都会逐渐脱离这样一种生活、生产的方式，很多音乐的题材都是在田间地头的场景里产生的。当你已经对那样一个场景没有了认识，如果你光是靠想象，最终它会和你失去联系。我们现在听到一些年轻歌手所表达的，已经跟这个没有关系了。

" 信 仰 "
··········

知中 有人说野孩子就是一种宗教,您的宗教和信仰是什么呢?

张佺 我个人没有具体的宗教信仰,但每个人对于生活,在内心都有自己的准则。他不是具体的宗教教义,而是包含在我日常生活中的每一个细节里,是在任何时候,任何地点,无论我是在菜市场,在车上,或者当我一个人散步时,当我跟很多朋友一块聊天时,在我上方,都有这样一个东西在那里。他像一根线一样牵着我,可能这个形容不太准确,比如一件事,在我做选择的时候,有那个线牵着,就会提醒我有些事情不该去做,或者一些事我必须要这样做。我的信仰不像宗教,而是比较朴素的,是对自己有个约束。如果一定要说出我的信仰,我想说,那就是自然,日月星辰,山川河流,鸟兽鱼虫,花草树木。我所能接收到的每一个神谕,无不来自这些。

莫西子诗：我迫不及待要与你说的，我的故乡

Interview with Mosizzyshy:
I Can't Wait to Say, My Hometown
＊＊＊＊＊＊＊＊＊＊＊＊＊＊＊＊＊＊＊

采访 朱鸣　图 迟广赟　图 莫西子诗　　interview: Zhu Ming　text: Chi Guangyun　photo: Mosizzyshy

从90年代初的山鹰组合、彝人制造，到近年来因选秀节目而为人熟知的吉克隽逸、王凯琪，他们虽然有的是民歌组合、有的是流行歌手，但却拥有一个共通点——来自四川的大凉山下。这些彝族歌手，将一份独特的少数民族风情，带进了大众视野。而莫西子诗，也是他们当中的一员。

要死就一定要死在你手裏

詞：俞心樵

不是你親手點燃的
那就不能叫做火焰
不是你親手摸過的
那就不能叫做寶石
你呀你　終于出現了
我們祇是打了個照面
這顆心就稀巴爛
整個世界就整個崩潰
不是你親手所殺的
活下去就毫無意義

你呀你　終于出現了
我們祇是打了個照面
這顆心就稀巴爛
整個世界就整個崩潰
今生今世要死
就一定要死在你手裏
就一定要死在你手裏
就一定要死在你手裏

2014年，他在选秀节目中以一首《要死就一定要死在你手里》获得好评。隐忍、浓烈而深情的音乐，由平静至爆发的唱腔，配上诗人俞心樵的诗句，"我们只是打了个照面 / 这颗心就稀巴烂"，用一种特别的情绪，表达了"爱到疯狂"的极致。

这不是莫西子诗第一次参加选秀，他在三年以前，就以一首彝语歌曲《妈妈的歌谣》打动过观众："黄昏的时候 / 我望向故乡 / 妈妈 / 已经做好 / 今夜最美的晚餐 / 等着我……妈妈 / 我愿是你脚下的每一寸土 / 让你轻轻 / 踩在我背上。"不同于《要死就一定要死在你手里》，这首民谣轻缓而温柔，用朴实的词句，倾诉对母亲的念想。

当时，他已离开故乡，成了"北漂"一族，有一个来自日本的女友，也有一支名为"两块铜皮"的乐队。他

程昌 摄

P R O F I L E

莫西子诗，汉名莫春林，彝族民谣歌手，1979年生于四川省凉山州。2008年，创作了第一首彝语歌曲《路》（又名《不要怕》）。2014年，参加《中国好歌曲》演唱歌曲《要死就一定要死在你手里》获导师好评，迅速走红。同年9月，发行首张个人彝语专辑《原野》。代表作有《我想和你虚度时光》《妈妈的歌谣》等。

子睥 摄

● 在自然中寻找声音与灵感。
（杨熹南 摄）

月亮與海

月亮落下來
靜靜地
照在海面
風兒又吹起
那年的故事
這裏
走過多少人
你卻不在

投胎記

這條河下
風卷着風
暴雨裏瘋癲的動物
狂奔着
要投個好胎
路漫漫哦
慢一些
聽大地的呼聲
輕盈地
舞蹈

们坚持用彝语创作民谣，希望自己的音乐能如口弦琴声一样，纯净自然。于是，在《要死就一定要死在你手里》爆红之后，莫西子诗似乎要抛开那些流行化的光鲜符号，重新回望故乡和自己的母语。

四川大凉山，是能歌善舞的彝族人的聚落，也是莫西子诗的故乡。凉山彝族的民谣风格古朴，因地区的不同，也存有差异。像是南部的民谣高亢、激越，中西部的则轻柔、优美。民间的原生态乐器种类繁多，莫西曾组过的乐队"两块铜皮"的名字由来，就是指制成彝族口弦琴的铜片。其余的，如克西竹尔（类似蒙古的苏尔笛）、笙、马布等都曾被莫西用于编曲之中。

莫西子诗曾说："彝族人没有什么音乐的概念，那就是我们生活的一个部分。"他从未系统地学过音乐，但从小就跟着兄弟姐妹们在山林间玩耍，总能在不同的场合，听到各种歌声。"彝族人世代生活在山里，接触最多的就是大自然，有时在山里就会情不自禁地想呐喊，就随意地唱起来。"他称自己的创作走的是"野路子"，平日里读着喜爱的诗歌，读着读着就哼成了曲，随手便用手机录下来当作素材。

在北京闯荡的那段日子，他常去野孩子乐队的乐手马雪松在鼓楼开的杂货铺，跟一群音乐人待着。有一次，大家围坐轮流弹琴唱歌。轮到莫西子诗，他接过吉他，即兴弹唱一曲彝语歌谣，却意外地让在座的人都感到如此动听。这首即兴歌谣，就是后来被"山鹰组合"成员瓦其依收入自己专辑中的《不要怕》。同时，这也是莫西子诗创作的第一首彝语民谣。

"如果不离开家乡，我完全不可能写出今天的这些音乐。"莫西子诗说。他的音乐来自对故土的风土人情的怀念。大凉山诗意清净，与北京的热闹繁华截然不同，但或许正因这样的不同，他才总是试图捕捉它们。正如莫西在豆瓣音乐人小站上留下的这句话："山谷、微风、树林、炊烟、旷野、云、蘑菇、溪流、稻草、羊群、小草、飞鸟、野果、蛙鸣、月光、灯火、老人、星星、知了，这就是我迫不及待要与你说的，我的故乡。"

媽媽的歌謠

黃昏的時候
我望向故鄉
媽媽
已經做好
今夜最美的晚餐
等着我
鳥兒啊 天黑了
可別忘了歸巢
流水哦你一路匆匆
要去哪裏
爲何帶着這麼多的憂傷
媽媽
我願是你腳下的每一寸土
讓你輕輕
踩在我背上
讓你輕輕
踩在我背上

●现场演出中的莫西子诗。
（muto 摄）

●莫西子诗的专辑《原野》封面。

知中 90年代"摇滚"与"校园民谣"的热潮席卷全国，当时您应该还在大凉山上学，对这些音乐还有什么印象吗？您的音乐启蒙又是在什么时候呢？

莫西子诗 90年代，虽然没有现在的"百花齐放""鱼龙混杂"，但却是一个非常纯粹的时期，感觉那个时候的音乐人都很用心。那时候听的约翰·丹佛、披头士、鲍勃·迪伦，还有唐朝、黑豹、盘古、轮回、天堂、地下婴儿、崔健、何勇、张楚、郑钧等等，都是非常鲜明和有个性的。比如当时唐朝的《太阳》，何勇的《钟鼓楼》都是酒吧歌手必唱的经典曲目。而清新干净的校园民谣也让校园生活丰富了起来，比如模仿《情书》《青春》《同桌的你》等等，都是如数家珍。这些都对我之后听的东西有了基础和方向，而不是没有选择。

知中 您曾说，彝族人比人们固有印象中的要害羞，并不会轻易地、被动地去唱歌；当有喜事，喝点酒，才会与亲友们对歌，似乎"音乐"对于彝族人来说，更像是一种能够抒发情感的交流方式，而非"表演"？

莫西子诗 哈哈，好像外界有很多想象，觉得少数民族都是能歌善舞的。好像彝族还好，世代生活在大山里，生性比较腼腆，基本只在一些重要的节日，会有以唱歌或克哲（谚语）来表达心情的传统。其实对谁来讲，音乐都是自然而然的，并不是表演，所以我觉得唱歌好不好听不是第一位，而是它对你是否是真性情的流露。如果把它当作表演，那么初衷就错了，就会很尴尬。用歌唱表达情感，快乐或忧愁，甚至回忆苦难，而不是讨好，这应该是歌唱的本质了。

知中 每个民族都有属于自己的"民谣"，这些古老的旋律长久流传，承载着祖先们的记忆。但是，如今年轻人似乎更愿意去听现代音乐，觉得传统音乐"很土"，您对此有何体会？

莫西子诗 首先，我们现在听到的所谓传统音乐、民谣，是不是真的传统？我理解的传统是真实来自民间，有历史记录流传的，甚至口耳相传的东西。这些东西本身就是"土"的。我指的"土"，是贴近民间生活和土地的，关乎个体、关乎民族、关乎社会，而不是不痛不痒的。我觉得它不仅不"土"，还挺摇滚。传统民谣是永恒的，比如蒙古的长调，它在任何时候，任何地方都可以雅俗共赏，而当下一些所谓的民谣，可以放在村头，大街巷尾，但却上不了台面，所以音乐是要进步的。

157

杨熹南摄

冬天終會遠去

要到什麼時候
我才能看透雲霧的夢
太陽已下山
但螞蟻還收著土地
我聽見風兒自由呼嘯
它的一生都在空空燃燒
我的山崗
開放在春天的懷裏
魚兒望著水面
但渴望多麼美麗
土地依舊放聲歌唱
我知道冬天終會遠去

年轻人喜欢现代音乐,喜欢新鲜的事物,想要探索和追求新的东西,那非常好,而以传统民谣音乐为根基延续的现代音乐,也正是一个很良性的发展。比如马里的TINARIWEN,图瓦的HUUN-HUUR-TU,中国的野孩子等,都很好地把传统和现代结合在了一起。

知中 在您看来,"传统民谣"与如今的"新民谣"有何不同?二者之间的联系又在什么地方呢?

莫西子诗 传统民谣滋养着新民谣。无论是传统民谣还是新民谣,都是用"民",是与人的概念相符的。过去的传统民谣大概是很乡野的,比较底层的歌,后来到八九十年代出现了校园民谣,把民谣放到了大学。再到"新民谣",因为民谣音乐人的探索创新和追求,我觉得民谣是在不断发展的。

知中 您曾经尝试过很多工作,是什么关键因素,促使您下定决心,成为一个全职音乐人的?

莫西子诗 没有什么特别,热爱和命运。你在做一件你热爱的事情时,不需要特别下定决心,去做就好了。

知中 四川大凉山是您的"家",上海、北京等大城市则是您奋斗的地方。在"乡野"与"城市"间切换,会如何影响您的创作?

莫西子诗 我很喜欢乡村自然简单,但也很喜欢城市。这两者对我来说是互相补足的部分。我住在城市的时候,乡野这个词,就像站在原野上呼呼的风,有时似乎会潜入我的梦境,会让我在纷乱的城市里找到自己。实在是想念,我会回去。而城市里更多是与人的相处,人构成的这个巨大社会,有各种各样的思想、知识、文学、音乐、诗歌、艺术、电影等等,应有尽有。我能不断学到新的东西,有新的感受,就有新的创作感受。

知中 之前的《原野》,是一张纯彝语专辑,据说您目前正在创作一张汉语专辑?使用这两种不同的语言创作,感觉上有什么差异吗?

莫西子诗 是的,一张以汉语为主的唱片。有差异是一定的,我也一直在尝试和创新。我希望这个差异是两种特质,都是优美的特质,没有高低,这是两个

丢鷄

鷄丢了
客人來了怎麼辦喲
姑娘來了怎麼辦喲
鷄丢了
老鷹還在天空
黄鼠狼還在深山

不一样阶段的想象力和情感的表达。

知中　您的作品，尤其是彝语作品，质朴、真诚、即兴而无过多修饰，听起来一气呵成。但是，如果切换成汉语创作，会对音乐的"自然"气质产生影响吗？

莫西子诗　其实对我来说都是一样的两种语言，都是为了表达情绪的方式。彝语是我的母语，而汉语是我的日常用语啊，两个不一样的语言系统，有不一样的音乐承载方式。另外自然的气质不是刻意做出来的，就像你不会说那棵树长得不自然。

知中　您现在的身份是独立音乐人，理应也要操心很多创作以外的事，但似乎您还是保持了一贯"顺其自然"的作风，并不去刻意做一些事？

莫西子诗　对，很多规划需要自己亲自去做，是个不小的挑战。顺其自然是想说让自己不那么急迫，没有什么宏大的目标是需要迫切达到的，但是音乐本身就是使命，这是从未放弃的。不刻意，只是不想违背自己的内心，还是想让自己的生活自然一点，不代表不努力。

知中　作为互联网时代的音乐人，您对新媒体、新的音乐传播渠道有何感受？

莫西子诗　新媒体和新的音乐渠道、互联网，确实拓宽了音乐的传播途径和方式，比较有趣，传播速度和广度都与以前完全不一样，这是颠覆性的。你可以看到很多音乐人发新专辑，是一首一首逐渐在各个音乐平台上推送，最后再推出完整的唱片。和以前不一样，这是一个扩大宣传的过程，否则就是你的唱片出来了，需要开一个发布会什么的，才能让大家知道，而且接收群体还有限。只是说在这个年代，版权的保护意识需要更加加强了。

知中　觉得自己目前处在什么状态？每天都在做什么？

莫西子诗　状态还好，就是规律地生活，在各地音乐节演出，到处走走，规划下半年的计划，以及筹备新的唱片，希望年底新专辑能够顺利与大家见面。

知中　最后，推荐一些您最近比较喜欢的书或电影吧！

莫西子诗　最近有读到王尔德的《夜莺与玫瑰》，非常动人。

尧十三：寻找远方背后的远方
Interview with Yao Shisan: Looking for the Distance Behind the Distance

* * * * * * * * * * * * * * * * * * * *

采访 **朱鸣**　文 **丁斯瑜**　图 **尧十三**　interview: Zhu Ming　text: Ding Siyu　photo: Yao Shisan

许多人知道尧十三，是在娄烨的电影《推拿》中。影片结尾，盲人小马的视力恢复了一些，他路过自己心爱的姑娘，看到她在洗头发。小马专注地看着她，这时候尧十三的《他妈的》作为背景音乐响了起来。

"我深爱的那个姑娘／她一点一点吃掉我的眼睛／我的世界／只剩下红色／妈妈／我爱上了一个姑娘／我把青春／都留在她的身体里／可是我／已经忘记了她的名字"

《他妈的》是尧十三上大学时写的歌，他善于描写一种隐秘的、暗中流动的感情。对于这个世界，尧十三似乎有自己不同于人的理解。在镜头前，尧十三展现出来的形象像一个奇怪的书生：长发绑起来梳在脑后，鼻梁上架一

副黑框眼镜，眼镜总是往下滑，他透过眼镜上方看人。

尧十三大学时主修的是临床专业，一个和音乐隔得很远的专业。大学期间，他便开始创作民谣，但学业上就不是很顺利了。毕业的时候，他比正常晚了半年多才拿到毕业证。考研对他来说行不通，找工作似乎也变成了一条死路。尧十三形容说，大学毕业的那段时期是很惨的一段时间，这段时期被他明确形容成苦闷、绝望、没有未来。

高绮 & 悟能摄

◉现场演出中的尧十三。

"那时候搞音乐也搞不下去,感觉没出路,然后就越过越窄,整个人生都越来越不好。当时就觉得心态不好,也没法去换别的工作,去做别的工作肯定也是做不好的。"于是,他写了一首歌给爸爸,叫《他爸的》。尧十三拿一种朴实的腔调唱:"爸爸 / 对不起 / 我没有考上研究生 / 因为我 / 已经变成一个孤独狼狈的废柴……我想我 / 会学着改变 / 努力地 / 给你撑起 / 以后的天空。"尧十三贵在他的"真实",使人隔空感受到同他一样真实的痛苦。

后来,阴差阳错地,尧十三来到了北京,变成了茫茫"北漂"人海中的一员。他在歌词中写道,"我在黑夜里 / 听见你的歌唱 / 是我没有听过的歌 / 我会用一千个夜晚 / 陪伴着湖北的江","你和我一样 / 都是说谎的人 / 拥抱城市的灰尘 / 请你轻轻地 / 摘下我的面具 / 亲吻这短暂时

光"。他从南方来到北方,北京对他来说陌生又新鲜。他和众人一样,演出结束,背着吉他,同无数个下班的人一起挤地铁。他说:"刚开始那段时间,大家都特别穷,"说到这里他顿了顿,又说,"但是都一直熬过来了。"

就这样辗转了三年,事业逐渐有起色,但尧十三还是回到了自己的家乡——贵州。就像是一种命运无形的指引,他觉得自己该回来了,家乡和他之间有一根看不见的绳子,将他悄悄地拴住了。

回到贵州后,尧十三创作了几首歌,用贵州织金方言唱。他把柳永的一首《雨霖铃》改成了贵州话的《瞎子》,音调凄切。从前有柳永伤离别,感叹"今宵酒醒何处?杨柳岸,晓风残月",现在尧十三唱"拉们讲是那家嘞 / 离别是最难在嘞 / 更其表讲现在是秋天嘞 / 我一哈酒醒来我

刘
轩
岐
摄

◉ "为什么等待结束仍是等待，
为什么远方后面还是远方，
从此以后天涯海角，无处是
家乡。"

在哪点／杨柳嘞岸边风吹一个小月亮嘞"。在那之后，他像是意犹未尽地，又写了一首《雨霖铃》，唱了柳永的原词。歌曲里掺杂着一段《楞严经》、一段《心经》、一段《往生咒》，由他的贝斯手念诵。

尧十三的歌里总有一片巨大的空间，供大家想象，他能够把气氛拉至最高点，再用一秒降下来。在另一首《寡妇王二嬢》里，尧十三生动刻画了一个"乡村爱情故事"。前半段，他用一种极其直白近乎失控的方法唱"二嬢二嬢，你当我家婆娘，们俩老乡摆老乡专门两眼泪汪汪"，方言在这时像是一种催化剂，使得歌里散发着酸、辣、土腥味儿。唱到中途，节奏忽然舒缓下来，尧十三弹着吉他，开始低声唤，"二嬢，二嬢，特别特别软的二嬢"。歌的结尾，他唱："为什么等待结束仍是等待，为什么远方后面还是

远方，从此以后天涯海角，无处是家乡。"

尧十三想要通过音乐传达的，或许早已经超出了音乐本身。他的歌中涵盖着关于人生的庞大命题，关于我们都会面对的离别和痛苦、绝望和迷惑。他自己也没有答案，他与我们同样困惑，同样有破碎的希望。尧十三唱他真实的迷茫，唱"无处是家乡"，在这个漫长的找寻自我的过程里，他似乎逐渐地同自己和解了。他将这些情绪唱进歌中，音乐像是他的一条出路。

他在《龙港秘密》中唱："漂荡的漂／遥远的遥／无家可归／也无处可逃……看着他们／来了又来／走了又走／有谁记得。"这首歌长达十五分钟，掺杂着海浪、海鸥、暴雨、狂风、轮船、火车……如同广阔空间中的一艘船，起起伏伏，永不停止。

162

◉ 尧十三选择离开北京，回到
家乡贵州。

知中　2012年，您来到北京打拼，辗转了几年，最终还是选择回到贵州老家。您是如何考虑的？离开北京这座大城市，您会觉得更快乐、更自由吗？

尧十三　去年因为机缘在夜郎谷的录音棚录制《雨霖铃》，专辑做完后，和师父、师弟浩爷在夜郎谷排练，然后一伙儿人就出发巡演了。所以在贵阳比较多，但是生活仍然很动荡，人在到处跑，心思也在到处跑。可能前半辈子就是这个命了，暂时在哪个城市都谈不起安定！在贵阳挺开心的，和在北京是不同的生活状态。贵阳也不是我长大的城市，所以也是有些陌生的地方。混几年就换一种日子，我觉得挺好！

知中　对于您的音乐事业，这个选择，会产生正面或者负面的影响吗？

尧十三　我没有考虑过这个问题，去年到时候了，就走了。没有想那么多。

知中　您生在贵州织金，从小到大，对"黔西南文化"有何直观感受？

尧十三　家乡确实有很多民族的、民间的、好玩儿的东西，可惜我小时候在县城规规矩矩上学，没能有机会了解太多。

知中　有哪些令您印象深刻的西南传统民歌？可否简单介绍一下？

尧十三　乡场在赶集的时候会有卖山歌碟片磁带的摊子，作品风格参考最近火到油管（YOUTUBE）的云南山歌，可能没有那么狠。我有一次在县城路过一间破旧的茶馆，里面的老头放磁带。设备简陋，但是歌者声音特别好听，特别沧桑和老。一开始没好意思进去问，打听了才知道，茶馆属于县城上一辈老人的娱乐场所。

崔恩京 & 贰佰 摄

知中　您的作品中,《瞎子》《寡妇王二嬢》都饱含着地域特色。最初是如何想到将贵州方言融入作品的?家乡的风土人情,以及传统民歌又是如何影响着您的创作?

尧十三　那两首歌其实只是用了方言而已,本来就有唱着方言的前辈,我只是跟他们学习,没有特别刻意的考虑。家乡对我像是一个想回去又怎么都回不去的地方,内心最温柔的不能达到的期待。我的肉体也没有安定,一个人像被切成两块。

知中　您曾经创作过《北方女王》和《南方的女王》,"南方"和"北方",对您来说有什么特殊的意义吗?

尧十三　南方是家乡的象征,北方是外面的世界。两首歌只有北方女王是认真的,毕业的时候写的歌,从这首歌开始了在北京的日子。

知中　您的作品中,"悲伤""失落"主题占大多数,歌曲传达出来的情绪与氛围,令人觉得很"惨"。您本人更倾向于创作这类的题材吗?

尧十三　其实私下里我是比较乐呵的人,没有唱歌时的低落,可能是因为低落的情绪更适合做出口和宣泄。

知中　《龙港秘密》这首歌,时长超过十五分钟,信息量很大,可以看出您在上面花了很多心思。能否分享一下关于这首歌的故事,以及歌名的来历?

尧十三　歌名的来历肯定和名字一样,是一个发生在龙港大酒店的秘密。这首歌是一个尝试,把情绪渲染放在环境声音里面,画面感强烈。我花了两年的时间打磨这首歌,不停地编曲想新的段落和构思,后来又不停地寻找清晰的声音素材来替换,总共在60个G的声音里面找出来了歌曲里面出现的声音。做这首歌的时候我很幸福,我爱她!

●尧十三目前生活的地方，贵
州夜郎谷。

知中 据说早期，您上台演出之前，为了缓解紧张情绪，都会喝酒，现在如何？还会紧张吗？

尧十三 现在不怎么会紧张了，倒也会找机会耍酒疯，觉得可以跟大家玩儿开心点儿。前提是没有断片儿。

知中 您觉得在现场演出中，最使您着迷的是什么？

尧十三 来看演出的大家。每次我都想找机会把台下的人一个个看个遍，可是灯光太耀眼，夜晚的酒劲儿太大。

知中 李志曾写到"尧十三老师是天才"，之前宋冬野也说过"十三不红，天理难容"，您觉得目前的自己处在何种状态？

尧十三 好好过日子，好好考驾照。

知中 最后，请推荐一些您最近觉得不错的音乐、电影、纪录片吧！

尧十三 最近特别喜欢听电影配乐，我是一个不太跟得上时间的人，所以最近在听1046和crack的原声。大家有兴趣可以查阅我的网易云音乐个人动态，里面有好几百首最近觉得好听的歌。

"一切爱情都仕心里／一切往事都在梦中／一切希望都带着注释／一切信仰都带着呻吟／一切爆发都有片刻的宁静／一切死亡都有冗长的回声"将北岛这首著名的《一切》谱唱成歌，是程璧一直想要做的。当她付诸实践之后，北岛为她的专辑取名——"诗遇上歌"。

P R O F I L E

程璧，出生于山东滨州，独立民谣歌手、摄影师，毕业于北京大学外文系。大学期间，程璧因创作并发表歌曲受到关注，在2012年推出首张专辑《晴日共剪窗》，2016年秋发表最新专辑《早生的铃虫》。主要作品有《我想和你虚度时光》《晴日共剪窗》等。

方饭团摄

程璧：游走在诗与歌之间
Interview with Cheng Bi:
Wander between Poetry and Songs

采访 朱鸣　文 丁斯瑜　图 程璧
interview: Zhu Ming　text: Ding Siyu　photo: Cheng Bi

何脑斯 摄

● 程璧

程璧和"诗"的渊源，可以追溯到她的孩提时代。幼年的程璧同奶奶一起生活，她形容，奶奶是民国时期受过高等教育的女性。"我所有的艺术启蒙全部来自于她"——程璧跟着奶奶学背唐诗、写毛笔字、剪窗花……后来，程璧写下一首小诗，回忆这段生活："庭前花木满，院外小径芳。四时常相往，晴日共剪窗。"程璧的第一首音乐作品，也正是由这首小诗而生。

关于诗与歌的结合，程璧自己说过一段话："我觉得所有的艺术形式里，诗与民谣具有十分相似的特质。在文学领域，诗字数最少，篇幅简短，却又最具深意。在音乐领域，民谣无论在技巧还是配器上往往追求简单，而它的深度在于其冷静的哲思性。"在诗与民谣之间，她找到了一个平衡的相似点。近年来，民谣与诗的结合呈现了非常多的可能性。对于民谣和诗歌来说，这都是一件好事。二者有相近的地方，融合之后显示出一种相得益彰的活力。而程璧为之忙碌的新专辑，也同样是从诗歌入手。这一回她选择了日本童谣女诗人金子美玲的诗歌为素材，"我和小鸟和铃铛，我们不一样，我们都很棒"。

在程璧身上，似乎总能感受到一些不属于这个时代的气质——这种气质属于20世纪80年代。程璧唱过崔健的《花房姑娘》，崔健激昂的腔调，被她演绎得温柔而舒缓。她唱老狼的《恋恋风尘》，音乐响起，程璧轻声唱道："那天黄昏 / 开始飘起了白雪 / 忧伤开满山岗 / 等青春散场……"程璧很轻易地把时间放缓，这像是她与那个时代对话的方式，轻柔而不露痕迹。

知中　中国音乐上的一个黄金时期，是在上世纪90年代前后。当时无论是"民谣"还是"摇滚"，皆佳作频出，留下了许多经典。在您的成长记忆中，对于那个时代的音乐有着怎样的印象？

程璧　我记得小时候坐在哥哥的自行车后座，老听到他唱老狼的《同桌的你》，还有郑钧那首《赤裸裸》。后来渐渐长大，也反复在耳边听到这些歌，虽然不是刻意去追索，但始终伴随着成长的记忆。

知中　60后的崔健、老狼等乐坛前辈，与80后的您，已间隔了一个"世代"。您曾用自己的方式，重新演绎了《花房姑娘》《恋恋风尘》等经典作品，为什么会选这两首歌？您觉得自己演绎的版本，与前辈们主要的差异体现在何处呢？

程璧　出于对歌词以及旋律直觉上的喜欢吧。尤其是《恋恋风尘》，在读书的年纪常常听到，后来在2014年秋天再次听到，有了特别的感受。因为那时候我已经走出

校园。老狼唱的是青春，我想唱的是回忆吧。那种稍带一些遗憾的，但又美好的回忆。

知中　老狼曾感叹，他们上学的那个年代，学生们最希望自己成为的是"顾城"；而现在，许多商业人物成为了大众偶像。似乎如今的中国人变得"无聊"了？作为年轻一代，学生时代的记忆也还未远，您对老狼提到的这种现象有什么体会吗？

● 程璧的第二张专辑，《诗遇上歌》封面。

程璧　我觉得这是大时代背景下，经济发展的不同阶段，大家的热情点不一样吧。这变化也很自然。真正喜爱诗歌的人仍旧会喜欢，没有那么轻易随波逐流。人都有选择的权利。我觉得在每一个时代，知道自己真正要什么，然后就去行动，最重要。不要停留在憧憬。

知中　互联网降低了技术门槛，丰富的传播途径，令每一个有才华的人，都可以

拥有表达自己的舞台。相较于十多年前的那批民谣音乐人，如今"怀才不遇"的悲情故事越来越少见了，年轻一代的发展似乎是顺风顺水的？

程璧　机会总是留给有准备的人。每个时代都有不同的机遇，如何找到自己的契合点，发挥自己的长处，是每一代人应该思考的。如今是音乐产业的过渡期，行业粗放且日新月异，机会和陷阱是并存的。没有什么东西只有好的一面，考验一样存在。

知中　对于互联网，或者说社交媒体，您有什么特别体会吗？它是否也曾给您带来过困扰？

程璧　会一不小心占用掉比较多时间，会依赖或者对一些无聊的事变得好奇。人与人之间貌似距离变近，但又被无限拉远。

知中　从一开始，您便选择不与唱片公司签约。作为一个独立音乐人，那就需要自己去考虑方方面面的事情，要花费精力

◉ 程壁是一位"东方美学践行者",平日的她喜欢独处,喜欢亲近自然,她也坚持着自己所理解的"文艺"。(方饭团 摄)

的地方也自然更多。这会影响到您的创作时间吗？您又是如何平衡二者的呢？

程璧 任何事情都需要平衡。看自己最看重什么，如何分配这个比例。我最初选择做独立音乐，是因为自己可以完成作词作曲，比较简单。再加上向往自由，希望事情按照自己的意愿，不被束缚。但当事情变得越来越多，分工合作就变得很有必要，遇到好的合作伙伴我也不会犹豫。

知中 "民谣"近年来不断升温，因气质相近，"诗歌"依托"民谣"这个载体，也得到了更为广泛的传播。作为"诗歌民谣"的实践者之一，您是如何理解二者间关系的呢？

程璧 在我第一张正式出版的专辑《诗遇上歌》里面，我写了这样的话：我觉得在所有艺术形式里，诗与民谣具有十分相似的特质。在文学领域，诗字数最少，篇幅

● 程璧的新专辑，取材于日本童谣女诗人金子美玲。她说："读完了整本诗集，又了解到她的人生。在那样不如意的生活里，可以写出那些明亮的句子。我感觉到，她的难得。"怀抱着这份心情，程璧要将它们以音乐的形式重新展现。

● 程璧偏爱素净的打扮，棉麻质地的连衣裙，自然垂在脑后的发辫———她的外表与她的音乐一样，散发出安静的力量。（何脑斯 摄）

简短，却又最具深意；在音乐领域，民谣无论在技巧还是配器上往往追求简单，而它的深度在于其冷静的哲思性。

知中 您的作品中，使用了许多的现代诗，有中国的，也有日本的。从音乐角度看，您感受到二者的区别在何处？

程璧 我的理解可能和我的阅读范围有关。中国的诗歌我觉得气象比较大，比如会用比较正式、大的词，跳跃感强，比如比较具有代表性的北岛的诗歌。而日本的诗歌，日常感会强一些，看似琐碎，口语，但不经意处意味深长。比如谷川俊太郎，还有石川啄木。

知中 将来，是否也会考虑围绕古诗词来创作？

程璧 非常喜欢《诗经》。也许会尝试。看机缘吧。希望是自然而然有了契机，不是刻意。

知中 您曾在日本工作、生活过，也亲身接触到了日本独立音乐人圈子。据您观察，目前日本民谣的发展是怎样的状态？有什么吸引您的地方吗？

程璧 感觉那边独立音乐的生存环境相对不那么苛刻，无论多小众也有自己的生存空间。不是苦或者憋着一股什么劲在做，更多是一种轻松状态。你从他们的音乐中就可以听出来，他们的元素、风格非常丰富，各种融合。

知中 虽然定居在北京，但您仍会时不时回到日本住一段时间。对您而言，中国与日本这两个国家，不同的环境分别意味着什么？

程璧 一呼一吸的关系。一种换气、更新自己的感觉。东京那边艺术的氛围安静，节奏慢，生活感受和思考多一些。北京会热闹一些，演出和表达多一些，同时也会带来新鲜的刺激和自省。

知中 最近您在为新专辑《早生的铃虫》忙碌着，为什么这次想到选择"童诗"作为创作的主题呢？

程璧 可爱、丰富、纯粹、深邃。这是我对金子美玲的诗歌能想到的关键词。初读好像是简单的小孩子说的话一样，但仔细体

会又觉得意味深远。因为是孩子的视觉，会无拘无束，大胆尝试。这和我今年的音乐表达也是一致的，尝试很多新的元素。

知中 相较两年前《诗遇上歌》时的自己，觉得此时心境、音乐理念有什么变化吗？

程璧 有。那时候无知无畏，觉得表达出自己所想的最重要。而慢慢地会越来越知道自己的短处，会想着如何改进、变好、变得扎实。

知中 最后，推荐一些您最近比较喜欢的书或电影吧！

程璧 《石川啄木短诗集》石川啄木
《致未来的诗人》塞尔努达
电影：《海街日记》《步履不停》

方饭团 摄

李元胜：凡尘本无歌，韵律自诗来
Folk Songs and Poems：
An Interview with Li Yuansheng

采访+文 马捷　编 朱鸣　图 李元胜

interview & text: Ma Jie　edit: Zhu Ming　photo: Li Yuansheng

"我想和你虚度时光 / 比如低头看鱼 / 比如把茶杯留在桌子上 / 离开 / 浪费它们好看的阴影 / 我还想连落

日一起浪费 / 比如散步 / 一直消磨到星光满天"

● 李元胜

PROFILE

李元胜，1963年生于四川省武胜县，诗人、作家。十八岁开始写诗，1983年毕业于重庆大学电机设计专业后，一直活跃在中国诗坛，曾出版诗集《李元胜诗选》《无限事》《我想和你虚度时光》和长篇小说《城市玩笑》。其作品曾获首届重庆文学奖、人民文学奖、鲁迅文学奖等。

2015年初，程璧在《我想和你虚度时光》中唱着无忧的岁月。歌声中，天明月影，万籁俱寂，一切都归于了虚无。芥川龙之介写"直到这时，我才聊以忘却那无法形容的疲劳和倦怠，以及那不可思议的、庸碌而无聊的人生"用以评定这首歌，似乎再合适不过。

如果说程璧以空灵清新的嗓音将时光静止，那么歌词的纯净则让人们窥探到生活中那平淡却易逝的美好。《我想和你虚度时光》改编自鲁迅文学奖得主、重庆诗人李元胜的同名诗作。"没想到在写诗三十年后，却因为这首诗意外走红。"他回忆。2013年4月，为了将自己从紧张的工作中解救出来，他创作了这首诗歌。"一气呵成，几乎没有修改。"歌词中那泛溢而出的宁静与安逸，正是他诗行里对生活的期许。

在诗句中，李元胜写道："但是明天我还要这样，虚度。满目的花草，生活应该像它们一样美好。"生活中，李元胜爱极了草木，他将万物之灵都写成诗句文章。在他的"朋友圈"里，除了花草昆虫、诗句鱼虾，便再无其他了。"和自然接触得越多，越觉得自然的美，自己也越安静。"他认为，《我想和你虚度时光》之所以被追捧，是因为触及到人们的"痛点"：工作压力下的疲倦感，一种无形的伤痛。而远离喧嚣，回归最本我的状态，正是诗歌和民谣所要传递的情感。

在人人找寻"诗和远方"的当下，民谣正成为一种独特的载体，用浪漫的诗句，脱俗的演唱，表达着无法量化的复杂心绪。"诗"与"民谣"的悄然结合，让许多人寻求到"心灵的归宿"。无法否认，如今民谣乐发展迅猛，正逐步被大众认可和传唱，而诗歌作为歌词的呈现方式，也逐渐唤醒着人们内心深处的"诗性"。对此，李元胜认为，现当代诗歌与民谣或许是最好的结合。

● 在家中阅读的李元胜。

知中 您从什么时候开始接触民谣？比较喜欢哪些歌手的作品？

李元胜 我听民谣已经很久了。从80年代台湾校园民谣的出现，再到之后的美国乡村歌曲，可以说，民谣在我的音乐欣赏领域，占据时间长、比重大。我比较喜欢的民谣歌手是李志，我觉得他是走得比较靠前的歌手。这两年，他发表了一些抒发个人情感的歌曲，像《关于郑州的记忆》《定西》等作品，我觉得很好。他有一个特点，就是能将词和曲完美地结合。对于好作品而言，这两者是至关重要的。

知中 在您看来，"诗歌"和"音乐"，二者的关系是什么？为什么很多人认为民谣和诗歌的气质是最相符的？

李元胜 在古代，诗和歌是一个整体。很多时候，写的诗就是用来唱的，这是中国古典文学中，非常好的传统。但是随着时代发展，人类的分工越来越细，其中也涉及到了艺术样式的分工。像诗和歌，在近百年来是被分开的，它们之间出现一个很深的鸿沟。现代诗的作用，更多的是被提供来阅读。相比其他的音乐样式，民谣具有一种娓娓道来、自由开放的特征。近年来我们看到很多好的民谣作品，比如周云蓬改编海子的诗作。这让我们发现，很多作品其实很适合用民谣演唱。民谣自由而开放的形式，可以越过"分工"这一鸿沟，现当代诗歌与民谣或许是最好的结合。

知中 第一次听到民谣版《我想和你虚度时光》，有何感受？

李元胜 程璧花了很长时间改编这个作品，很认真，付出很多心血。她把歌曲发给我时，我正在澳洲旅行，但是当时马上脱离旅行团，自己悄悄听了一遍。第一遍听时，我很惊讶，觉得这简直不像一首歌。首先它的体量非常大，时间很长，八分钟左右；其次它的配器和整个安排，完全是一个超越歌唱的独立音乐作品。当晚回到宾馆，我又安静地听了第二遍、第三遍，我感受到了它的妙处。这首歌的最大特点，就是程璧的作曲和演唱没有考虑取悦任何人，她只是把自己的一种心境释放出来。这个作品有别于那种要创造高潮句子，制作出经典旋律给听众留下深刻印象、便于传唱的歌曲，这首歌的作曲根本就没有考虑被传唱。

知中 这首民谣作品，是否充分表现出了诗歌中的情感？

李元胜 音乐家对诗歌的理解，只是一首诗丰富性中的一种。程璧创作《我想和你虚度时光》，虽然受到了我的诗歌影响，但她对诗词的阐述和理解，都是非常个人化的，我觉得非常好。她很精准地掌握到，

“我想和你虚度时光，比如低头看鱼 /

比如把茶杯留在桌子上，离开 /

浪费它们好看的阴影 /

我还想连落日一起浪费，比如散步 /

一直消磨到星光满天。”

NO.
Date

我想和你虚度时光

我想和你虚度时光，比如低头看鱼
比如把茶杯留在桌子上，离开
浪费它们好看的阴影
我还想连落日一起浪费，比如散步
一直消磨到星光满天
我还要浪费风起的时候
坐在走廊发呆，直到你眼中乌云
全部被吹到窗外
我已经虚度了世界，它经过我
疲倦，又像从未被经过
但是明天我还要这样，虚度
满目的花草，生活么像它们一样美好
一样无意义，像被虚度的电影
那些绝望的爱和赴死
为我们带来短暂的沉默
我想和你互相浪费
一起虚度短的沉默，长的无意义
一起消磨精致而苍老的宇宙
比如靠在栏杆上，低头看水的镜子
直到所有被虚度的事物
在我们身后，长出薄薄的翅膀

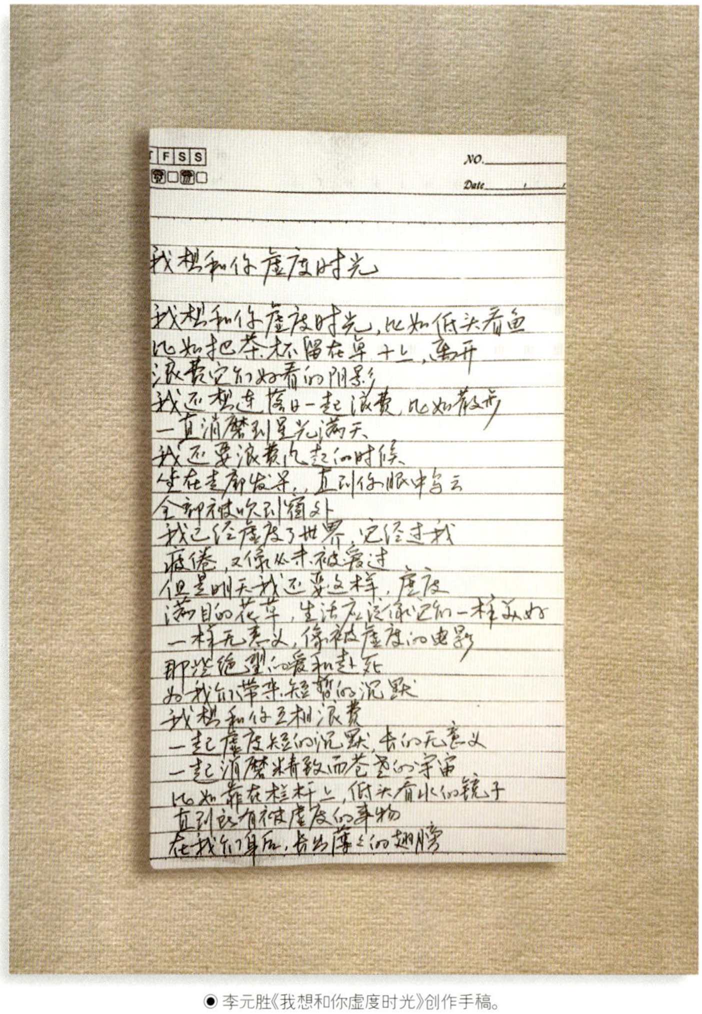

◉ 李元胜《我想和你虚度时光》创作手稿。

诗歌所表达的那种对时光的珍惜。很多人读这首诗，认为很甜美，其实这首诗是比较凝重的，程璧在歌曲速度和表述上是有体现出来的。

这首歌和我的诗歌原意存在些许差别，但也应该有这种差别。因为诗歌和数学题不一样，数学题有一个标准答案，但是诗歌没有。诗歌拥有更开放的答案，每个人可以根据自己的生活经验去寻找这个答案。我觉得程璧找到了她自己的答案。

知中 音乐创作过程中，程璧和您是如何沟通交流的？

李元胜 我和其他人很少聊天，但跟程璧聊的比较多。我们没有就诗歌该如何阐述这个问题沟通过，我们只是聊天，聊别的。我觉得这是一种加深了解，了解一些文字背后的故事，这对她的创作和思考有一些帮助。

知中 诗中一句"那些绝望的爱和赴死，为我们带来短暂的沉默"，在程璧的歌中并没有被唱出，这是为什么？

李元胜 我注意过这个细节，但没有问过。作曲人之所以这样安排，肯定是有原因的。尽管民谣很自由很开放，但歌词要更适合歌手演唱。可能这两句诗用来演唱的话，对整个音乐布局存在影响。

知中 您曾经解读，《我想和你虚度时光》这首诗之所以会火，因为它触及到了社会的"痛点"，这种"痛点"是什么？

李元胜 近几十年来，国家经济高速发展，人们出现一种"疯狂工作"的状态。这种"工作"是广义的，包括追求事业的成功以及对金钱的追逐。好多父母在外打工，把小孩留在家里，为了事业打拼，为了基本的生存而奋斗，逐渐丢失了完整的个人生活，或者家庭生活。

我觉得我们的国家到了一个拐点，这也是一个时代的拐点。就像我们的经济发展是不可持续的一样，几代人的付出，其实也会出现疲倦感。我们应该停下来思考生活的价值和工作的价值。

这首诗发出的感叹，主要针对的是40后到80后这一批辛劳工作的群体。但是我发现一个很有意思的现象，他们并没有年轻人敏感，对这首诗最感兴趣的恰恰是青春中人。我觉得年轻人的这种敏感，映射出一个现象，他们并不接受父辈的这种生活样式，他们需要一种更平和的生活。

这首诗是我无意中触及到的痛点，但它确实出现在了社会变革的关键点上，先由一个诗人写出，再由一个歌手率先唱了出来。在这首诗诞生之前，"浪费"和"虚度"其实是贬义词，是用来教育自己和小孩，时间是不能荒废的。写这首诗时，我把这两个贬义词作为正面意义来用，代表了我对时代一个新的价值观的判断，触及到了整个时代人们心理上的痛点，引起了广泛的共鸣。

知中 当下，很多诗歌活动会有"民谣弹唱"环节，仿佛二者越来越贴合；也有很多民谣歌手，被人赞誉为"诗人"。如何看待这一现象？

李元胜 现在有好多地方举办"民谣与诗歌"的专场，还有一些重要的诗歌节，像在大理洱海边举办的中国最有美感的"天

● 李元胜摄影——薏草蛉

● 李元胜摄影——家里种的球兰

● 李元胜摄影——螳蛉

问诗歌艺术节"。这种活动让很多民谣歌手和诗人长期在一起交流，不知不觉间，现代诗和民谣的搭配，成为一种风尚。由于中国自身拥有一种诗态，民谣和诗歌又存在共鸣，所以从现场活动的体量上看，诗歌朗诵与民谣表演，可以体现出诗篇上面的丰富性。这种结合成为中国演出行业中，一个新兴的现象。

如今，很多民谣歌手本身就是诗人，像程璧就写诗，写得很不错，再比如周云蓬本身就具备诗人的身份。此外，有些歌手的词写得非常好，像当年的崔健。虽然崔健是玩摇滚的，但我觉得，相比同时代诗人写的诗，他的歌词体现出的是一个全新的景观。同理，优秀的民谣歌曲，它的词本来就是诗，比如宋冬野的《董小姐》，马頔的《南山南》。它们不一定具有文学性，但歌词体现出来的情感用来阅读的话，具有非常现代性的诗意。

很大程度上，民谣追求歌词的成功。民谣不像流行歌曲，民谣的歌词体现的是一种启发性，表达的是新鲜的思想。正因为这个原因，歌手需要具备一种创造性，具备一种对传统的延伸。

知中 近两年，诗歌处于一种复苏的状态，"民谣热"的到来，或间接、或直接地影响着诗歌。您认为，新的艺术形式，能否赋予诗歌新的活力？

李元胜 由于手机阅读平台的兴起，诗歌在近两年呈现复兴状态。我们的阅读习惯已经由传统的书本转移至手机上，无论微信还是微博，它们都存在一个特点，就是适合阅读短小的内容。其中也包括朗诵，现在大家喜欢在睡前听点东西，诗歌成为非常适宜的睡前听物。所以，随着手机阅读渐渐在国内成为主流，诗歌还比较受人关注。

民谣以演唱的形式对诗歌的传播发挥了积极和正面的影响。可能许多人没有在别的渠道上读到一首诗，而是通过一首歌来了解一首诗，这种情况正在发生。我觉得民谣对诗歌的推广有积极的贡献，我对此给予非常高的评价。

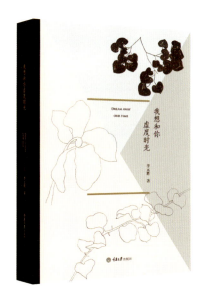

● 李元胜诗集《我想和你虚度时光》

● 程璧专辑《我想和你虚度时光》封面

邵夷贝：我会唱歌写歌一直到老
Interview with Shao Yibei:
I will Sing and Write Songs to the Old

采访 朱鸣　文 丁斯瑜　图 邵夷贝

interview: Zhu Ming　text: Ding Siyu　photo: Shao Yibei

P R O F I L E

邵夷贝，独立民谣歌手，毕业于北京大学新闻
系，2009年3月因推出《大龄文艺女青年之歌》
而受到关注，2010年7月17日发行个人首张
专辑《过家家》。代表作品有《黄昏》《高级动物》
《时过境迁》等。

● 平常生活中的邵夷贝，简单而直白，追求自己所坚持的风格。

"善于三心二意四体不勤 / 五谷不分六亲不认 / 童年阴影青年抑郁 / 中年危机老无所依 / 像充满防备缓慢独行的乌龟 / 揣着还未喜悦便已忧伤的心 / 像无法靠近各自寒冷的刺猬 / 几十亿渴望拥抱的心。"

这是邵夷贝在《现代病启示录》中所唱的歌词。歌词简单直白，却用一种最为直接的方式，道出了现代社会普遍存在的关乎生活方式的问题——交流变少，上班族亚健康状态严重，环境污染，手机辐射……这些属于这个时代的特征，被邵夷贝用一种诙谐而轻松的方式唱出来，看似平淡，却又引人深思。

2009年，对于邵夷贝来说或许有些特殊。这一年的三月份，初春，乍暖还寒，只学了三个月吉他的邵夷贝写了一首《大龄文艺女青年之歌》，歌词中带着满满的调侃意味。视频一经发出，便引来了成千上万的点击，邵夷贝一曲成名。

邵夷贝，她也叫自己邵小毛。读高中的时候，她和许多年轻人一样，满腔热血，那时候的邵夷贝痴迷摇滚，

尤其迷张楚。她上高中时正是张楚大火的时候，她攒钱去看张楚的演唱会，激动地和偶像见面。因为追星，邵夷贝的高考成绩并不算理想，她身上从那时起就有一股强韧的东西。复读了一年后，邵夷贝成为了青海省文科状元，随后去了北大。

在大学里邵夷贝的专业是新闻系，这也是她有后来音乐风格的开端。在过去创作的许多歌中，邵夷贝加入了时事评论，诙谐的，或是讽刺的。面对每天层出不穷的社会现象，邵夷贝有一种比其他人更甚的专业敏感度，这也是她有着想用音乐来呈现口述历史的原因。在这一点上，邵夷贝算是"术业有专攻"。她冷静地看待这些新闻事件，又冷静地将其记录下来，用音乐的方式表现出来。最初的邵夷贝，几乎每年都创作一首歌，来盘点全年发生过的重要新闻事件，她选择用自己非常擅长的方式来完成自己的诉求。

"我们都在为大师的逝去而遗憾 / 后人却在奋力争夺他们的遗产 / 有人用百元假币买了一罐三聚氰胺 /

有人用七十码的速度把青春撞上蓝天"(《现象2009》)

"告别的灵魂释怀的微笑／回望着玉树舟曲／矿井的下面工人和老板／探讨生命的意义／不管是谁的二代／都享有一样的机遇／每个中国人笑着说／我们不会病无所依"(《2011幸福与尊严》)

邵夷贝在歌声中唱出自己对这个世界的理解，她温和地记录当下，即使世界在她看来是有所残缺的，但这样的行为并不是毫无意义。记录本身便意味着一种坚守，将所有的真实都赋予它存在的意义，这是邵夷贝一直没有遗弃的新闻理想。

在邵夷贝身上，能够看到很多影子，属于年轻一代的影子。在网络时代的急速发展下，这种年轻的特征越发显著。网络给了他们一个最为广阔的平台，由于一切信息变得直截了当，大环境显得既宽松又紧张，看似无拘无束，听众的评论却能在第一时间呈现好与坏。而这样的环境恰好造就了一批人，他们年轻而无所畏惧，看重自我意识，不怕冒险。邵夷贝身上几乎具有这些全部特征，她从一个初学者一步步走到如今，像是一次小小的生长过程。

从最初到现在，她的心态像是绕了一个大圈，而没有变过的是她对于音乐的热情。谈及音乐，她还是坚定地说："我会唱歌写歌一直到老。"

知中 对于自己身上的"小清新""文青"等标签，您怎么看？在您看来，如何才算是一个合格的"文青"呢？

邵夷贝 标签是快消时代别人为了方便辨识而创造的，与我具体是个怎样的人无关。当然，小清新和文青都是我的一重人格，同时我还有摇滚和写实的一面。

我理解的文艺青年，就是以"文艺"为生活热情的人。就像爱运动的人通过参加极限运动犒劳自己一样，文艺青年通过文艺相关的东西获得愉悦。这只是一个获得高兴的方式，并没有是否合格之分，也不应该用来作为装逼利器。

知中 您在大学期间热衷于摇滚乐，您是"莎木"乐队中的鼓手，还曾获过"北大十佳歌手"奖，而现在，您的主要聚焦点是民谣。对于这两种音乐形式的同与不同，您有何体会？

邵夷贝 不论民谣或者摇滚乐，统一的一点是歌词都相对真实并充满对现实的针砭，这是大众流行歌曲里比较少有的。从

◉ 阅读的习惯自从学生时代起便一直跟随着邵夷贝。

这个角度来讲，我喜欢的音乐实质上没有改变，大都是创作类歌手通过音乐的自我表达、内容有力量并直指人心。只是青春期爱冲动，激烈一些的音乐更能表达自己的情绪。现在则喜欢风格上相对缓和的音乐。

知中　在您的一些作品中，如《现象2009》《正确死亡指南》《妄想2011》，都能看到一些与时事相关的内容，这是否与您大学所学专业有关？

邵夷贝　年度时间盘点歌曲最初是和媒体合作开始写的，后来就成为了个人的习惯，每年都会写一首这样的歌，想要积攒出一张"个人口述历史"音乐专辑。并不

期待它对别人来说有什么意义，只是一个新闻系学生通过音乐完成个人新闻理想的非常私人的诉求。

除了年度盘点歌曲，其他为新闻事件而写的歌，比如《正确死亡指南》，是因为事件本身极大地触动了我，想要写一首歌记录下当时的感受。

知中 在歌曲中融入时事，似乎有一个弊端——新闻的时效性很短，事件过去后，未经历此事的人，会不会很难理解歌词的含义？您是如何考虑的？

邵夷贝 是的，特别是相对于情歌来讲，和时事有关的歌曲生命力非常短。但是如果听众想要从一首歌回顾过去的事件，歌曲赋予事件和当事人的关注度可以稍微延长一点。所以，我对这类歌曲的流传时长和广泛性不去强求，只希望对于少数听众和当事者来讲，这首歌有它的独特性就足够了。

知中 从一个"非专业背景、只会四个和弦的音乐爱好者"，到走上专业音乐创作之路，是什么促使您下定决心的？

邵夷贝 因为音乐是从小到大的热爱，所以走上创作的道路自然而然，没有什么隆重的仪式感。"职业音乐人"这条路是顺势而为，毕业后我没有投简历找工作，直接就开始做音乐，到目前为止也还算顺利。当然，如果有一天"以音乐维生"变得需要妥协太多事情，开始消耗掉我对音乐的热情，那我会选择用别的工作来维持生活。但是音乐永远是生活的一部分，我会唱歌写歌一直到老。音乐在我这里是很日常的事情，就像吃饭睡觉一样。

知中 互联网时代，便捷的传播工具助力"民谣"以及更多的"民谣歌手"被大众认识。对于互联网，或者说社交媒体，您有什么特别的体会？它是否也曾给您带来过困扰？

邵夷贝 互联网彻底摧毁了唱片工业，也给独立音乐人提供了机会。我写过一首叫作《独立音乐新纪元》的歌，描述了这个过程。

感谢科技，降低了制作和传播成本，使得我们这些没有专业背景、没有职业规划的个体音乐人有机会制作和传播自己的作品。

困扰除了版权的不规范之外，纷杂的信息和评价会非常直接地到你的面前。这需要建立强大的内心来提炼出真正对你有效无害的信息，需要能够在任何情况下保持专注。

知中 曾有三年的时间，您没有出新专辑，您形容那段时间是"深入内心寻找自己的过程"。从第一张专辑《过家家》到第三张《新青年》，您的内心经历了哪些变化？

邵夷贝 如果说《过家家》讲的是"我对这个世界的看法"，那么《新青年》则通过概念唱片的方式、按照时间线索描述了一个青年的成长过程，讲了"我为什么会对这个世界有这些看法"。

内心的改变大概是：明白了要先建立一个相对明确、独立的个体，再通过这个个体去尝试轻微地、逐步地改变世界。

知中 作为独立音乐人，除了音乐本身外，也需要考虑许多其他的因素；关于"艺术"和"商业"，您是如何看待二者之间关系的？"市场"或者"听众"的意见，会对您的创作方向产生影响吗？

邵夷贝 我不太考虑"艺术"和"商业"的矛盾，因为音乐是我的维生方式，所以通过音乐赚钱是理所当然的。只是大多数的商业项目，我都会尝试结合创作，而不是单纯的商业合作，这算是一个创作歌手的小坚守。

互联网时代的音乐，多是通过类似于众筹、自媒体互动、词曲征集等方式来完成，很多音乐人的作品都是和"听众"合作产出的。目前，我在创作层面还是遵循自己的表达，在制作层面已经尝试和听众通过一些线上的方式合作。相对于尊重市场而言，我更尊重自己的审美。

知中 您会通过哪些方法，来获得创作灵感和创作素材？

邵夷贝 "灵感"只和"集中力"有关，不仅仅是集中于创作，也集中于从互联网碎片的轰炸中逃离，集中为自己营造一个创作的语境，比如通过阅读、通过听歌。"素材"多是在这种语境中自然流露的，从随便写写开始，用文字逐步梳理。

知中 有哪些音乐人，或者音乐作品，对您产生过特别的影响？

邵夷贝 大门乐队、鲍勃·迪伦、罗大佑。

温柔与力量　民谣中的母亲形象
Gentle and Capable
Images of Mothers in Folk Songs

图 翁倩雯　圖 朱鸣　text: Echo　edit: Zhu Ming

"姑娘""理想""远方"这些都是民谣中常见的主题。但其实除此之外，民谣歌曲中还有一个反复出现的关键人物形象，那就是"母亲"。随意打开一个音乐搜索引擎，在标题搜索框里输入"妈妈"，会发现基本上每位民谣歌手都有一首属于自己的《妈妈》。万晓利唱过《妈妈》，赵雷唱过《妈妈》，李志也唱过《妈妈》，朴树唱过《妈妈，我》，罗大佑则唱过《母亲》。当然，这些还是标题里显而易见的。李志的《这个世界会好吗》、钟立风的《今天是你的生日，妈妈》，还有声音玩具乐队的《未来》，都是以对妈妈倾诉的口吻来唱的。这些歌曲都如同喃喃私语，唤一声"妈妈"，唱几句歌，诉一些烦恼。

　　至于为何民谣中母亲的形象如此突出，归根到底有几方面的原因。一是民谣多"失意"，而母亲是"温柔"的代言词。想象一个落魄颓废、不知所从的歌手，经历着人生中的无奈与低潮，他定会歌颂母亲的温柔，那是他最想得到的安慰与庇护。二是民谣多"流浪"，多飘荡在远方，而茫茫人海中回头，想起的是故乡与母亲。比起到不了的远方，母亲是回不到的过去。母亲是温柔的家乡，而游子却已飘零久。三是民谣很"朴实"，十分贴近生活。很多歌都像是一个人的低声呢喃，所以很多话也都是可以说给母亲听的心里话。四是母亲是赋予孩子生命的人，是孩子眼里这个世界最初的代表。从幼童时候开始，孩子便有无数的疑问想要问母亲，而母亲也成了孩子对生活的最基本认知。所以到后来，就算孩子成长为人，步入社会，困顿迷惘或失落，他仍会想到母亲。

◉ 罗大佑《原乡》

◉ 李志《这个世界会好吗》

◉ 钟立风《在路旁》

184

"妈妈"与"姑娘"

·············

弗洛伊德说，一个男孩最初以及终生的"欲望对象"都是他的母亲。一个男孩从婴儿时期开始，便依赖母亲，觉得母亲是自己的所有物。直到他的父亲介入，宣布父亲的权威主权，孩子才会意识到母亲的不可得到。之后，这个孩子会去寻找别的女性，带着对母亲的依恋。所以他找到的女性，多少都像他的母亲。

虽说弗洛伊德的精神分析学毁誉参半，但的确在现实生活中，存在很多"恋母情结"的男性。当然，这种恋母情结并不是说孩子对母亲有什么非分之想。相反，这更带有一种把母亲神圣化、美好化的趋势。换言之，这些孩子觉得母亲具备了他们所能想到的，一个女子该有的最好的模样。例如温柔、沉静、耐心、包容。像《今天是你的生日，妈妈》里面就有一句："妈妈，我在你的身上，看见所有女人的美丽和善良。"

《今天是你的生日，妈妈》里还有妈妈与姑娘的类比。歌唱者告诉母亲，他心爱的姑娘就和她一样。

> "妈妈我告诉你
> 我找到了真正的爱情
> 她的模样就像年轻时候的你"

对年轻时候的母亲的歌颂还出现在很多别的歌曲中。母亲很显然成为了一个"好姑娘"该有的标准，每一个像母亲的姑娘都是美丽善良的。赵雷的《眼睛》也有一句：

> "我爱这世间青春的女子
> 可是她们都老去了
> 我喜欢长长黑黑的辫子
> 那是你母亲年轻时的样子"

《眼睛》这首歌并没有收录在赵雷的正式专辑里，他只在早期的场子里唱过这首歌。后来他把里面的一部分词并在《朵儿》里。《朵儿》里还有一句："我多么想你能摆脱这世界的浮夸，就像我母亲年轻时那样的无华。"这句歌词更是清楚地展现了母亲的绝对美好。母亲不仅持有了一个女性该有的品质，也代表了过去的朴质年代。那是一个温柔的、缓慢的、朴素的、充满善意的年代。那个年代的女子都是和母亲一样的，与现在的浮躁社会不同。所以，歌唱母亲是歌唱温柔，也是缅怀过去。

母 亲 与 成 长

·············

母亲是故乡与过去。成长，是向过去告别，也是向母亲告别。歌唱着母亲的这些歌手，基本上都已不在母亲的身边了。而母亲在记忆里永远美好，成为了一个无法触及的黄金过去的象征。母亲是罗大佑歌里"童年欢乐的旧时光"，是万晓利歌里"淳朴的年代"，是钟立风歌中"温暖的臂弯"。

母亲是童年里故乡的大街小巷，与每天的上下学时光连在了一起。好像从学校打铃声开始，快速地飞奔出教室，穿过各个弄堂或胡同，看到的就是母亲等待的身影。母亲又或者是一碗熟悉菜肴的味道，是做家务的模样，是耐心教导孩子的姿态。总之母亲好像与那些无尽的夏夜，夏夜里无尽的故事连在了一起。母亲也与无数的黄昏，黄昏里家家户户炊烟的味道连在了一起。那是每个人记忆里都有，却都回不去的美好时光。

然而这些歌手都早已告别母亲，告别过去。母亲如同家乡，是这些游子在出发前留下的回忆和牵挂。后来，他们一次次回想，那是他们所拥有的最美好的东西了。所以母亲也成为了成长的支撑。他们在每一个寒冷的夜晚，在陌生的城市里，在彷徨孤单的时候，都会想起母亲曾经的

◉ 赵雷《赵小雷》

◉ 万晓利《走过来走过去》

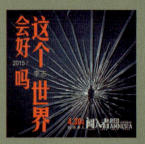
◉ 李志《这个世界会好吗2015》

怀抱和家乡的气味，然后靠这些支撑着自己继续走下去，一边缅怀一边前行。

例如万晓利的《妈妈》，在歌唱母亲的善良的同时，也提及了希望母亲给他缝一个新背包。这样他可以背上母亲"慈祥的目光"和"永不停歇的心跳"，从而让自己变得更加坚强。

> "妈妈再给我缝个书包
> 让我背上它去天涯海角
> 我肩上的东西太多了
> 我要统统放进我的书包"

同样，李志想要告诉妈妈"你的孩子一直都很乖"；赵雷想要分给妈妈一些他的力量和"一颗轻松的心脏"；声音玩具想要妈妈相信他们"足够坚强"。妈妈是这些已长成大人的孩子想要保护的对象，也是要想证明给她看的对象，更是想要给她一个温暖的家的对象。

妈 妈 与 答 案

一个孩童对世界的疑问，最早应该都是由父母来解答。母亲是给予他们生命，引导他们成长，最先给他们描述这个世界的人。孩子对这个世界的认知，或多或少都会受到母亲的影响。所以，当他们真正长大，开始迈入社会，被这个世界为难，被人潮所淹没的时候，他们也开始对这个世界充满疑问。这些疑问的发泄口，自然是母亲。他们问母亲这个社会为何会这样，他们告诉母亲自己所遭遇的不堪，他们质问母亲这个世界还会好吗。

李志的《这个世界会好吗》是这类诉说加质问歌曲中的代表。它最直接地抒发出了孩子心中的疑问，与母亲把他带来这个世界的爱恨夹加。

> "妈妈，我会在夏天开放吗
> 像你曾经的容颜那样
> 妈妈，这种失落会持久吗
> 这个世界会好吗"

● 朴树《我去2000年》

● 声音玩具《最美妙的旅行》

● 许巍《生活不止眼前的苟且》

玩具声音也唱过："妈妈，我从未敢面对未来是现实的这样。"他们都遭遇了一个与母亲描述的所不同的世界。因此他们害怕、慌张、失意，或是自作坚强。朴树也唱过，

"妈妈，我恶心
在他们的世界
生活是这么旧
我活得不耐烦"

一旦加上了质问，一旦加上了对生活的不甘，民谣与摇滚便接近了起来。汪峰在他的《妈妈》里也唱过："妈妈，我是那么孤独，孤独得像路边的一块儿石头。"整首接近私语的歌曲里，他一直地重复"妈妈，你听见了吗？妈妈，帮我吧。"郑钧也唱过，"妈妈，你还是把我带回家。"这些歌手都是有通性的。当他们都在表达对这个世界失望的时候，他们同想到了妈妈。

这个世界是无解的。即使向母亲质问，它依旧是无解的。但母亲温柔，母亲强大，母亲在年少的时候扮演了一个无所不能的形象。所以他们歌唱，唱着即使不能拯救世界，好歹让我回家。母亲在的地方就是家。但是母亲如同掉落的花儿，只留在记忆里，不知去往何方了。

都说民谣是"诗和远方"，而母亲也代表了"美和故乡"。"诗和远方"，也是妈妈讲述的道理。许巍的《生活不止眼前的苟且》中，那句最为人熟知的歌词，高晓松如此写道：

"在临别的门前，
妈妈望着我说，
生活不止眼前的苟且
还有诗和远方的田野"

影像中的民歌与民谣
Folk Songs in Chinese Films

囚 翁倩雯　囵 朱鸣　text: Echo　edit: Zhu Ming

电影与音乐，同为情绪表达、故事叙述、气氛渲染的优质媒介，二者有着许多的重合与互助。民歌民谣，因其对生活的贴切表达，以及对情感的准确拿捏，也成为了众多影视作品配乐的上佳之选。

现在所谓的"民谣"，一部分的根基源自传统民歌。劳动人民结合人生经验和情感体会创作而出的民歌，常被用于同类型的电影之中。在注重描画现实（尤其是"乡村""小镇""大山生活"）的中国第三、四、五代导演作品中，常见此类民歌。例如谢晋的《芙蓉镇》、张暖忻的《青春祭》、谢飞的《香魂女》以及陈凯歌的《黄土地》等。民歌是人民最朴素的抒情方式，这些代代相传的旋律，淳朴自然，准确描绘了劳动人民的喜怒哀乐。

现今中国大陆电影作品中，如筷子兄弟的《老男孩》、开心麻花的《夏洛特烦恼》，与韩寒的《后会无期》都不同程度地展示了"民谣情怀"。同时，随着"民谣热"，很多影视作品也开始直接与民谣歌手合作，电影《我想和你好好的》采用了宋冬野的《平淡日子里的刺》，电视剧《长大》则邀请了"好妹妹乐队"演唱片尾曲《那年的愿望》。这些作品，词曲贴近现实，唱出了许多人心中的"梦想"与"寂寞"。

除此之外，独立电影导演与独立民谣音乐人之间的合作，也让人眼前一亮。不同于"校园民谣"的青涩与朴质，许多"独立民谣"充满着对社会问题的关怀，以及对生存问题的思考。这些歌曲的气质，与注重基层生活、关注社会问题的第六代导演的作品十分契合。尧十三唱了娄烨电影《推拿》的片尾曲《他妈的》；而王小帅的《闯入者》，则用了李志的《这个世界会好吗》做推广曲。民谣与电影结合，二者互相补充，彼此自然交融。

《 芙 蓉 镇 》

谢晋的《芙蓉镇》，被誉为中国电影史上的"史诗之作"。该片讲述了一个普通女子，在特殊时代背景下，坎坷艰辛的一生。本片在1986年的金鸡电影节上，斩获十项最佳，其中之一便是"最佳音乐"。电影中的一些片段，多采用民歌作为背景音乐，来展现女主人公胡玉音复杂的内心情感。

电影开场的音乐是《半升绿豆》，改编自嘉禾民歌。影片开头，胡玉音在漆黑的凌晨，点亮一盏油灯，开始不停地转动磨豆腐的石磨。辛勤工作的她，用着清细的嗓音唱道：

● 电影《芙蓉镇》剧照。

半升绿豆选豆种，

我娘那个养女不择家。

妈妈呀害了我，妈妈呀，

妈妈害了我，害了我。

这首歌道出胡玉音，以及那个时代女性的普遍命运。无法选择的婚嫁，忙碌操劳的生活，耕种、做活、养家，所有言语无法表达的愁绪，都在歌声中缓缓道来。而这歌声却不是抱怨。比起一个怨妇般的哭诉，这类民歌曲调更缓和，且只是悠悠又平静地诉说，无法改变的一生。

同理，胡玉音结婚时有一首《喜歌堂》，喜庆之下，也实在地表达出了当时人们对生活的理解。一群年轻姑娘，互相牵着手，轻跳着舞，歌唱告别她们即将出嫁的朋友。她们笑唱道：

团团圆圆唱个歌，唱个姐妹分离歌。

今日唱歌来送姐，明日唱歌无人和。

今日唱歌来送姐，明日唱歌无人和。

青布罗裙红布头，我娘养女斛猪头。

猪头来到娘丢女，花轿来到女忧愁。

石头打散同林鸟，强人扭断连环扣，

爷娘拆散好姻缘，郎心挂在妹心头……

团团圆圆唱个歌，唱个姐妹分离歌。

今日唱歌相送姐，明日唱歌无人和；

今日唱歌排排坐，明日歌堂空落落；

嫁出门去的女，泼出门去的水哟，

妹子命比纸还薄……

●《芙蓉镇》经典台词："活下去，像牲口一样地活下去。"

婚姻现场，人人欢喜。然而，在当时，一个女子的出嫁，并不总持嫁得良人的欢喜，相反，当时女子大多怀有着对未知的恐惧与担忧。所以，在火红似锦的婚礼布景下，在大家莞尔的笑容里，这样一首民歌道出了当时女子最内里的情绪。她们不安，但她们不说，万般情绪都在歌声中。

《黄土地》

"活下去，像牲口一样地活下去。"——电影《芙蓉镇》里，秦书田在下狱前对妻子如此说道。这句话概括了当时人们的艰辛生活，那是一个压抑年代，人们劳作着、忍受着时代的压迫，像牲口一样苟活着。陈凯歌的作品《黄土地》中，也展示了一群勤劳如"牲口"，坚韧如"牲口"的人民。那是生活在陕北高原上的人们，男儿苦，女儿也苦。

●《黄土地》中演奏乐迎亲的人们。

《黄土地》里，男主人公顾青收到了收集民歌的任务，下乡到陕北农村去收集信天游。他不断地咨询当地人民。这些与土地为伴的农民，教给他的也是最心酸又最切实的歌曲。生活在那里的人民，有着黝黑的皮肤，消瘦而多皱，受尽了气候与生活的折磨。他们唱着自己的人生：

揽工人儿难，哎哟揽工人儿难。

正月里上工（就）十月里满，

受的牛马苦，吃的是猪狗饭。

● 电影《黄土地》海报

那里的人们不多话，也不爱说话。女主人公翠巧的爹一直沉默着，大多数的孩子也沉默着。民歌代替了话语，替他们诉说着感情。翠巧则借民歌，表达了那个时代里女子的相似命运。她唱道：

六月里黄河冰不化，
扭着我成亲是我大，
五谷里数不过豌豆圆，
人里头数不过女儿可怜。

这些民歌大多不是定曲。很多歌词都是由歌唱者信手拈来，甚至曲调也是随意哼成。民歌给了沉默的农民一个发泄出口。这些歌曲在电影中的运用，比起台词更好地表达了主人公的内心想法。而这些歌曲也像一个智者经验性的预言，总结了劳动人民无法逃脱的命运。

◉ 电影《红高粱》海报

◉《黄土地》片尾，集体祈雨中的农民

《 红 高 粱 》

" 苦难 " 不是生活的全部。民歌中自有惬意，其中也有包含着劳动人民智慧与勇敢的作品。如电影《红高粱》中潇洒、豪爽的一曲《妹妹你大胆往前走》最为人熟悉。虽然过去的时代，多是沉默的女子，如翠巧般默默挑着水行在山路上；但也有像九儿一样性情的姑娘，外放着她所有的热情与坚定。她身边的男子，唱歌鼓励，让她放心向前：

哎，妹妹你大胆地往前走啊。
往前走，莫回呀头。
通天的大路，
九千九百，
九千九百九啊。

九儿死去时，她的孩子也在唱着民歌——小小的孩童，在尸体与满摊的鲜血旁唱道：

娘，上西南，宽宽的大陆，长长的宝船。

◉ 九儿倒在血泊中，她的孩子在唱着民歌。

这些歌曲饱含着人民的期冀，仿佛向前走，便是更好的生活。《红高粱》里的《酒神曲》，充分展现了西北男性的热血与豪放：

喝了咱的酒，一人敢走青杀口。
喝了咱的酒，见了皇帝不磕头。
一四七，三六九，
九九归一跟我走。
好酒，好酒，好酒。

◉ 影片中豪放的酒工

《青春祭》

第四代导演张暖忻的电影作品《青春祭》,相较其他同时期作品里对"苦难"的刻画,其更注重描画个人细腻的情感和歌颂大自然的美丽。

《青春祭》里的插曲《青青的野葡萄》,结合了"诗"与"歌"的元素,而其歌词由顾城创作完成。这首歌曲,融入了城市里"新知识青年"的人文情绪。那个时代的青年们,在"上山下乡"期间思念家人。除了最基本的信件联系,他们也会用歌唱来回忆曾经的生活。顾城的诗,用歌唱出再贴切不过。

青青的野葡萄,淡黄的小月亮,
妈妈发愁了,怎么做果酱。
哦,妈妈。哦,妈妈。
哦,妈妈,妈妈。
我说妈妈妈妈,别忧伤。
在那早晨的篱笆上,
有一枚甜甜的红太阳。
太阳,太阳,
妈妈,妈妈。

● 电影《青春祭》海报

《闯入者》

电影《闯入者》是第六代导演王小帅的作品。他善于拍摄关于那个时代的回忆,讲述不该被遗忘的过去。《闯入者》的英文译名是 Red Amnesia,红色遗忘。而整个片子以一种压抑接近于惊悚的背景,讲述了一位被四十年前的往事折磨着的固执老人。李志把他的《这个世界会好吗》改编重唱,为电影《闯入者》做宣传。如果说大多数的民歌、民谣只是歌唱自身的烦恼与生活的无奈,而李志明显是越过了基本,游走在"民谣"与"摇滚"之间,开始质问生活与世界。

《闯入者》的主人公老邓,四十年前"下乡"到贵州。为了举家返回北京,她选择了举报她的有力对手老赵。由此,她得以回到北京。她的孩子们也正常地长大,过着不优越但良好的生活。而老赵家,却被永远留在了贵州,在暗红色旧工厂的发配房里苟延残喘,带着怨恨与不甘。很快,老赵不幸中风,从此在床上待了四十年。老赵的妻子一直照料他,还拉扯着一个孙子。老赵的孙子并没有受到良好的教育。他粗糙消瘦、身形佝偻,与老邓皮肤白嫩、上着学的孙子完全不同。老赵的孙子无所事事。他一个人来到北京,去到那些所谓幸福的人家里做一些毁坏性的小举动——用开水烫植物、将电视一直播放着、抱着电脑打骚扰电话。

● 电影《闯入者》海报

● 《闯入者》推广曲：李志《这个世界会好吗》拷问版海报

老邓知道自己错了，可她无法解救自己。就算再来一次，她依旧会这么做。老邓的孩子们都懂母亲的付出，而他们依旧无法接受现在执拗到无理的她。他们只希望她想开一点，不要介入他们的生活。老邓不满孩子们的冷漠，但她对待自己母亲也是一样的不耐烦。每个人都没有错，都有自己的酸楚与坚持，也都懂道理，但他们仍旧活得浑浑噩噩，活得乏味麻木。

李志一向以讽刺、抨击的形象为人熟知。2015年再版的《这个世界会好吗》也被称为"拷问版"。李志拷问的是谁呢？是拷问《闯入者》里的各色人物，问他们为何如此麻木地活着？是拷问王小帅导演，问他这个社会是否有解？还是拷问观众，那些也许已经迷失在生活中的人？李志唱道：

"妈妈，我是多么恨你。
在你沉默的时候，我恨你。"

王小帅想唤醒被遗忘的记忆，想唤醒那些快要死去的过去。而李志想让沉默的人们发声，在这个麻木浮躁的社会里。这个世界会好吗？李志问的是妈妈。就像一个无知的孩子，以为妈妈可以解决所有问题。而妈妈除了沉默，别无所答。

● 《闯入者》剧照，老邓与她的两个儿子。

《 推 拿 》

电影《推拿》讲的是盲人的爱情。都说爱情让人盲目，那盲人之间的爱又是怎样的呢？因为看不见，所以好像描绘起来比平时更多了一层障碍。娄烨用他擅长的细节刻画和光暗控制，展示了一个没有颜色却依旧灿烂的世界。而尧十三也用他的歌与词，配合了电影里的世界。

《他妈的》开头就是："妈妈，我爱上一个姑娘。"这是所有故事的开端，《推拿》里的人们都被爱困扰着。可比起为爱困扰，他们更疑惑什么是爱。尧十三唱道：

"妈妈，我做了一个梦
梦见彩虹，终于出现在我的天空，
可是我，已经忘了彩虹的颜色，
彩虹的尽头，会是什么样子"

● 电影《推拿》海报

爱上一个人的时候，会忘记周遭的一切，会忘记其他的情绪，会忘记彩虹的颜色。而盲人之间的爱，大概就是，突然记起来那就是彩虹吧。虽然不知晓颜色，但却知道那就是彩虹，那就是爱。

就像电影里的沙老板。他从一岁开始就盲了，接近于先天，所以他不知道美是什么。可他与其他的盲人一样，都会去闻，去摸，去想象。他触碰到了被所有人称赞很美的都红的脸，他知道了那是美。他开始为她着想，知道了那是爱。他也没有见过彩虹，可那就是彩虹。

这首歌里，尧十三一直都在对妈妈倾诉，就像盲人一样。所有盲人最初的无奈与悲伤大概都是向母亲发泄的，大概都会有一句："妈妈，为什么我看不见。"妈妈是给予他们身体的人，也是他们对自身所有疑问与不安的质问处。

> "妈妈，我做了一个梦，
> 我梦见我在红色的天空飞翔，
> 可是妈妈，
> 我知道我没有翅膀，
> 所以我死了，就像我出生一样。"

那是别人的飞翔，是有视力的人才可以翱翔天空。他们多想加入所谓的主流社会，然而他们在出生就缺少了翅膀。但是他们仍想飞翔，在想象的彩虹旁边。

不论是早期的"民歌"还是后来的"民谣"，平实的曲调与歌词，打动着一代代的人。电影中有歌，歌中有人生，只待观众坐下来，看一段故事，听一首歌。

● 电影中，盲人按摩师们相互扶持着前行

● 尧十三《他妈的》的封面

● 一心向往美的沙老板

现代民谣之源—— 欧美民间音乐发展小史
A History of Modern Folk Music

文 罗兆良　图 朱鸣　text: Paul　edit: Zhu Ming

现在普遍意义上的"民谣",最初指的是欧美国家的"民间音乐"。源自欧洲的"民歌",构成

了当今"民谣"的基本形式。同时,它也是世界流行音乐的根源。民谣的传播和兴盛,得益于

唱片工业的繁荣,而整个唱片工业的核心,最初就是在英、美两国。这两个国家,是现代民谣

发展历程上不可避开的重点。

● 版画作品《绿林英雄罗宾汉》:罗宾汉是古代英
国民间传说中一名弓法娴熟的侠盗,他和他的手下为
人仗义,劫富济贫,成为民众心中的传奇。

● 苏格兰著名诗人罗伯特·彭斯(Robert Burns):在"文
人作谣"时期,罗伯特·彭斯对于英国古代"民谣"
的发展贡献最大,他不仅将"民谣"的形式大大扩
展,而且丰富了"民谣"的主题,从自然美景,到穷
苦人民的生活,在他的作品中都有涉猎。著名影片
《魂断蓝桥》(Waterloo Bridge)的主题曲《友谊天长地
久》正是来自罗伯特·彭斯的作品《往昔的时光》
(Auld Lang Syne)。

AULD LANG SYNE

For auld lang syne, my dear,

For auld lang syne,

We will take a cup o'kindness yet,

For auld lang syne!

Should auld acquaintance be forgot,

And never brought to mind?

Should auld acquaintance be forgot,

And auld lang syne?

And surely I'll be your pint-stowp,

And surely I'll be mine,

And we'll take a cup o'kindness yet,

For auld lang syne!

We twa hae run about the braes,

And pou'd the gowans fine,

But we've wander'd monie a weary fit,

Sin' auld lang syne.

We twa hae paidl'd in the burn

Frae morning sun till dine,

But seas between us braid hae roar'd

Sin' auld lang syne.

And there's a hand, my trusty fiere,

And gie's a hand o'thine,

And we'll tak a right guid-willie waught,

For auld lang syne.

英国"民谣",成形于中世纪末期(即12~13世纪),兴盛于14~15世纪,复兴于18~19世纪。它也可算是英国最古老的诗歌形式之一。15世纪,由于英国民间文学的繁荣,"民谣"步入了昌盛时期,大量的"民谣"作品开始流行。这其中尤以《绿林英雄罗宾汉》(The Geste of Robin Hood)为代表的"英雄民谣"最受欢迎。到了18世纪中后期,英国"民谣"步入了"文人作谣"时期。诗人们的创作,使英国"民谣"的艺术性得到了极大的提升。

英国古代"民谣"最主要的特点,便是它的开头都是贴近故事的风土人情小片段,而很少给出任何写作背景。大量使用排比、比喻和象征等修辞手法,通过"副歌"收尾,以突出主题或强化气氛。"副歌"就是民谣中一句或一段重复的歌词。有些"副歌"在重复时,每段歌词都完全相同,但也有一些在"副歌"的重复部分,歌词会有一定的变化。"副歌"的结构对西方音乐有着极其重要的影响。时至今日,大量西方流行音乐作品依旧通过"副歌"结构去强化作品的主题和旋律。

英国民谣主要包括英格兰民谣和苏格兰民谣两部分。它们都拥有悠久的历史,其中英格兰民谣的历史可以追溯到13世纪,而苏格兰民谣在西方民谣史上的地位同样显赫。苏格兰民谣不仅历史悠久,而且影响深远。经常被使用的乐器风笛和鼓,更因其鲜明的民族特色,为世人称道。另外值得注意的是,发生在19世纪初,即1880年及之后的30年间,爱尔兰向北美的大移民。 遭受宗教迫害的爱尔兰凯尔特人,蜂拥至北美大陆,带去了爱尔兰民谣的核心——凯尔特民谣。凯尔特竖琴是爱尔兰民谣中常被使用的一种弹拨乐器。后来因为印刷术未被普及,以及竖琴家年老并相继逝世,凯尔特竖琴的传统遭遇了断层。直到18世纪末,才逐渐被学院派音乐家重拾价值,进行了一系列相关资料的搜集整理工作。

19世纪的欧洲,出现了许多围绕"本民族民间音乐"进行研究的学院派音乐家。他们对民间音乐进行了系统的分析和整理。这种古老的音乐形式,开始进入英国古典作曲家的创作视野。当时的两位民谣研究者,塞西尔·夏普(Cecil Sharp)和沃恩·威廉斯(Ralph Vaughan Williams),从1900年到1910年的11年间,各自搜集了上千首英国"民谣"。他们对流传于英伦三岛"民谣"的发

《往昔的时光》

为了往昔时光,老朋友

为了往昔的时光,

再干一杯友情之酒,

为了往昔的时光!

老朋友岂能相忘,

怎能不放在心上?

老朋友岂能相忘,

还有往昔的时光?

你来痛饮一大杯,

我也买醉来相陪,

干一杯友情的酒又何妨?

为了往昔的时光。

我们曾漫游山间小径,

采过遍野花朵,

但如今已去太疲惫的旅程,

逝去了往昔的时光。

我们曾赤脚蹚过河流,

水声笑语里相伴同行,

如今大海的怒涛把我们隔开,

逝去了往昔的时光。

忠实的朋友,伸出你的手,

让我们携手聚一堂,

再来痛饮一杯欢乐酒,

为了往昔的时光!

● 英国画家丹蒂·加布里埃尔·罗塞蒂（Dante Gabriel Rossetti）的作品《绿袖子》（Green sleeves）是所迄今为止最具盛名的英国民谣，这首民谣相传是都铎王朝第二任君主，亨利八世（Henry Ⅷ）所作，以表达对心爱的民间女子的思念。全篇用"绿袖子"类比心爱的女子，是英国古代民谣中难得的含蓄之作。此外，《绿袖子》中开始出现"副歌"的痕迹，句式相同，气势层层递增，情感深切。

GREEN SLEEVES

Alas my love, you do me wrong,
To cast me off discourteously.
For I have loved you all so long.
Delighting in your company.
Greensleeves was all my joy.
Greensleeves was my delight.
Greensleeves was my heart of gold,
And who but my Lady Greensleeves.

《绿袖子》

啊，我的爱人，你错待了我，   抛弃了我作无义之无情，
我已经爱上你，啊，这么久，   有你陪伴多高兴，
绿袖子是我快乐的全部，   绿袖子是我金色的欢乐，
绿袖子是我金子般的心；   只有她才是我的心爱人，绿袖子。

祥地、源流做了仔细的考证和记录，细致而卓有成效地界定了"纯正民谣"的范畴。此时期，唱片、留声机也被发明并且普及。音乐传播的途径被大大简化，在喧嚣城市中生活的人们，得以方便地感受到古老民间音乐的魅力。

20世纪三四十年代，在北美大陆上，"流行音乐"如火如荼地发展着。这股音乐狂潮，也很大程度上影响了英国。流行音乐唱片，被往返于欧、美的水手带回到英国，成了英国流行文化的启蒙物。融入流行音乐全然不同的感官体验，令英国民间音乐顺利地适应了城市需求，开始在英国各大城市中广泛流传。

历经四五十年代的积淀，六十年代英国音乐重新夺得了世界的目光。"甲壳虫""滚石""奇想"等乐队征服了口味挑剔的美国听众，进而赢得全世界乐迷的心。同时，这种运用"电声"取代原声乐器伴奏的趋势，开始蔓延到全世界。几乎与美国的鲍勃·迪伦放下木吉他同时，英伦众多音乐团体也开始为乐器通上了电。六十年代的英国流行音乐，与世界各国元素相互交融。电子音乐和电声乐器变幻出缤纷的色彩，传统"民谣"通过"新实验"步入了极具魅力的未知领域。

● 爱迪生和他发明的留声机：1887年，爱迪生意外发现了声音重发的方法，制造出第一台留声机；1887年德国人贝林纳创造出在涂蜡的镀锌圆盘上录放声音的发明；1897年英国 EMI 公司前身开始推荐贝林钠的留声机和圆形唱片，规模化的音乐，可录、便携式的唱片让音乐的全球化成为可能。

美 国 民 谣

美国的"多元文化",一开始就是一种来自不同人类文明的混杂。美国音乐的起点在欧洲,尤其源于英伦三岛,重要的影响因素则是"非洲传统"。美国是移民社会,不同地域和源流的音乐在这里汇集。原本分散,各自独立发展的各类乐器、乐曲,在此碰撞交融。风琴、提琴、钢琴、班卓琴、吉他……所有乐器的再组合,都构成了新的"民谣"风格诞生的契机。

从1933年开始,美国学者约翰·卢马克思(John Lomax)和艾伦·卢马克思(Alan Lomax)父子,走访了大量散布在美国乡村、田野甚至监狱中的民间歌手,并记录下他们的声音,由此完成了规模浩大的民间音乐搜集整理工作。这些声音被永久记录了下来。他们是贩夫走卒,是农民、小贩或者是犯人,是白人或者是黑人。在当时,他们都有一个共同的名字——游吟诗人(Chauffeur)。

这一时期,美国的"民谣"歌手,大多是社会底层的劳动者,是为生存而挣扎的边缘人。他们中的一些人,在街头流浪,即兴表演。飘忽不定的生活方式,让他们有更多机会接触来自不同地域的音乐人。这样一群辗转四方、沉浮在人群中的游吟诗人,用他们的歌声,参与到社会弱势群体的情绪表达中,为普通的工人、底层劳动者发声。美国诗人卡尔·桑德堡曾有句评论说:"当我听见美国在歌唱时,织工乐队一定在那里。"

发生在18世纪末19世纪初的"海地革命",是"黑奴"反对法国、西班牙殖民统治和奴隶制度的一次革命。最终的结果,海地在美洲大陆上成功建立了黑人政权。海地革命影响深远,被解放的奴隶有很多移民到了美国的新奥尔良。他们为美国带来了非洲以及加勒比海音乐。移民美国的非洲人,保留了从前生活对音乐和宗教的记忆,也带来了鼓、班卓琴、非洲弹拨琴、木琴、钟琴、响板、锣等等乐器。曾经,在残酷的奴隶制度下,"黑奴"用音乐来抒发情感、寻求自由;如今,他们是背井离乡在异国求生存的异乡人。根植于非洲文化形态中的音乐和宗教,令他们创造出了"爵士""布鲁斯"等富有黑人特色的音乐形式。

20世纪四五十年代,美国"民谣"的发展势头正猛,传统的爱尔兰、苏格兰、英格兰、威尔士民间歌曲,随着移民与人口迁徙,融合了黑人的"布鲁斯"发展成为了"乡村音乐"。更多不同的音乐元素,被尝试加入"民谣"。传统乐器被改良运用,"民谣"在持续接受革新。五十年代,美国"民谣"开始城市化,之后,这种音乐形式的创作方式日趋多元,更加精致与成熟。

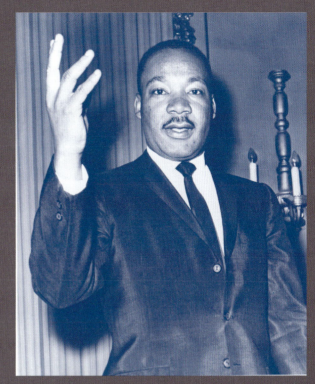

● 美国黑人民权运动领袖马丁·路德·金
(Martin Luther King)

● "权力归花儿"(Flower power):1967年10月21日,一名女示威者于美国阿灵顿的"反越战抗议活动"中将花儿递给美军宪兵。此照片标志着20世纪60年代"美国消极抵抗"和"非暴力思想"的全面兴盛。

◉ 性解放运动

进入20世纪60年代，现代意义上的民谣逐渐开始在美国形成。如今人们所熟知的民谣，鼻祖便是这时的美国民谣。此时期，美国发生了一系列的社会运动——黑人民权运动、反越战运动、性解放运动、女权运动，以及同性恋文化，嬉皮士文化的崛起……社会出现极大的动荡，人们对于自由的渴求，和对古老观念的反叛，急需表达途径。

"摇滚"和"民谣"，都因各自强大的思想承载、传播能力，开始迅速发展。虽然，美国民谣的根基是英国古代"民谣"，但经过此时的革新，不仅在形式、种类上大大超过英国，曲风内涵上也都突破了原先的固有模式，创作者的个人能力不断被激发。

◉ 女权运动

◉ 受到性解放运动的影响，同性恋文化也随之发展，大量的同性恋平权运动在美国如火如荼地展开。

◉ 嬉皮士（hippie）

● 年轻时的鲍勃·迪伦 (Bob Dylan)

● 鲍勃·迪伦近照

● 1963 年 8 月 28 日，鲍勃·迪伦与琼·贝兹 (Joan Baez) 在一次社会运动上的合影。

　　这其中，以鲍勃·迪伦 (Bob Dylan) 对现代民谣发展的贡献最大。与哲学、政治等深层次的意识形态不同，"民谣" "摇滚" 虽然作为艺术形式中的一种，却也属于现实社会的产物，因而 "民谣" 和 "摇滚" 在表达上十分朴素简单，对于社会现实和社会矛盾也有放大作用。鲍勃·迪伦看到了这两种音乐风格所具有的 "激进性" 和 "煽动性"，于是尝试将 "民谣" 和 "摇滚" 二者结合，很大程度地扩大了 "民谣" 的主题范围。

　　从鲍勃·迪伦之后，大量美国音乐人投入现代民谣的创作中。历史上独立发展的各民族音乐，在 "二战" 后互相融合，碰撞出近乎炫目的纷繁风格。20 世纪 60 年代之后，美国民谣音乐的风潮一直在变化，独特的生命力让它的变化也一直响应着全球的 "政治文化风潮" ——无政府主义运动、道德解放运动……音乐在参与世界。同时，美国强大的文化输出能力，也将现代民谣的理念，传播到了世界各地。

参考文献
REFERENCES

中文

① 朱熹 . 诗经集传 [M]. 上海: 上海古籍出版社, 1987.

② 屈原, 林家骊注 . 楚辞 [M]. 北京: 中华书局, 2010.

③ 刘勰, 周振甫注 . 文心雕龙注释 [M]. 北京: 人民文学出版社, 1981.

④ 班固 . 汉书·礼乐志 [M]. 杭州: 浙江古籍出版社, 2000.

⑤ 郭茂倩 . 乐府诗集 [M]. 北京: 中华书局, 1979.

⑥ 杜文澜辑, 周邵良点校 . 古谣谚 [M]. 北京: 中华书局, 1958.

⑦ 吕肖焕 . 中国古代民谣研究 [M]. 四川: 巴蜀书社, 2006.

⑧ 黄涛 . 中国民间文学概论 [M]. 北京: 中国人民大学出版社, 2004.

⑨ 徐华 . 赤裸的性灵: 中国古代民歌民谣 [M]. 成都: 天地出版社, 2006.

⑩ 陆侃如 . 乐府古辞考 [M]. 上海: 商务印书馆, 1927.

⑪ 朱自清 . 中国歌谣 [M]. 上海: 复旦大学出版社, 2004.

⑫ 尤静波 . 流行音乐历史与风格 [M]. 长沙: 湖南文艺出版社, 2007.

⑬ 赵镇琬 . 中国古代民谣 [M]. 北京: 新世界出版社, 2011.

⑭ 田涛 . 百年记忆——民谣里的中国 [M]. 太原: 山西人民出版社, 2004.

⑮ 郗慧民 . 西北民族歌谣学 [M]. 北京: 民族出版社, 2001.

⑯ 吕钰秀 . 台湾音乐史 [M]. 台北: 五南书局, 2003.

⑰ 王沛纶 . 音乐辞典 [M]. 台北: 音乐与音响杂志社, 1982.

⑱ 李鹰 . 校园民谣志 [M]. 北京: 中国人民大学出版社, 2006.

⑲ 李皖, 史文华 . 民谣流域: 流行音乐的流派和演变之一 [M]. 北京: 中国社会科学出版社, 1998.

⑳ 杨东平 . 民谣中的城市 [M]. 上海: 上海人民出版社, 2007.

㉑ 伊庭孝著, 郎樱译 . 日本音乐史 [M]. 北京: 人民音乐出版社, 1982.

㉒ 赵维平 . 中国古代音乐文化东流日本的研究 [M]. 上海: 上海音乐学院出版社, 2004.

㉓ 张冠文 . 校园歌谣的成因分析 [J]. 当代教育科学, 2005 (22).

㉔ 张呈富 . 当代民谣剖析 [J]. 民间文化论坛, 1996 (01).

㉕ 王艳 . 难忘那耀眼的校园民谣 [J]. 文化月刊, 2005 (09).

㉖ 任志强 . 新时期民谣初探 [J]. 文化学刊, 2010 (02).

㉗ 范登生 . 北平地区抗战歌谣的传唱及作用 [J]. 北京党史, 2008 (02).

㉘ 孙玉 . 郭沫若《〈民谣集〉序》的真实性及其价值 [J]. 北京大学学报, 2003 (02).

㉙ 游雅莉 . 校园民谣歌词赏析 [J]. 修辞学习, 1998 (05).

㉚ 王宗峰 . 迷失于后现代的空间中 [J]. 安徽大学学报, 2006 (05).

㉛ 刘泓 . 世纪末的裂变与反叛——九十年代中国大众文化的挑战 [J]. 福建师范大学学报, 1999 年 03 期 .

㉜ 陶东风 . 90 年代文化论争的回顾与反思 [J]. 学术月刊, 1996 (04).

㉝ 张胜琳 . 楚谣谚歌诀散论 [J]. 安徽大学学报, 1998 (03).

㉞ 闫雪莹 . 元代歌谣的分布研究 [J]. 古籍整理研究学刊, 2009 (06).

㉟ 刘素军 . 解读现代民谣文化传播 [J]. 电影文学, 2008 (02).

㊱ 李卫 . 台湾的民歌年代 [J]. 国际音乐交流, 2002 (10).

㊲ 王小波 . 校园民谣的没落 [J]. 长沙铁道学院学报, 2005 (03).

㊳ 张博 . 浅谈《诗经》中的相关音乐结构 [J]. 北方音乐, 2012 (07).

㊴ 陈雨晴 . 大陆校园民谣歌词研究 [D]. 太原: 山西大学, 2014.

㊵ 裴培 . 当代城市社区音乐文化研究 [D]. 北京: 中国艺术研究院, 2005.

㊶ 郭威 . 曲子的发生学意义 [D]. 北京: 中国艺术研究院, 2010.

㊷ 蒋丽霞 . 汉乐府音乐性研究 [D]. 南京: 南京师范大学, 2005.

㊸ 毛蕊 . 流动的西部 [D]. 广州: 暨南大学, 2006.

外文:

① Alan Bold, The Ballad [M]. London: Methuen, 1979.

② Albert B. Friedman, The Ballad Revival:Studies in the Influence of Popular on Sophisticated

③ Poetry [M]. Chicago: University of Chicago Press, 1961.

④ Joseph Harris, The Ballad and Oral Literature [M]. London: Harvard University Press, 1991.

⑤ G.H. Gerould, The Ballad of Tradition [M]. New York: Gordian Press, 1974.

⑥ Northcote, The Ballad in Music [M]. London: Oxford University Press, 1942.

⑦ Gummere,Francis Barton, Old English Ballads [M]. Boston: Ginn &Company, 1894.

⑧ Ong, Fr.Walter J.Orality and Literacy [M]. New York: Methuen, 1983.

⑨ Simpson, Claude M. The British Broadside Ballad and its Music [M]. New Brunswick: Rutgers University Press, 1966.

⑩ Wimberley, L.C.Folklore in the English and Scottish Ballads, New York: Ungar, 1928.

⑪ 浅野健二 . 日本民謡集 [M]. 东京: 岩波书店, 1973.

⑫ 服部隆太郎 . Japanese Folk Songs[M]. 东京: The Japan Times, 1950.

⑬ 玉城政美 . 琉球歌謡論 [M]. 东京: 砂子屋书房, 2010.

⑭ 伊藤由贵子 . 日本音纪行: 音の風景をたずねて [M]. 东京: 音楽之友社, 2005.

⑮ 岸辺成雄 . 音楽大事典 [M]. 东京: 平凡社, 1981.

⑯ 蒲生郷昭 . 日本の音楽アジアの音楽 [M]. 东京: 岩波书店, 1988.